第四大戦Ⅰ

世羽黙示録　第1章

・

十文字 青

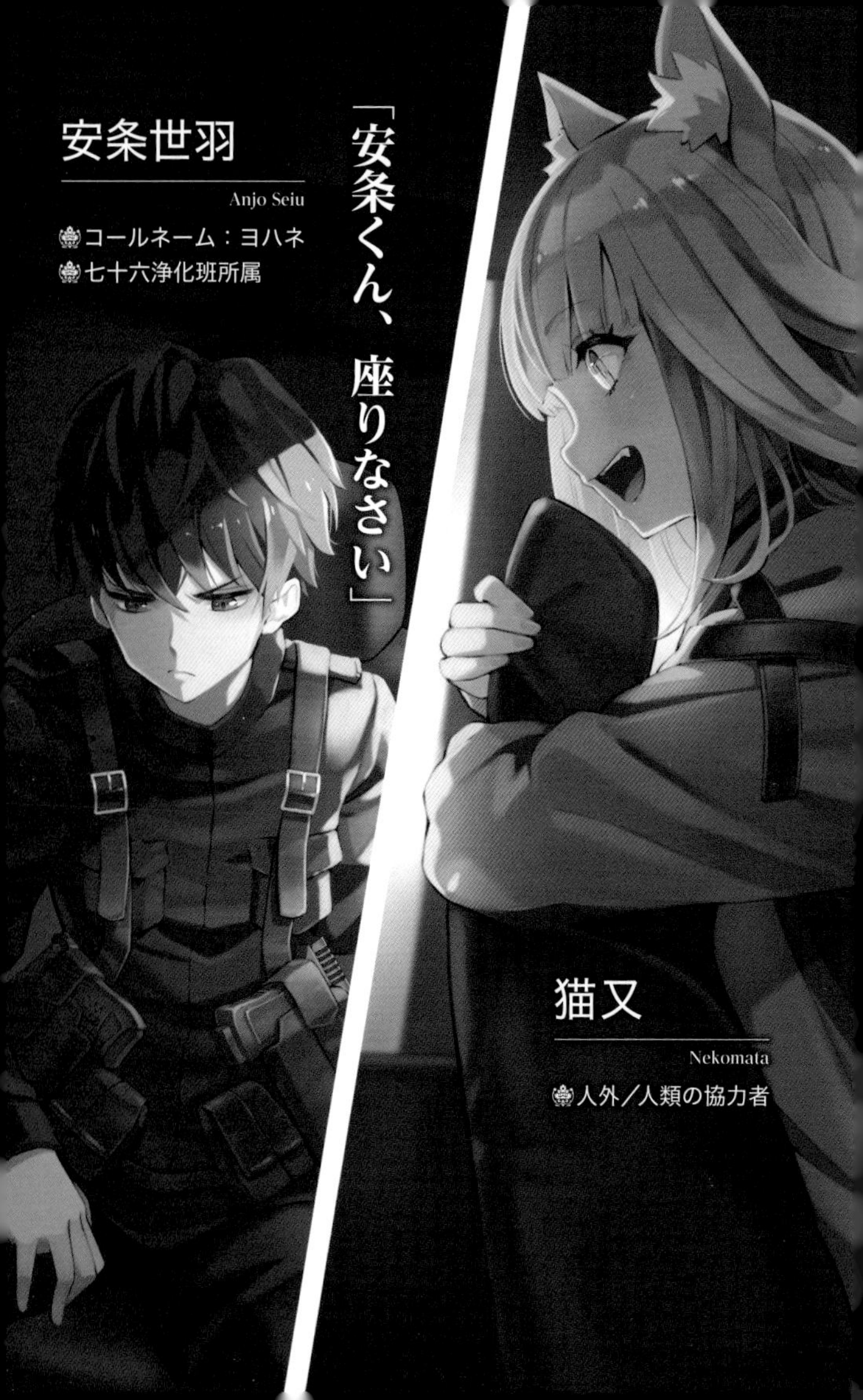
「安条くん、座りなさい」
安条世羽
Anjo Seiu
コールネーム：ヨハネ
七十六浄化班所属
猫又
Nekomata
人外／人類の協力者

女は視線で
隣のキャプテンシートを示した。
兎神静歌
Togami Sizuka
コールネーム：シズ
七十六浄化班所属
龍ヶ迫つぼみ
Ryugasako Tsubomi
コールネーム：ドラゴン
七十六浄化班班長

ぴかぴかくまさんも穴だらけになった。
LEDの電飾も弾けて飛んで消えた。
遵天道モナカ
Juntendo Monaka
人外／強力な吸血鬼

「――てめえを壊す」
逆白波アロヲ
Sakashiranami Arowo
人外／人類の協力者
「ブラーヴォーオ！」
兎神夕轟
Togami Yugo
人外／吸血鬼。
かつての世羽の師、静歌の父

「たかがカツカレーでしょ」
「されどカツカレーだ」
カレー 1,080
親子丼 800 ・お子様ランチ 700
玉子丼 700
元祖オモ

「わぁ、いい匂い！」
乙野綴
Otono Tsuzuri
世羽が想いを寄せる美少女
裏林観音
Urabayashi Kanon
世羽の高校時代の同級生

「いい身分だね、腐れ外道が！」
「人外に外道呼ばわりされる覚えはない！」
由布郎女
Yufu Iratsume
人外／世羽の家族を殺した鬼の妹

第四大戦 I

4th WAR I

世羽黙示録　第1章

The Apocalypse of YOHANE Chapter One

•

十文字 青

Ao Jyumonji

ハガネ文庫

カバー・口絵・本文イラスト
Cover/frontispiece/text illustrations

●

玲汰
Reita

Contents

4TH WAR I The Apocalypse of YOHANE Chapter One

世羽黙示録　第1章

ØØ1　――　ゆっくり、丁寧に、歌うように
Play like singing slowly and carefully

九年前。

僕はまだ小学校に通っていた。
一年生？
ぴかぴかの？
違う。
二年生でもない。三年生でもない。
九年前。
僕は十歳だった。
小学校五年生。
そうだ。

覚えている。

あの日のことを。

忘れようにも忘れられない。

僕は舞台袖《ぶたいそで》にいた。

少し震えていた。少しだけだ。

僕は市民ホールの舞台に上がろうとしていた。

舞台。

何の舞台かって？

檜舞台《ひのきぶたい》というほどの舞台じゃない。

発表会だ。

一年の成果を発表する。

ピアノだ。

僕は五歳からピアノを習っていた。

小学校に通う前からだ。覚えていないけど、母にすすめられたのだと思う。僕は音楽教室に通っていた。そこらじゅうにある。めずらしくもない。大手チェーンの音楽教室だ。

僕には絶対音感なんて備わっていない。将来ピアニストになりたいとか、音楽の学校に進学したいとか、そんなことは少しも考えていなかった。これは単なる習い事だ。子供ながらにそう思っていた。

嫌いじゃなかった。

ピアノという楽器は。

弾くこと自体は。

毎年開催される発表会は苦手だった。なんでよく知らないおじさんやおばさん、おじいさんやおばあさんの前で演奏しないといけないのか。緊張するし、めんどくさい。

発表会が近づいてくると、そわそわした。毎晩、なかなか寝つけなかった。ステージ上で自分がピアノを弾くさまを繰り返し想像した。憂鬱《ゆううつ》だった？　そうでもない。なんとなく、浮き立っていた。どうしてだろう。

いやだな、と思いながらも、楽しみだったのか。そうかもしれない。

だって、ピアノは嫌いじゃなかったから。

その年の発表会向けに選んだ演奏曲は、ショパンの作品番号九番夜想曲《やそうきょく》の二番。

知っているだろうか。

ショパン作曲、作品番号九番夜想曲の二番。

曲名でぴんとこなくても、聞けばきっとわかる。かなり有名な曲だ。発表会で弾く人も多い。毎年、一人か二人はこの曲を演奏していたような記憶がある。その年は僕だけだった。誰ともかぶらなくてよかった。僕が思ったわけじゃない。担当の桜井先生がそう言っていた。

前の番の人は何の曲を弾いていたっけ。僕は舞台袖で聞いていたはずだ。それなのに、なぜかほとんど覚えていない。バッハのメヌエットだったような。違うかもしれないけれど。バッハのメヌエットとして知られているのに、あの曲はバッハが作ったんじゃない。ペツォールトとかいう人が作曲した。

僕よりも年下の女の子だった。たしか、ピンク色のドレスを着ていたと思う。花を象《かたど》った白い髪飾りをつけていた。

その子の演奏が終わった。ホールが拍手の音で満たされた。

「次だよ」

担当の桜井先生に背中を押された。

「がんばってね、セウくん」

僕の名は、セイウ、もしくはセーウと読むのに、先生はいつも、セウ、と発音した。

はい、と返事をしたのかどうか。覚えていない。

ピンクのドレスを着た女の子が足早に戻ってきた。

僕は女の子と入れ違いに、舞台袖からステージ上のピアノへと向かった。

照明がまぶしかった。光が少し熱かった。

椅子に座る前に、おじぎをしないといけない。それなのに、僕はいきなり椅子に座ってしまった。観客席から笑い声が聞こえた。

しまった。

僕は慌てて椅子から立ち、観客席に向かっておじぎをした。

顔を上げ、目を凝《こ》らして暗い観客席を見回すと、父がいた。その隣に母がいた。学校では気恥ずかしくて、うちのお父さん、お母さん、と言っていたけれど、家ではまだ、パパ、ママ、と呼んでいた。パパの両親はどちらも病気で早くに亡くなった。ママの両親、おじいちゃんとおばあちゃんが来てくれていた。毎年、発表会のあと、みんなでお寿司を食べた。おじいちゃんは、いい寿司だぞ、と決まって言った。

パパはビデオカメラを構えていた。ママとおじいちゃん、おばあちゃんが、小さく手を振った。僕はそれに応えて、うなずいたのだったか、笑ってみせたのか。覚えていない。

椅子に座った。

一度、深呼吸をした。

それから、作品番号九番夜想曲の二番を弾きはじめた。

四分三十秒くらいの曲だ。短くはない。でも、ミスするんじゃないかという不安や恐れはなかった。僕は上手な弾き手じゃない。下手なのに、なんでピアノを習っているのか。悩んだ時期もある。無駄じゃないのか。教室なんか、やめたほうがいいんじゃないか。

だけど、ピアノは嫌いじゃなかった。ピアノを弾くのは好きだった。

どうせ上手くはない。僕には才能がない。もっと上手にならなきゃ、という気持ちが消えてから、失敗したらどうしよう、と思うことはなくなった。そうしたら、ほとんどミスしなくなった。

セウくん、楽しんで。

それが桜井先生の口癖だった。彼女はいい先生だった。担当が彼女だから、音楽教室をやめたくなかった。そういう部分もあった。発表会は億劫《おっくう》でも、先生が喜んでくれる。先生に褒められると、嬉しかった。

作品番号九番夜想曲の二番は、ゆっくり、丁寧に、歌うようにね、と桜井先生にアドバイスされた箇所《かしょ》に差しかかっていた。

ゆっくりと。

丁寧に。

歌うように。

心を込めて弾いていたら、突然、ひどく乱暴な音がホールに響き渡った。

思わず僕は演奏を中断した。誰かがホールの扉を開けたらしい。それはすぐにわかった。

頭にきた。せっかくいい感じで演奏していたのに。ぶち壊された。台なしだ。誰だか知らないけれど、なんてことをするんだ。

観客席がざわめいていた。ステージに出たときと同じように、まぶしいな、と思ったことを覚えている。僕は手をかざしてライトの光を遮《さえぎ》った。観客席は暗くて、よく見えなかった。

悲鳴が上がった。

最初はたしか、男の人の声だった。

それから、女の人の甲高《かんだか》い声がした。

男の人が怒鳴った。

大勢が激しく動き回っていた。

「死ね。

死ね。

死ね、人間。

死ね。

死ね。

死ね。

死ね。

死ね。

死ね」

かすれて、ノコギリみたいに尖《とが》ったあの声を、僕は覚えている。

まざまざと思いだせる。

観客席で人びとがぶつかったり、揉《も》みあったり、倒れたりしていた。何かとてつもなく恐ろしいことが繰り広げられていた。どうしたらいいのか。演奏を再開したほうがいいのだろうか。そんな場違いな考えが一瞬、頭をよぎった記憶がある。

もちろん、僕は弾かなかった。

あの日以来、一度もピアノにふれていない。

「セウくん！」

桜井先生が舞台袖から飛びだしてきた。先生に抱きかかえられて、ピアノの裏に隠れた。立派なグランドピアノだった。けれど、ピアノ本体の下には脚柱《あしばしら》が三本、あとは三つのペダルがついたパーツしかなかった。うずくまっても向こうが見えた。

観客席が。

「目をつぶってて！　大丈夫、大丈夫だから！」

そう言う桜井先生も目をつぶっていた。僕は言われたとおりにした。先生は強く僕を抱きしめた。香水の匂いがした。レッスンのとき、たまに鼻をくすぐる香りだった。全身をがたがた震わせていても、先生の汗ばんだ体はやわらかかった。僕だけじゃなかった。先生も怖がっていた。なんとかしたい。僕に何ができるだろう。何もできそうになかった。僕にはただ、先生にしがみついていることしかできなかった。

ものすごい音がした。何の音なのか、そのときはわからなかった。

今は当然、わかっている。あれは銃声だった。観客席で銃がぶっ放されていた。トカレフだった。二挺《にちょう》のトカレフが火を噴いて銃弾を吐き出していた。銃弾自体は何の意思も持たない。ひたすら発射されて罪のない人びとを傷つけた。次々と撃ち殺した。

まだ二十代、二十七歳だった音楽教室の先生と十歳の生徒が、グランドピアノの下に半分潜《もぐ》りこむようにして、その音を聞いていた。

やめて、という女性の絶叫も聞いた。

撃たないでくれ、殺さないで、と命乞いをする声も。

死ね。

死ね。

死ね、人間。

死ね。

死ね。

死ね、と叫ぶ、ノコギリみたいなあの声も。

そして、銃声。

銃声。

銃声。

銃声。

銃声。

銃声。

パパやママ、おじいちゃん、おばあちゃんは無事だろうか。いまだに不思議なのだけれど、僕がそう考えたのは、銃声がやんでからだった。

たくさんの声が聞こえた。

「あぁぁ……」

「……助けて……誰か……助けて……」

「だめだ……だめだ……」

絶望の声だった。

救いを求める声だった。

呻《うめ》き声だった。

苦悶《くもん》の声だった。

それから、泣き声だった。

あのホールに赤ん坊はいなかったはずだ。ピアノの発表会だから、乳児は入場できないことになっていた。でも、幼稚園児、参加者の弟や妹はいた。子供たちが、大人たちが、老人たちが泣いていた。

弱々しい声で、か細い声で、泣いていた。

僕はとうとう耐えられなくなった。目を開けた。というより、目を開けてしまった。

桜井先生はまだ目をつぶっていた。

「……先生」

「しっ」

静かに、と小声で先生に叱《しか》られたことを覚えている。

「おまえ、一発も食らってないのか」

観客席で、あのノコギリみたいな声が言った。

「えあああぁぁぁぁ」

というような女性の声がした。まるで言葉になっていなかった。恐怖と混乱をそのまま音にしたような声だった。

ママだ。

あれはママの声だ！

桜井先生は僕を止めようとした。僕は桜井先生の手を振り払った。ピアノの下を潜《くぐ》り抜け、ステージから飛び降りた。

ステージを照らすライトは消えていなくて、観客席は暗かった。とはいえ真っ暗だったわけじゃない。すぐ見えるようになった。

何十人も、のちに判明したところによると、三十二人が殺害され、十五人が銃撃などで重傷を負い、そのときホールに倒れていた。死者の中には僕のおじいちゃんとおばあちゃんも含まれていた。

でも、たまたまなのか、パパやおじいちゃんが庇《かば》ったのか、よくわからないけれど、ママは無事だった。無傷ではあっても、逃げることはできなかったらしい。ママは、パパとおじいちゃん、おばあちゃんに挟まれ、座席と座席の間で縮こまっていたところを、見つかってしまった。

犯人、いや、殺戮犯《さつりくはん》と呼ぶべきだろう。ママは殺戮犯に腕を掴《つか》まれ、引っぱり出されようとしていた。その場面を目《ま》の当たりにして、僕は当然、怖くてたまらなかった。足がすくんだ。

殺戮犯は紙袋を逆さまにして被《かぶ》り、目の部分に穴をあけていた。革のコートを着て、手袋を嵌《は》めた右手に黒っぽい拳銃を持っていた。

「何だ、おまえ」

殺戮犯はこっちに拳銃を向けて、引き金に指をかけた。

撃たれる。

死ぬ、と思った。

ところが、何も起こらなかった。

「弾切れてんだった」

殺戮犯は、ははは、と乾いた笑い声をもらし、弾切れらしい拳銃をそのままコートのポケットにねじこんだ。コートの前は留められていなかった。中はスウェットシャツで、赤黒く汚れていた。

それから殺戮犯は、ベルトに差していたものを抜いた。その瞬間はナイフだと思った。正確には鉈《なた》だった。刃が長方形で、薪《まき》なんかを叩き割るのに適している。腰鉈《こしなた》というものだった。

ママが走りだそうとした。こっちに、僕のほうに、自分の息子に駆け寄ろうとしたのだろう。

「おぉい！」

殺戮犯がママに追いすがって、その背中に腰鉈を叩きつける。

そうするのかと思いきや、違った。思い違いだった。僕は考え違いをしていた。

パパはもう、死んでいるものだとばかり。

虫の息ではあったのだろう。それでもパパはまだ生きていた。殺戮犯がママに襲いかかろうとしている。ママが殺される。そのときパパは、おそらく最後の力を振りしぼって起き上がり、殺戮犯にとりすがった。

「くっそ！」

殺戮犯はパパの頭に腰鉈を振り下ろした。

一撃だった。

たった一発。

それだけで終わりだった。

パパはぐったりした。

殺戮犯に頭を叩き割られて、パパは死んだ。

「パパぁ！」

ママが叫んだ。

僕は何も言えなかった。

「あぁ、うぜえ」

殺戮犯はわずらわしそうに死んだパパを振りほどくと、頭に被っている紙袋に手をかけた。紙袋は血やその他の何かよくわからないものでぐしゃぐしゃになっていた。殺戮犯は紙袋をむしりとった。

殺戮犯は意外なほど若かった。顔は垢染《あかじ》みていたものの、肌に張りがあった。口の周りには髭《ひげ》がこびりついていた。頼りない、ちょぼちょぼした髭だった。歯は黄ばんでいた。ぜんぶ虫歯なのか、と思った記憶がある。歯の形が変だった。尖っていた。殺戮犯は犬みたいな歯をしていた。

それに、おでこの左上と右上に何か異物があった。

大きくはない。数センチだったと思う。髪の毛から、白っぽい、骨のような、先が細くなっているものが覗《のぞ》いていた。角だ。

角がある。

人じゃない。

殺戮犯は、犯人じゃなかった。

人間なら、角なんか生えていない。

人間だったら、あんなことはできない。

殺戮犯は腰鉈の先をママに向けて、ノコギリみたいな声で言った。

「勝手なことするな。わかったか？」

ママは返事をしなかった。うなずかなかった。首を振りもしなかった。呆然《ぼうぜん》と立ちつくしていた。

わけがわからなくて、僕は振り返った。ピアノの下から桜井先生がこっちを見ていた。先生は床に膝をつき、胸を押さえていた。両目を見開いて、口をあんぐりと開けている彼女の表情を、どうしてかよく覚えている。彼女が呟《つぶや》いた言葉も。

「……お、お……おに……？」

桜井先生はそう言った。

鬼、と。

ØØ2 ── 僕にそれを選べというのか
One-way ticket to hell

殺戮犯は、僕とママ、桜井先生をホールから連れだした。

ホールの外、エントランスでも人が死んでいた。一人や二人じゃなかった。あちこちに血だまりがあって、受付や警備の人たちが倒れていた。

誰も僕たちの姿を見なかったのか。そうは思えない。目撃者はいたはずだ。うろ覚えだけれど、逃げてゆく人の後ろ姿を見たような気がする。いずれにしても、僕たちがホールを出たときにはもう、誰かが警察に通報していただろう。

エントランスから出る前に、殺戮犯が足跡を気にした。殺戮犯だけじゃなく、僕たち全員の靴が血で汚れていた。殺戮犯に命じられて、僕たちは靴を脱いだ。靴はたしかゴミ箱に放りこんだと思う。

殺戮犯に脅《おど》されて、駐車場に向かった。経緯は覚えていないけれど、僕たちは桜井先生の白い軽自動車に乗りこんだ。桜井先生がハンドルを握らされ、ママは助手席、僕と殺戮犯は後部座席だった。

殺戮犯は抱えこむようにして僕の肩から首に左腕を回した。言うとおりにしないと、こいつの、つまり僕の首をへし折る、ということだ。僕はそう解釈《かいしゃく》した。僕は人質《ひとじち》だった。

桜井先生は車を出した。駐車場から出る際、遮断式《しゃだんしき》のバーゲートに行く手をふさがれた。駐車券がないとか何とかで、先生が手間取った記憶がある。駐車券は結局、見つかったのか。なかったとしたら、どうやってバーゲートを上げたのか。そこまでは覚えていない。

「西だ、西に進め」

殺戮犯はそう命じた。

そのうちパトカーのサイレンが聞こえてくると、殺戮犯が運転席を後ろから蹴った。

「曲がれ、早く！」

「は、はい！」

桜井先生は慌ててハンドルを切った。冷静じゃなかったからだろう。先生の運転はかなり荒っぽかった。

助手席のママはどうしているのか。僕にはまったくわからなかった。

殺戮犯は臭かった。動物園でたまに嗅《か》ぐような悪臭がした。血の臭いもしたはずだけれど、それは覚えていない。殺戮犯は右手にあの腰鉈を持っていた。その腰鉈の四角い刃の平らな部分で、ときどき自分の腿《もも》を叩いた。殺戮犯はジーンズを穿《は》いていた。穴だらけだった。靴下も穴があいていて、親指が剥《む》きだしになっていた。爪は黒ずんでいた。やたらと大きくて硬そうな爪だった。人間の爪とは違っていた。

殺戮犯のコートのポケットには拳銃が突っこまれていた。あれを奪えないだろうか。僕はそんなことを考えた。でも、弾が切れているはずだ。奪っても意味がない。だいたい、殺戮犯はいつでも僕を絞め殺せる。無理だ。抵抗なんかできっこない。

殺戮犯の指示で、車は高速道路に乗り入れた。十歳で車を運転できない僕でも、市外に逃げるのだろうと思った。

ところが、殺戮犯は次のインターチェンジで高速道路から降りろと命じた。殺戮犯なりに警察の追跡を恐れて、攪乱《かくらん》しようとしたのかもしれない。

何だかよくわからない道を通って、桜井先生の車は風山《かぜやま》に入った。

風山というのは、市の北にそびえる山並みの麓《ふもと》一帯を指す地名だ。当時、僕はぼんやりと知っているだけで、行ったことはなかった。いいイメージはなかった。

悪くなる一方だ。

今後もよくなることはないだろう。

よくなりようがない。

決して。

殺戮犯は、廃業したラブホテルの屋内駐車場に車を駐《と》めさせた。そこからは徒歩で移動した。靴下こそ履いていたものの、足が痛かった。風山のその一帯は廃墟《はいきょ》ばかりで、道路の舗装は剥《は》げかけていた。

遠くで何台ものパトカーがサイレンを響かせていた。ずいぶん遠いように感じた。遠すぎた。

パトカーはどこか別の場所に向かっているんじゃないのか。

そっちじゃない。こっちだ。

ここだよ。

僕たちはここにいる。来いよ。

なんで来ないんだ。

来てよ。

急いで。

こっちだってば。

僕は助けが来ることをひたすら祈っていた。ママや桜井先生も、きっと同じだったと思う。殺戮犯はどうだったのか。怯《おび》えている様子はなかった。慌ててもいなかった。パトカーなんか気にもとめていないようだった。それが僕には恐ろしくてしょうがなかった。

風山には、おぼろ団地という、ほとんど、もしくは、まったく人が住んでいない団地があった。今はもうない。何年か前に取り壊された。

はっきり覚えている。

おぼろ団地3号棟。

薄暗い階段を四階まで上がって、北側に窓が並ぶ廊下をしばらく歩いた。

407号室。

殺戮犯は鍵を持っていた。解錠してその部屋に入った。僕たちが中に入ると、殺戮犯はちゃんと鍵をかけた。

吐き気がするほど臭い部屋だった。掃き出し窓が段ボールでふさがれていて、室内はそのせいでだいぶ暗かった。床には新聞紙や雑誌、布きれ、古い子供の玩具《がんぐ》といったものが散乱していた。

ダイニングテーブルの上に、コンビニのレジ袋とか、おにぎりやサンドイッチの包装フィルム、菓子袋、中身が入っているペットボトル、ガムテープ、ビニールテープなどが置いてあった。それらは新しいものだった。

殺戮犯はママと桜井先生をそれぞれ椅子に座らせた。動けないように、二人は背もたれの後ろで左右の手首をビニールテープでぐるぐる巻きにされた。

あのとき僕はどうしていたのか。おそらく、壁際に突っ立っていた。二人が殺戮犯に拘《こう》束《そく》されようとしている。その模様をただ眺めていた。

僕たちは奇妙なくらい喋《しゃべ》らなかった。もしかしたら覚えていないだけかもしれないが、互いに視線を交わすこともほとんどなかったと思う。

あとから考えると、ママも、桜井先生も、殺戮犯に乱暴される可能性が頭に浮かんだに違いない。息子の前で、生徒の前で、辱《はずかし》めを受ける。そんなことが起こったらどうしよう。

二人はたぶん、僕の想像が及ばないほどの恐怖を覚えていたはずだ。

でも、僕は小学生だった。

十歳だった。

僕は子供だった。

相応に愚かだった。

「座っても、いいですか」

僕は殺戮犯にそう訊《き》いた。今にして思えば、あれは緊張に欠ける問いだった。完全に間が抜けていた。

殺戮犯は僕を見た。瞳孔《どうこう》の形が人間と違っていて、円《まる》くなかった。菱形《ひしがた》に近い。異様な瞳だった。

「だめだ」

かすれた声で殺戮犯は言った。

「そこに立ってろ」

僕は言われたとおりにした。

部屋の隅に頑丈そうな箱が転がっていた。ずいぶん古い型のテレビのようだった。殺戮犯はそのテレビに腰を下ろした。

しばらくすると、立ち上がった。

殺戮犯はダイニングテーブルのほうに歩いていった。僕は胸がどきどきした。そっちにはママと桜井先生がいる。

でも、殺戮犯は二人にはかまわず、ダイニングテーブルの上にあるコンビニ袋の中を漁りだした。空腹だったのか。食べ物を探しているようだった。

「ぜんぶ食ったのか……」

殺戮犯は苛立《いらだ》たしげにコンビニ袋を丸めて床に叩きつけた。それから、ダイニングテーブルに尻を引っかけて、ため息をついた。

「金、ねえしな。盗《と》ればいいけど、めんどくせえ。おまえら」

殺戮犯に脚を蹴られて、ママが「ひっ」と悲鳴を上げた。

「金、持ってるか？」

殺戮犯に訊かれて、ママは激しく首を横に振った。ママのバッグはホールに置きっぱなしだった。パパやおじいちゃん、おばあちゃんが殺された、あのホールに。

桜井先生は小さなポシェットを肩に提《さ》げていて、その中に鍵や携帯電話、財布が入っていた。殺戮犯は先生からポシェットを没収し、財布の中身を確認した。

「五千円くらいか。しけてんな」

「……ごめんなさい」

うつむいて謝る桜井先生を見て、なぜか僕はとても傷ついた。殺戮犯が余計に憎くなった。殺してやりたい、とさえ思った。僕にそれができるのなら、この手で殺すのに。

かすかにサイレンの音が聞こえた。

殺戮犯はふさがれた掃き出し窓のほうに視線を向けた。

「買いに行くのもな。めんどくせえ。いっそ、おまえらを食うか。冗談だよ。食わねえって。昔は食ったらしいけどな。俺は食ったことねえし。食いたいとも思わねえよ。人間、生で食うより、焼き肉とかステーキとかのほうがうまいに決まってんだろ。おまえらはどう思ってんのか知らねえけどよ。俺らが人間食ってたのなんて、大昔の話だよ。まあ、ベトナム戦争のときは食ったっていうけどな。それだって他に食うものがなかったから、しょうがなくだよ。俺たちは野蛮じゃねえ。血に餓《う》えてるわけじゃねえ」

僕の記憶は間違っているかもしれない。でも、殺戮犯はだいたいそんなことを言った。とくに、ベトナム戦争のときは人間を食った、という部分はよく覚えている。

「じゃ、じゃあ――」

ママが殺戮犯を睨《にら》んだ。目が潤《うる》んでいた。ママは半分泣いていた。

「な、な、なんで、あんなこと、したの。あ、あんなに、殺して。ピ、ピアノの、は、発表会、だったのに。子供の。こ、子供たちの。なんで、あんなこと……」

殺戮犯はじっとママを見つめていた。何か考えているようだった。

パトカーのサイレンが聞こえつづけていた。だんだん近づいている。僕にはそう感じられた。殺戮犯も気づいていただろう。あの音が聞こえていなかったわけがない。

「なんでだろうな」

殺戮犯はそう呟くと、ママと桜井先生を椅子ごと移動させて横並びにした。

何か悪いことが起こりそうな予感がしてしょうがなかった。まずい。殺戮犯をやっつけなきゃ。あいつをぶっ殺さないと、たぶんそれは止められない。やらないと。僕がやるんだ。やるしかない。僕が殺戮犯を殺さないと。

でも、どうやって？

殺戮犯はママと桜井先生の前にしゃがんだ。

腰鉈が床に突き立てられた。

ママと桜井先生がビクッとした。二人とも、声は出さなかった。

「なぁ、なんでだと思う？」

殺戮犯は返答を求めていなかった。それは僕にもわかった。

「わかんねえだろ。おまえらには。わかんねえよなぁ。のうのうと生きてきたんだろ。反吐《へど》が出るよ。すっきりすると思ったんだけどなぁ。めちゃくちゃ気分いいだろうなって。生まれてきて、生きててよかったって、実感できるんじゃねえかって。……そのはずだったんだけどな。ホールに入って撃ちまくったときなんか、悪くなかった。長続きしなかったけどな」

この化け物は何を言っているのだろう。

化け物。

そう。化け物だ。

人間に似ているけれど、人間じゃない。

角が生えていて、犬みたいな歯をしている。鬼だ。

人外《じんがい》。

小学生でもその言葉くらいは知っている。人外は、ときおり僕たち人間の生活圏《せいかつけん》に入りこんできて、事件を起こす。でも、すぐに駆除されてしまう。野生の獰猛《どうもう》な獣、たとえば、熊みたいなものだ。なんとなく危険だということはわかっていても、とくに意識していない。警戒することもない。

身近で人外事件が起こったことはなかったから。

僕はまだ子供だった。

だから、知らなかった。

何も知らない、愚かな子供だった。

「おまえら人間はクズで、カスだ」

人外の殺戮犯が、顔をゆがめて僕たち人間を罵《ののし》った。

「数ばっかり多くてよ。殺しても、殺しても、腐るほどいるんだよな。イヤになるよ。まったく。何なんだ、おまえら。ゴキブリかよ。よぉ、ゴキブリ。元気か？　元気そうだな、ゴキブリ。メスだから、ゴキブリいっぱい産むんだろ。そうやって殖《ふ》えるんだよな」

「こ、こここ、子供は」

ママがやけに浅くて速い息をしながら言った。

「ここ、子供は、は、放して。かか、帰して、あげて。お、おおお願い。お願いします」

「そうか」

殺戮犯は僕を一瞥《いちべつ》した。

「あれ、おまえの息子か」

「は、はい、そ、そっ、そうです、おっ、お願いっ……」

「おまえは？」

殺戮犯は桜井先生を見た。

「姉ちゃんか？　年が離れてるし、似てねえから、違うか」

「わ、私、は……」

桜井先生は目をぎょろぎょろさせて、うつむいた。

「私は……」

「か、関係ない」

僕は思わず口を挟んだ。

「その人は、関係ない。知らない。知らない人……です」

「へえ」

殺戮犯は明らかに納得していない様子だった。腹を立てているようでもあった。

「……ピアノを、教えています」

桜井先生が観念したように言った。

「私、そ、その子の、セウくんの……た、担当です」

「わかった」

殺戮犯は床から腰鉈を引き抜いて立ち上がった。ママと桜井先生が息をのんでのけぞり、椅子ごと倒れそうになった。

二人が危ない。殺戮犯はとうとう二人に危害を加えようとしている。

僕は殺戮犯に飛びかかろうとした。

飛びかかろうとした？

本当に？

たしかに、飛びかかりたかった。そういう気持ちはあっただろう。

気持ちだけだ。実際は体が動かなかった。

僕は少しも動けなかった。

「いいこと思いついた」

殺戮犯はそう言うと、ママと桜井先生ではなく、僕に腰鉈を向けた。

「おまえに選ばせてやるよ」

「……え？」

意味がわからなかった。

「女が二人いまーす」

殺戮犯はふざけた口調で、僕に選択肢を突きつけてきた。

「おまえの母ちゃんと、ピアノの美人先生。どっちがいい？」

「な……え？　どっ……」

「どっちかは助けてやる」

「た、たっ、たすけ……っ……？」

「そうだ。おまえに選ばせてやる」

「えらっ……――」

「片方は殺す。もう片方は殺さない。帰してやる」

「こ、こ……ころ……ころ、さ……ない……？」

「喜べ。いい話だろ？　なぁ？　もっと喜べよ」

「よ、よろこ……」

「ただし」

殺戮犯は左手の人差し指を立ててみせた。

「どっちか、一人だけだ」

そして殺戮犯は、ひゃっ、ひゃはっ、ふひゃひっ、あひゃひゃひゃっ、といった感じの、聞いたことがないような笑い声を立てた。

あれきり僕は、同じような笑い声を聞いたことはない。

きっと、今後もないと思う。

僕の前であんなふうに笑おうとする者がいたら、許さない。

たとえどんな理由があろうと、絶対に許しはしない。

「えーらーべー」

殺戮犯は嬉しそうに僕を急《せ》きたてた。

「せっかく選ばせてやるって言ってんだ。早く選べよ。ほら。えーらーべー」

ØØ3 ── あなたが私を救ってくれた
Too late

サイレンが聞こえていた。そう遠くない。警察は迫っている。でも、まだやってこない。ここまでは。このおぼろ団地3号棟407号室までは。

「世羽！　世羽！　世羽！」

ママが連呼する。目を見開いて、ひたすら僕の名を。どうしたの、ママ。どうしちゃったんだよ。そんなに何回も名前を呼んで、僕にどうしろっていうんだよ。

「あぁ！　ひどい！　あぁ！　ああぁぁ！」

桜井先生が叫びはじめた。

「助けて！　もういや！　こんなの！　助けて！　いやあぁぁぁ────────！」

「あーウケる！　おもしれえ！」

殺戮犯は笑っている。腹を抱えて大笑いしている。

「必死だな！　おまえら、マジ必死だな！　そうだ、いいぞ、もっとアピールしろ！　ガキに選んでもらえなかったら終わりだからな！」

「世羽！　世羽!?　世羽！　世羽!!」

「だめ、こんなの、おかしいって、助けて！　やめて、ねえ、やめよう、だめでしょ!?」

「世羽!? 世羽!? 世羽!」

「セウくん! 私、やだから! こんなの、よくないから! でも、私!」

「素直になれよ! 本気になれ! 死にたくねえだろ! 殺されたくねえよな!?」

「世羽! ママ、死にたくない! 世羽を残して、死ねない!」

「私だって死にたくねえよ! ふざけんな、死にたくねえに決まってんだろ!?」

「いいぞ! いいぞ、先生!」

「何なんだよ、おまえ!」

桜井先生は殺戮犯に向かって唾《つば》を飛ばしながら怒鳴った。人が変わったみたいだった。僕の知らない先生だった。ものすごい形相をしていた。

まるで、鬼のようだった。

「こんなことして許されると思ってんのか! すぐに警察来るからな! おまえ、捕まるからな! 逮捕されたら、死刑だからな!」

さっきまでサイレンが聞こえていた。

なぜだろう。

今は聞こえない。

「ほんとにわかってねえな」

殺戮犯は、く、く、く、く、と喉を鳴らして笑った。

「許されるとか警察とか逮捕とか、俺には関係ねえから。俺は鬼だし、人間じゃねえし、おまえらは人間で、鬼の俺にとってはクソなんだよ。クソ。わかるか？　クソども。で？助けてアピールはおしまいか？　もういいのか？」

ママがはっとしたように、汗びっしょりで髪の毛が貼りついた顔を僕に向ける。

「世羽……」

そうして、首を振る。

横に。

それから、縦に。

「大丈夫」

と、ママは言った。

「いいから。ママは。世羽。大丈夫……」

何が大丈夫なのだろう。

僕にはちっともわからなかった。

「セウくん」

桜井先生も僕を見た。

僕と目が合うと、先生は笑った。

だいぶ引きつっていたけれど、笑顔だった。

「ママと帰って。セウくんは、悪くない。先生、知ってるから。セウくんは、いい子だって。先生、ちゃんと、わかってるから」

果たして、僕はいい子だったのか。

桜井先生には気に入られたかった。嫌われないように注意していた。

僕は、先生のことが好きだったから。

「どうする？」

殺戮犯が僕に声をかける。

あのとき、やつはへらへらしていたと思う。

「どっちにする？　選べ。選べよ。ほら。とっとと選べ。区切るか。なぁ？　タイムリミット、あったほうがいいな。今から五つ数えるからな。一から五まで数えるからな。俺が五って言う前に選べよ？　な？　じゃ、いくぞ。いーち」

ママか、桜井先生か。

「にー」

どっちだ？

どっちを選ぶ？

「さーん」

やっぱりママかな。桜井先生は他人だもんな。ママは僕を産んでくれた人だもんな。でも、桜井先生のほうが若いんだよな。若いということは先が長いということで、だけどママがいないと困るし、僕はまだ小学生で、パパもおじいちゃんもおばあちゃんも殺されちゃって、ママまでいなくなったら。

「しー」

桜井先生は好きだし、かわいそうだけど、やっぱりママのほうが大事なんじゃないのかな。普通はそうなんじゃないかな。僕はママを選ぶべきで、桜井先生もそう言ってくれていたし、ということは、答えは決まっている。先生は犠牲になってくれたっていうことかな。僕のために。

時間がない。

僕は決めなきゃならない。

殺戮犯が、五、と言う前に、決めないと。

今にも、五、と言いそうなのに、やつはなかなか言わない。

僕はとっさに両手を上げた。

「待って！」

「待たねえよ」

殺戮犯が即座に言った。

だめだ。

五だ。

五がやってくる。

五。

頭が真っ白になった。

「選べない！」

僕はえらく甲高い声で叫んだ。

「選べないよ！　できません！　選ぶなんて、僕には！　選べません！」

「そっかぁ」

殺戮犯は椅子に座らされているママと桜井先生の前にしゃがんでいた。立ち上がって、
腰鉈を振り上げた。

「それじゃ、しょうがねえな。ガキが選べなかったんで、罰ゲームしまーす」

「ばつ……――」

僕は間違ったのか。正しくないことをしたのだろうか。

大丈夫、とママは言った。

僕は悪くない、と桜井先生は言った。

二人は僕を許してくれるだろうか。

殺戮犯はまずママの頭頂部に腰鉈をぶちこんだ。そして、すぐさまママの腹に足をかけ

て腰鉈を引き抜いた。次の瞬間、殺戮犯の腰鉈は桜井先生の左耳の少し上あたりにめりこんだ。

　ママが椅子ごと倒れた。

　桜井先生が、うべぇ、というような奇妙な声を発した。

「あぁ、ミスった」

　殺戮犯は桜井先生の頭髪を引っ掴んで、また腰鉈を抜いた。すると今度は、先生の首に腰鉈を叩きこんだ。

　桜井先生の首は一発では切れなかった。殺戮犯が腰鉈を打ちこみ、抜くごとに、とんでもない勢いで血が噴きだした。びしゃびしゃ音がした。見る間に殺戮犯は返り血で全身が真っ赤になった。

　殺戮犯は切断し終えた桜井先生の生首を掲げて、僕に見せびらかした。

「選べって言ったよな？　おまえがどっちか選んでればなぁ。放してやったかもしんねえのに。選ばなかったからなぁ。しょうがねえよな。あぁーおもしろかった」

　ハハハッ。

　ハハッ。

　アッハハハッ。

　ヒャーッハハハハハッ。

笑って、大笑いして、笑いまくったあげく、殺戮犯は桜井先生の生首を床に落とした。

僕は桜井先生の生首をこの目で見たはずなのに、細部までは思いだせない。ただ、それは先生ではないような気がした。先生だったけれど、先生じゃなかった。まったく別の何かだった。ママも同じだった。頭をかち割られたママは、もうママじゃなかった。

僕は泣き叫んでもよかった。暴れてもよかった。殺せ、僕も殺せ、と殺戮犯に迫ってもよかった。

それなのに、はっきりとは覚えていないけれど、僕はたぶん、ぼうっとしていた。

どんどん、と何かを叩く音がした。それで僕は我に返った。

「……あぁ？」

殺戮犯が部屋の出入り口のほうを見た。

また、どんどん、という音がした。

ドアだ。

何者かがドアを叩いている。

「ちょっと来い」

殺戮犯が僕の襟首《えりくび》を掴んだ。僕は引きずられていって、ドアの前に立たされた。

「見てみろ」

殺戮犯にそう命じられた。ドアの覗き穴から外を見ろ、ということらしい。逆らう気力はなかった。殺戮犯に襟首を掴まれたまま、僕は覗き穴に目を近づけた。

誰か立っていた。鮮やかなピンク色のだぶっとした上着を着ている。フードを被ってい て、顔はわからない。でも、女の人なんじゃないかと思った。服装からすると、若い女性だろう。

「警察か？」

殺戮犯が訊いた。僕は首を振った。

「ち、違うと思い……」

女性がまたドアを叩いた。ドア越しに声が聞こえた。

「新聞でーす。や、新聞は変か。集金でーす。郵便でーす。出前かもでーす」

「女……？」

殺戮犯は明らかに戸惑っていた。それは僕も一緒だった。その直後だった。

掃き出し窓が弾け飛んだ。正確には、段ボールと、その外側に残っていた窓ガラスがいっぺんにぶち破られて、何者かが室内に飛びこんできた。

その何者かはなぜか傘をさしていた。厚着で、髪の毛がもさっとしていて、眼鏡をかけていた。警察官じゃない。それだけは一目瞭然《いちもくりょうぜん》だった。

「何だ、てめえ！」

殺戮犯がわめいた。僕は羽交《はが》い締《じ》めにされた。またもや僕は人質になった。

傘男は部屋の中を見回した。殺戮犯には興味がないかのようだった。殺戮犯より、他にもっと気になることがあるのか。傘男はママや桜井先生だったものを見下ろしていた。眼鏡の奥で、傘男の目が光った。

ぼんやりとではあるものの本当に、傘男の両眼が、不吉に赤っぽく、光った。

それから傘男は、ゆっくりと鼻から息を吸い、ふうううぅぅー、と口から吐いた。

「……人間じゃねえな、てめえ」

殺戮犯が左腕で僕の首を締めつけながら、呻くように言った。

傘男はようやくその赤い眼を殺戮犯に向けた。

「おまえは鬼か」

ぼそぼそした、聞きとりづらい、眠そうな声だった。話すだけ話して、相手に聞こえていようがいまいが、どうでもいいと思っている。そういう声の出し方だった。

「なんで、人間じゃねえ——人外が……」

殺戮犯の動揺が伝わってきた。

僕は、死ぬんだな、と思っていた。

ママも、桜井先生も、死んだ。僕のせいで、二人とも殺された。僕も死ぬんだ。それならそれでいい。かまわない。

「人外とか言うなよ。人外が」

傘男が一瞬、消えた——ように見えただけだったのだろう。いくらなんでも、消えることはできない。

実際、消えた、と思ったときにはもう、傘男は目の前にいた。僕は殺戮犯に羽交い締めにされていた。僕の目の前ということは、殺戮犯の目の前でもあった。

傘男は右手で傘を持っていた。左手には殺戮犯の首を握り締めていた。

「あっ、かっ、こっ、がっ、きっ、こっ、ろっ……」

殺戮犯は息ができず、声も満足に出せないようだった。ガキを殺すぞ、と言いたかったのかもしれない。

「好きにしろ」

傘男はだるそうに告げた。

「やれるならな」

殺戮犯にはできなかった。僕を殺せなかった。それどころか、何もできなかった。

傘男が殺戮犯の首を握り潰《つぶ》してしまったからだ。

僕は、それから傘男も、殺戮犯の熱いほどに温かい鮮血を浴びた。殺戮犯の体は力を失ってくずおれた。僕も引きずりこまれるようにして巻き添えを食った。

傘男が唇の端についた殺戮犯の血を舐《な》めた。

「……まずっ」

そう呟いて、顔をしかめた。
九年前。
こうして僕は九死に一生をえた。

ØØ4 ― 言葉にならないこの気持ち
Little thing called love

あの出来事。

あの忌《い》まわしい事件から、九年。

僕は大学受験に失敗し、予備校に通っている。

授業の出席率は半分に満たない。僕は不真面目な予備校生だ。

ただし、自習室にはよく顔を出す。今日も僕は自習室で席を確保した。

僕が通う東予《あずま》備学院の自習室には、仕切りのあるブース席と、大きなテーブルが並ぶオープン席がある。僕は断然オープン席派だ。オープン席に空きがなかったら、すぐ自習室を出る。オープン席じゃないと意味がない。

バッグからテキストとノート、ペンケース、ミネラルウォーターのペットボトル、それからスマホを出して、テーブルの上に並べる。バッグは椅子の背もたれに掛ける。

テキストとノートを開く。ペンケースからシャープペンシルを取り出す。

僕は一応、テキストを読もうとする。興味がないので、まったく頭に入ってこない。

受験、か。

養父母には進学を勧められたし、僕の恩師は大学の教授だった。学問はいいものだよ。

それが恩師の口癖だった。とくに理由がないのなら、大学で勉強してみるといい。僕にそう助言してくれた。

事情があって、就職は考えていない。というか、考えられない。

高校二年のとき、進路調査票に、進学、とだけ書いた。

その年、恩師は消息不明になった。

事情があって、金銭面の問題はない。高校卒業後、僕は養父母の家を出た。以来、アパートで一人暮らしをしている。生活費も予備校の学費も自前だ。養父母に負担をかける心配は今のところない。

恩師は僕が生まれ育ったここ東《あずま》市の市立東大学で社会心理学を研究し、学生に教えていた。僕の第一志望校は、その、Tじゃないほうのトーダイ、と揶揄《やゆ》されることもある東大だ。アズダイ、と呼ぶ者もいれば、あえて、トーダイ、と呼ぶ者もいる。

言ってしまえば、ぜんぶ、なんとなく、でしかない。

僕はテキストの文字を目で追うことを諦め、スマホを手に取る。ついアプリゲームを起動しそうになり、さすがに思いとどまった。

大学受験も、予備校も、なんとなくだ。それでいて、僕は自習室に通っている。授業はろくすっぽ受けていないのに。自習室には通い詰めている。

それにはわりと明確な理由がある。

僕はスマホを持ったまま、彼女のほうに視線を送る。

九年前、僕はあの事件で肉親を失った。その後も複数の事件に出くわした。今は不真面目な予備校生だ。大学受験には熱心になれない。正直、どうでもいい。

ただ、彼女のことが気になっている。

オープン席には、ひん曲がってひしゃげたヘチマみたいな形の十人掛けテーブルが五台設置されている。

彼女は別のテーブルだ。

おおよそ同じ席に座っている。自習室にいる日は。

当然、いない日もある。

隣や向かいの席に座ろうとしたことも、なくはない。

でも、勇気が出なかった。

同じテーブルじゃないけれど、彼女が視界に入る。そう遠くはない。それくらいの席が限度だ。僕の精一杯だ。

彼女はいつも袖の長い服を着ている。スカートの丈も長い。あと、髪の毛も長い。彼女は僕とは違う。僕みたいな不良予備校生とは。ちゃんと授業に出ている。空き時間や授業が終わったあと、自習室で勉強している。彼女は少し前屈《まえかが》みになって、テキストを読んで、それからノートに何か書く。またテキストを読む。そして、シャープペンシルをノートの上で走らせる。

　ふと、顔を上げる。

　僕のほうを見る。

　でも、彼女は僕を見ているわけじゃない。あたりまえだ。彼女は僕を知らない。知るはずがない。

　僕だって彼女を知らない。名前くらいは調べればすぐにわかる。だけど、やっていない。あえてそれはしない。

　彼女は僕を見ているわけじゃない、と思う。

　そのはずだ。

　彼女の目は、何というか、うつ伏せになって上側が膨《ふく》らんだ半月みたいな形をしている。ただでさえ少し微笑《ほほえ》んでいるように見える、そういう目だ。

　その両目が細められる。

　おそらく彼女は微笑んでいる。

　もちろん、僕に向けられた微笑みじゃない。

　彼女が僕に微笑むわけがない。

　僕らはお互いを知らない。

　ただ、この自習室で、たまに目が合うだけだ。

いや。

目が合ったんじゃないか。僕がそう感じているだけだ。

今みたいに。

一ヶ月ほど前、正確には二十七日前に、初めてそういうことが起こった。以後、何度か、最近ではそれなりの頻度《ひんど》で、彼女と目が合う。

目が合った、と僕は錯覚《さっかく》する。

彼女が微笑む。

僕に微笑みかけているんじゃないか。僕はつい、そんなふうに誤解してしまう。

恥ずかしくなって、僕はうつむく。

けれども、なぜだか彼女から目を離せない。僕の顔は下を向いている。顔をうつむけた状態のまま、僕は上目遣いで彼女を見ている。

彼女はまだ微笑んでいる。僕の口許《くちもと》が引きつる。儀礼的に笑い返そうとするかのように。

彼女は僕に微笑んでいるわけじゃないのに。そんなことはありえないのに。

胸が苦しい。動悸《どうき》がして、僕は汗ばんでいる。

僕は何を期待しているのだろう。

たとえば、彼女が僕に関心を持っている、とか？

ない。

あるわけがない。

僕は市内の墓島《はかじま》高校という高校に通っていた。この東予備学院には墓高時代の同級生もいる。でも、挨拶《あいさつ》を交わすことすらない。他の予備校生たちとも交流はない。僕は幽霊みたいなものだ。誰も僕の存在を意識していない。僕はいてもいなくても変わらない。

僕はノートに目を落とす。何も書かれていない、罫線《けいせん》だけのノートに。

いつの間にか呼吸が少し乱れている。整えようとする。

「ちょっと、見て」

隣の席の女子生徒が、その隣の女子生徒に声をかける。一応、潜めているつもりらしいが、けっこう大きめの声だ。自習室なのに。不良予備校生の僕がそんなことを思う。

「ねえ、この動画」

「え、何それ」

「東市で撮ったやつみたい」

「嘘。中区《なかく》っぽい？　駅の近く？　なんか飛んでる。でかくない？」

「鳥じゃないよね、これ。人っぽい形じゃない？　羽あるけど」

「天使みたいな？　合成？」

「いやあ、わかんない。でも、めっちゃ広まってるよ。ほら、アップされたばっかりで、この再生数」

「やばい、やばい」

うるさい。うるさい。うるさいんだよ。自習室なのに。僕は舌打ちをしそうになり、こらえる。ふと右手にスマホを握り締めていたことに気づく。天使。天使か。何が天使だ。スマホのロックを解除して、動画共有サービスのアプリを起動する。天使なんているわけがない。でも、気にはなる。どう検索したらその動画が見つかるだろうか。

「あっ」

と、隣の席の女子生徒が声を上げる。

「どうしたの？」

「なんか、もう一回再生しようとしたんだけど」

「消えた？」

「うん。削除されたっぽい。なんでかな」

「やばいやつだったんじゃない？」

「あー。かも」

件《くだん》の動画は削除されたらしい。ということは、ひょっとして本物だったのか。

僕はスマホを伏せてテーブルに置く。この件《けん》はあとで確認しておいたほうがよさそうだ。あるいは、仕事に関わりがあるかもしれない。

一つ息をついて、彼女のほうを一瞥した。

二度見する。

「……いない、だと……」

思わず小声で呟いてしまった。

ない。

彼女の姿が。

見あたらない。

勉強道具なども見あたらない。ちょっと席を外している、というわけではなさそうだ。自習を終えて、帰った。彼女は帰ってしまったのだろう。

僕の口からため息がこぼれた。というより、溢《あふ》れでた。

隣の女子生徒たちが憎くてしょうがない。当然、八つ当たりだ。わかっている。

僕はテキストなどをバッグに放りこんで席を立った。もう自習室に用はない。

心の声が聞こえる。おまえは予備校に何をしに来ているんだ。彼女に会いに来ているのか。会う？　遠くから顔を見ているだけじゃないか。何をやっているんだ。気持ち悪い。

自分が情けなくて、気持ち悪い。

僕は自習室を出た。

予備校、辞めようかな。そのとき僕はそういったことを考えていた。受験もやめようかな。無意味だしな。

「あの」

呼びかけられて、失望も落胆《らくたん》も投げやりな気持ちも、ぜんぶいっぺんに、きれいさっぱり吹っ飛んでしまった。

彼女が立っていたからだ。

明らかに、彼女は僕を見ている。

だって、ここには、自習室を出た先の廊下には、僕と彼女しかいない。

「……はいっ？」

「え、と……」

彼女は言い淀《よど》んで、下を向いた。

それから、ふたたび僕を見つめた。

はにかんだような、笑みを浮かべて。

「よく、会いますね」

「そうですね！」

答えて、僕は口をふさぐ。大きい。声が大きすぎた。これは変だ。まるで変人の奇矯《ききょう》な振る舞いだ。僕は立ち去りたかった。というか、消え去りたい。穴を掘って入りたい。

「わたし！」

ところが、彼女が負けじと大きな声を出したので、僕は度肝《どぎも》を抜かれた。

「乙野《おとの》といいます！」

「えっ」

「乙野綴《つづり》です！」

「……あっ、そっ……そう、なん、です……ね。お、乙野、さん……」

「安条《あんじょう》くんは」

「えっ」

「あっ」

「……え？」

「わたし……その、名前、調べて……」

「……あぁ。そう……ですか。まあ……わかり……ます、もんね。調べれば。同じ予備校だし、それくらい――」

え……？

でも、なんで？

どうして名前を調べたりしたの？

乙野さん。乙野綴。いい名前だ。ちょっと個性的で。

いや、そんなことよりも、乙野さんが、わざわざ僕の名前を？

ただ自習室でよく会うだけなのに？

なぜ?

「安条くんは」

「……はいっ?」

「時間……あり、ますか?」

乙野さんの顔が赤い。

真っ赤だ。

「……ごめんなさい、わたし、いきなり、何、言ってるんだろう」

「あっ、じ……時間……時間……?」

「思いきって、話しかけてみたから、せっかくだし、それで、わたし……」

「じ……時間は……ぜ、ぜんぜん、あります……けど?」

「あるんですか」

「ま、まあ、人並みに……」

「それじゃあ、このあと、よかったら、ご飯とか」

「ご飯っ?」

「だ、だめですか、だめ……ですよね、急だし……」

「だだだだっ、だだっ、だだだだっ……」

どうした。どうしちゃったんだ、僕は。だ、しか言えなくなったのか。故障したのか。

機械じゃないんだ。故障なんかしない。気合いだ。がんばれ、僕。がんばろう。

「だっ、だめじゃ、ないです」

「本当に?」

「は、はい、本当に」

乙野さんは胸に両手を当てて、ほっと息を吐いた。

「……よかった」

いったい何が起こっているのか。僕にはよくわからない。いや、わからないということはない。さすがにそれは。でも、信じられない。夢でも見ているんじゃないのか。だけど、僕は悪い夢しか見ない。血なまぐさくて恐ろしい夢しか。九年前、あの事件を経験して以来、ずっとそうだ。

ということは、これは夢じゃない。

現実なのだろう。

予備校の自習室でたまに目が合う乙野さんのことが、僕は気になっていた。その乙野さんが食事に誘ってくれた。

これから、ということは、夕食だ。

二人でディナー。

こんなときに限って、スマホが鳴動する。バッグの中で、僕のスマホが騒ぎだす。

「電話、鳴ってる……？」

乙野さんに指摘された。

「あ、あぁ、ほんとだ……」

僕はまるで、言われて初めて気づいた、みたいにバッグからスマホを取り出した。スマホのディスプレイに表示されている発信者の名前を見て、顔面がゆがみそうになる。

龍ヶ迫《りゅうがさこ》つぼみ様

「……ちょっと待て」

僕は『龍』という名で彼女を電話帳に登録していたはずだ。なぜフルネームになっているのか。しかも、様まで付いている。

僕じゃない。誰かが変更した。

たぶん龍ヶ迫自身が、というか、龍ヶ迫の指示で、龍ヶ迫の部下が、僕のスマホを遠隔操作したのだろう。

僕は手にしたスマホを睨みつけている。

「出なくていいの？」

乙野さんに訊かれて、僕は迷う。龍ヶ迫は用もなく僕に電話をかけてきたりしない。出たくない。話したくない。今はいやだ。

着信音が途絶えた。あきらめたのか、龍ヶ迫。

そんなわけがなかった。スマホはすぐにまた鳴動しはじめた。

「……ご、ご、ごめん、電話……」

僕はたどたどしく言って、乙野さんに背を向けた。スマホを耳に当てる。

「……はい」

『なんですぐに出ないの？』

龍ヶ迫の声は高くて、妙に甘ったるく響く。でも、この語調は明らかにキレている。

『仕事よ、安条くん。今すぐ来て』

最悪だ。

ØØ5 — 少女には向かない仕事
Dirty work

僕はスマホを耳に当てたまま、ちらりと振り向いて乙野さんの様子をうかがう。乙野さんは少しだけ眉をひそめて僕を見ている。不安そうでも、なんだか心配そうでもある。僕はスマホの向こうにいる龍ヶ迫つぼみに声を潜めて言う。

「今すぐ、ですか。すぐじゃなきゃだめですか」

龍ヶ迫が答えるまで、いくらか間があった。

『何を言ってるの？』

僕は肩を落とした。

「……だめ、ですよね」

『あたりまえでしょう？　何か不都合でもあるの？』

「不都合っていうか、都合が……」

『その都合とやらは仕事より優先されることなの？』

「優先っていうか……」

『つまり、安条くんは来られないということ？』

僕は黙る。何も言えなくなってしまう。

『ねえ、安条くん？　きみは非常勤ということになってるけど、今まで一度としてわたしの呼び出しを断ったことはないでしょう？　早朝でも深夜でも昼日中でも。それなのに、今回に限って来られないということ？　わたしがきみを必要としているのに？　だから連絡したのに？』

まるで恋人に来訪を乞うような調子で龍ヶ迫はまくしたてる。もっとも、僕は誰とも交際したことがない。だから、恋人に何かお願いする口調なんか知らない。こんな感じなんじゃないかという想像でしかない。

ただ、龍ヶ迫がこうした物言いをするときは、かなりおかんむりだ。それは経験上、理解している。

腹を立てたら何をするかわかったものではない。何をしてもおかしくない。龍ヶ迫はそういう人間だ。

やむをえない。僕は観念する。

「……わかりました」

『何がわかったの？　安条くん、わたしに教えて？』

「行きます」

『そう。待ってる』

「あの、どこに――」

行けばいいのか、訊こうとしたら、龍ヶ迫が電話を切った。

「……来いって言っといて……」

「あの」

背後からの声に、僕は驚く。即座に振り向くと、乙野さんが思ったより近くに、至近距離と言っていいほど近い場所にいたので、さらにぎょっとして跳び退《の》いてしまう。

「は、はっ、はいっ？」

「電話……何か、急な用事でも？」

「あぁっ」

僕は青くなる。自分では見えないけれど、おそらく顔が真っ青になっているはずだ。

「……す、すみっ、すみま、せん、し、仕事の連絡が……」

「お仕事の……？」

「あぁぁぁぁぁルバイトの！　えぇぇぇと、バ、ババババッ、バイトの、なんていうか、シフトの、なんかあの、今から出てくれないか、みたいな……」

「それは……断れない、ですよね」

「こ、断れ……ませんでした」

「そう……ですか」

乙野さんはうなだれた。これは、あれだ。疑いようがない。乙野さんはとても落胆している。がっかりさせてしまった。僕が。僕のせいで。とんでもないことをしてしまった。龍ヶ迫め。間が悪いにも程がある。龍ヶ迫つぼみ。許せない。

乙野さんが、うなずく。一度、二度。それから、ふうっ、と息を吐く。顔を上げる。

そして、乙野さんは微笑んでくれた。

「お仕事は、大事です。わたしは、大丈夫なので」

「……でも」

「いってらっしゃい。食事は、また今度」

「今度」

「よく会うから。ここで。また……機会はありますよね？」

「あります」

僕はうなずいた。

何度も。

「絶対」

「何が絶対ぃー？」

突然、背後から何者かが飛びついてきた。

「——ぃっ！」

僕は息をのんで、びっくりしたし焦ったけれど、その何者かの不意討ちをなんとか回避

できた。ネオンピンクの大きすぎるジャージみたいな服を着たその何者かの正体も、僕にはわかっていた。

比較的小柄な、人間の若い女に見える。明るい色の髪はボブカットくらいの長さで、唇に赤い口紅を塗りたくっていて、吊《つ》り目の女。でも、実は違う。

「よけるとか、世羽のくせになっまいきぃ！」

「……何しに来た。あと、気安く僕の名を呼ぶな、ネコめ」

「世羽世羽世羽世羽世羽世羽世羽世羽世羽世羽世羽世羽世羽世羽世羽世羽」

これでブチキレたら、ネコの思う壺《つぼ》だ。僕は深呼吸をして怒りを静めようとする。

「お友だち……？　ですか？」

乙野さんに訊かれて、頭が真っ白になった。ネコの奇行のせいで、ここに乙野さんがいることを瞬間、忘れていた。

僕が答える前に、ネコが顎《あご》をしゃくって乙野さんを示した。

「誰？」

「……だ、誰だっていいだろ！」

「いーのっかなぁー？　んで？　あたしは世羽のお友だち？」

「友だちなんかじゃない！　断じて！」

「わぁーひっどーい。セフレ扱いかよぅー」

「セセセッ……!?」

「なぁんてさー」

ネコは、にゃははっ、と変な笑い方をして、乙野さんに謎の敬礼をしてみせる。

「どもーぅ。ネコでーす。世羽はぁ、何だろ？　同僚《どうりょう》？　みたいなぁ？　そんなかんじさーね」

「あぁ、お仕事の……」

乙野さんはほっとしたようだった。なぜネコが僕の同僚だと乙野さんが安堵《あんど》するのか。

それは何を意味するのだろう。

「んっじゃー、行こっかぁ、世羽。お仕事お仕事」

ネコが手招きする。どうやら、龍ヶ迫の指令で僕を迎えに来たらしい。だから龍ヶ迫は電話で僕に行き先を告げなかったのか。

「……ご、ごめんなさい、乙野さん。う、埋め合わせは必ず、するので……」

僕は乙野さんに頭を下げて詫《わ》び、急ぎ足でその場を離れた。

東予備学院を出ると、ネコに脇腹を小突《こづ》かれた。

「なぁにあの子。彼女？」

「ちち違う！　かかかっ、彼女なわけ、ないだろっ」

「なわけないってこともないでしょーよ。世羽だってもう十九だしさー？　童貞《どうてい》だけど結婚もできる年だし。童貞だからあれだけど。童貞なのに、友だちもろくにいないわけだけどさぁー」

「……友だちはいないんじゃなくて作らないだけだし、童貞云々《うんぬん》は関係ないだろ」

「やぁーあたしとしてはぁ？　心配なわけさ。長い付き合いだしねー。えーっと、初めて会ったのが、十年前？」

「九年だ。……その話はいい」

「あにゃっ。地雷踏んじゃったぁー？」

「僕はおまえを踏んづけたい気分だよ」

「ネコだけにぃ？　うんっまいことゆーようになったねぇ、コゾーだった世羽がなー。んんんー。そんなにうまくもないかぁー？」

東予備学院から少し離れた道の路側帯に黒いミニバンが停まっていた。ネコは助手席に、僕は後部座席に乗りこんだ。

ミニバンには僕とネコの他に三人乗っていた。運転席に男が一人。後部座席の二列目シートに女が一人、三列目シートに女がもう一人。

「出します？」

運転席の男がタブレット端末を何か操作しながら訊いた。

「安条くんの家に寄って」

二列目シートの女が答えると、運転席の男はタブレット端末をドアポケットに突っこんで振り返った。

「安条、シット」

シットは「shit＝クソ」じゃなく、「sit＝座れ」のほうだ。両親ともフィリピン人で日本育ちの植田《うえだ》アリストートルは、いきなり他人を罵るような男じゃない。ちなみに、アリストートルはアリストテレスの英語読みだ。

「はい、植田さん」

このミニバンの二列目シートは、キャプテンシートと呼ばれるセパレートタイプの豪華なものだ。僕はキャプテンシートとキャプテンシートの間を通り抜けて、三列目のベンチシートに向かおうとした。

脚を組んで奥側のキャプテンシートに座っている女に呼び止められなければ、そうするつもりだった。

「安条くん、座りなさい」

女は視線で隣のキャプテンシートを示した。

かっちりした赤いコートも、ピンヒールのニーハイブーツも、彼女に似合っているとは思えない。

龍ヶ迫つぼみは童顔だ。女子高生の恰好《かっこう》をしても、たぶん違和感はないだろう。声質も少女的というか。中身はまったく違うわけだけど。

しょうがない。僕は龍ヶ迫の隣に座った。シートベルトを締めると、植田さんが車を発進させた。

「予備校で何かあったの？」

龍ヶ迫の問いに僕が答えるより早く、助手席のネコが、にゃっはーっ、と笑う。

「女さぁ。お、ん、なっ。世羽にも春が来ちゃったのさぁー」

「あら、そうなの。意外ね」

「奥手だからなー。ちゃんとセックスまで持ちこめるかなぁー。心配さぁー」

「どんな子だったの？」

「けっこうかわいい子だったよ。童貞であんな子とやっちゃったら、一生忘れらんないかもねぇ」

「……か、彼女とは、きょ、今日初めて、しゃ、喋ったんだ」

嚙《か》みすぎだろ、僕。いいけど。いや、よくない。というか、僕じゃなくて、こいつらがよくない。本当に悪い。

「……や、やめてください。からかうのは。ぼ、僕はともかく、か、彼女に失礼だ。と、とくに、何でもないんだから……」

「『とくに、何でもないいんだから』」

ネコが僕の声真似をして繰り返す。

「『何でもないいんだから』」

首根っこを掴んで壁に叩きつけたい。もしくは、その正体を無理やり曝《あば》いて、二股《ふたまた》に分かれている尻尾《しっぽ》を引っこ抜いてやりたい。しないけど。我慢だ。我慢。感情的になってもいいことはない。常に冷静でいる。それが最善だ。

三列目シートの女が、ふぅっ、とため息をついた。

見れば、黒い戦闘服に身を包み、長い黒髪をまとめた兎神静歌《とがみしずか》が、車窓の外に目をやっている。もう準備万端で、いつでも戦えそうだ。

最後に普段着の静歌さんを見たのはいつだろう。覚えていない。そんなに前のことではないはずだけれど、ずいぶん遠い昔のような気がする。

「龍ヶ迫さん」

「何、安条くん？」

「この東市で、羽の生えた人間みたいな生き物が目撃されたとか。仕事はその件と関係ありますか」

「そっちはヌ堂《どう》に追わせてるわ」

「だからいないのか。ヌ堂さん」

「これは別件よ。ここ一年くらいの間に、市内で何人か攫《さら》われてる。それは知ってるわね」

「はい」

「情報が入ったの。裏もとれた」

人が消える。老若男女を問わない。突然、行方不明になる。そんなことはめずらしくもない。もっとも多いのは家出や自主的な出奔《しゅっぽん》。それから、自殺。あとは、何らかの事故、事件に巻きこまれたか。

でも、通常のケースなら、僕らが動くことはない。家出人捜《さが》しも、犯罪者に拉致《らち》監禁されている者を救いだすのも、僕の、僕らの仕事じゃない。

「どうも喰われてるみたい」

龍ヶ迫が言う。

少女のような声で。

しかし、どこまでも冷たく。

「場所は風山《かぜやま》。相手はグールよ」

ØØ6 ― 因果は巡る Butterfly effect

東市中区一番街にある東予備学院から僕のアパートまでは、車だと五分もかからない。

僕は自室で軽く歯を磨き、顔を洗い、排泄《はいせつ》をすませ、水を飲んだ。着替えといっても、武器を収納したショルダータイプとウエストタイプのホルスターを装着し、上着をフィールドジャケットに替えるだけだ。小型のバックパック。日本刀入りの竹刀《しない》ケース。荷物は以上だ。

僕は部屋を出て、アパートの外に停まっていたミニバンに乗った。助手席のネコからイヤホンを受けとる。Smart Earphone for Squad を略したＳＥａＳという正式名称があるものの、皆、「イヤホン」としか呼ばない。でも、高度な外音取り込み機能と通信機能を持つ、たぶんかなり高価な代物だ。正しい方法で耳に嵌めれば、どんなに激しく動いてもまず外れない。本体をタッチ操作することで、通信関連のＯＮ／ＯＦＦ切り替え、音量の調節なども簡単にできる。

植田アリストートルが運転する車は北へ、風山へと向かった。

風山は昔、鉱山街だったらしい。廃鉱になったのは百年以上前の話だとか。その後、昭和三十年代に宅地開発が進められたが、市中心部からの遠さ、地下鉄駅新設の失敗、他地域との競争、景気の悪化、人口減等々が重なって、急速に衰退《すいたい》。今から二十年前には、ほとんどゴーストタウンと化していたようだ。

風山。

忘れようにも忘れられない。僕にとっては因縁《いんねん》の地だ。

それがどうした。過ぎたことだ。思い煩《わずら》うのにも飽きた。何をどれだけどう考えても、どうせ取り返しがつかない。

車内でブリーフィングが行われた。といっても、班長の龍ヶ迫つぼみが一方的に話し、僕ら班員はそれを聞くだけだ。龍ヶ迫は性格に難があるが、無能な指揮官じゃない。説明はいつも的を射ている。受け手を迷わせるような曖昧《あいまい》な指示を出すこともない。

「ほぼ確定している被害者はこの十三ヶ月間で六名。いずれも市内で失踪《しっそう》。全員、二十五歳以下の男女よ。手口は盛《さか》り場のバー、パブで対象者を酔い潰れさせ、拉致。一定期間監禁したのち、風山の滝口沢《たきぐちざわ》病院で儀式を行い、殺害。死にたての被害者を食べる。なお、被害者はさらに七名いるでしょうね。犯行グループはおよそ月に一度、満月の夜に人間を喰っていると考えられるから」

胸糞《むなくそ》が悪くなってくる。

僕ら七十六浄化班の駆除対象は、胸糞が悪い人外ばかりだ。

「犯行グループは、髑髏王《どくろおう》と書いてスカルキング。グールのギャングよ。リーダーは拳崎《けんざき》一心《いっしん》。構成員は八人。小さいわりに、活動範囲は広い。機動力がある。少数精鋭ね。ただし、十体前後のゾンビを飼っている」

グールの見た目は人類によく似ている。ただ、手足の指が関節一つ分ほど長い。それから、色素が薄い。平熱で三十三度くらいと、人類よりも体温が低い。

そして、屍肉《しにく》を好んで喰らう。

まあ、僕ら人類も屍肉喰らいの雑食動物なのだけれど、グールは生肉専門だ。

グールにとって、焼いたり煮たりした肉はとてつもなく臭くてまずい。とても食えたものじゃないらしい。だから、人間のふりをして僕らの社会に紛《まぎ》れて暮らすグールは、たいてい菜食主義者を装う。

一般人が思うより、グールの数は多い。定期的に健康診断を受ける学生、会社員になりすますのはやや難しいが、あるスーパーマーケットのアルバイト従業員二十三人が全員グールで、共謀《きょうぼう》して人肉食を行っていた。そんな事件も過去にはあった。

グールの本体は、やつらの体内に棲《す》んでいる細長い蛆虫《うじむし》のような生き物、グールワームだという。

やつらはとりわけ良質な人間の死体に出くわすと、その中にグールワームを送りこむ。グールワームの寄生が成功すれば、その死体は新たなグールになる。失敗すると、腐敗しつつも動く死体、いわゆるゾンビに成り果てる。

一説によると、グールワームは有史以前から人類に寄生していた。もっとも、本格的に人類を宿主にして繁殖《はんしょく》するようになったのは、農耕が始まって人口が稠密《ちゅうみつ》になってからだという。

いずれにしても、何千年もの間、僕たち人類を煩わせてきた害虫だ。

ウイルスのように人類を蝕《むしば》むグールどもを、僕らはまだ根絶できずにいる。

「拳崎一心以下の写真とプロフィールがサーバにあるから確認して。フォルダはパァパアルファフタマルナナゴーハチサンハチよ」

僕はスマホのＢａＳＳ（Backuping Squad System）アプリを起動し、日本地区七十六浄化班を示すPSJ0076のユーザーとしてログイン。龍ヶ迫が指定したPA2075838フォルダにアクセスする。

八人分の個人情報が出てきた。頭からざっと閲覧《えつらん》する。

拳崎一心は、革ジャン、革パンツ、安全靴という出《い》で立ちだ。痩身《そうしん》で、とくに脚がやたらと細い。バイカーというより、時代遅れのバンドマン風だ。

頬がこけ、えらが張り、目がぎょろついている。なかなか特徴的な容貌《ようぼう》だ。瞳の色は薄い。髪は真っ黒だが、きっと染めているのだろう。

革ジャンに髑髏をアレンジした紋章のようなものが刺繍《ししゅう》されている。拳崎率いる髑髏王とかいうグループのシンボルらしい。

他七人のグールも、同様のシンボルを刺繍した衣服を身に着けている。ただ、髑髏は服飾のデザインでよく使われるモチーフだ。髑髏王のシンボルはそれほど目立たないだろう。

「かなり詳細だな」

僕は問うでもなく呟いた。

「それね」

運転席の植田さんが言う。小声でも、イヤホンが拾って音量を増幅してくれるので、はっきり聞こえる。

「精度の高いタレコミがあって、今回は調査班の仕事がだいぶ楽だったって」

イヤホンが再生する通信者の音声は、頭の中心あたりで響くかのように調整される。最初のうちは異様に感じるものの、慣れれば他の音と明確に区別できて便利だ。

「どういう筋からのタレコミですか」

「匿名《とくめい》らしいよ」

「調査班が裏取りをしただろうから、ガセじゃないんですよね」

「もちろん」

「グール同士のいざこざかもしれないわね」

龍ヶ迫が口を挟む。

「毎月一人、人間を攫って食っているのだとしたら、髑髏王は規模のわりに派手に動いているグループだとも言える。他のグループが疎《うと》ましく思って、わたしたちに潰させようとしているのかも」

同族だからといって、馬が合うとは限らない。ことにグールは好き嫌いが激しい。気の合うグールどもは強固なグループを構成し、他のグループと激しく対立する。ときに殺しあう。それがグールだ。連中が生まれ持つおぞましい習性だ。

車は風山に入った。点灯している街灯が一本もない。植田さんが車のライトを消した。途端に暗視機能を持つ車載カメラの映像がフロントウインドーとリヤウインドーに投影される。

やがて車はおぼろ団地跡に乗り入れた。ここは市有地で、更地《さらち》にしてから売り出されたはずだが、買い手がつくわけもない。若木や車よりも背の高い雑草が生い茂り、さながらジャングルのミニチュアだ。

団地跡を抜け、崩れかけた廃墟がひしめく一角で、車は停まった。

この場所から滝口沢病院までは徒歩五分以内。距離的には近いが、団地跡ジャングルや廃墟によって隔てられている。間もなく病院で儀式を行うという髑髏王のグールどもが、この車に気づく可能性はまずない。

「ネコが偵察《ていさつ》」

龍ヶ迫が告げる。

「目標を確認し次第、シズとヨハネが突入。ドラゴン、アリスは指揮車で待機」

シズは兎神静歌、ヨハネは僕、安条世羽のコールネームだ。龍ヶ迫つぼみはドラゴン。

植田アリストートルはアリス。

「んにゃっ」

ネコが応じる。

「了解」

僕も短く答えた。

静歌さんは、ぁー、とだけ。

失声症を患う静歌さんは、数種類の音しか発声できない。ぁー、はYES、ぅー、はNO、しぃー、という摩擦音は、黙れ、の意だ。

「……班長」

植田さんが不満げに言う。

「俺のコールネームはテレスでお願いしたいんですけど」

「どうして？　アリスのほうがいいわ。かわいいもの。アリスでいいわね？」

「……はい」

植田さんはあっさり龍ヶ迫に押しきられてしまった。龍ヶ迫は本質的に暴君だ。能力があるから許されている。

「フタヒトマルマル」

龍ヶ迫が宣言する。

「PA開始」

僕たち浄化班は上意下達《じょういかたつ》の組織じゃない。少なくとも建て前上は、各班が自律的に駆除活動を行うことになっている。よって、僕たちに課される任務《Mission》はない。自分たちの意思で、PA＝実際的行動《Practical Action》を行う。

「行ってくるねー」

ネコが車を出た。僕は手許《てもと》のスマホに目を落とす。ネコは車外で脱衣しているはずだ。本来の姿のほうが偵察に適している。

間もなく静歌さんが車外に出て、ネコの衣類を回収してきた。

誰も口を開かない。いつも無駄口を叩いてばかりいるヌ堂光次《どうこうじ》がいないので、車内はやたらと静かだ。

僕はバックパックから暗視ゴーグルを、竹刀ケースから日本刀を出した。暗視ゴーグルを着用し、日本刀は専用のストラップで鞘《さや》ごと背中に斜め掛けする。

三十分が過ぎた。ネコからの連絡はない。

龍ヶ迫のスマホが鳴った。

「ええ。まだよ。そう。ええ。わかったわ」

会話は短かった。おそらく警察関係者からの連絡だろう。僕たち浄化班は警察とも連携してPAを行う。七十六浄化班の場合、窓口は東市警察警備課渉外《しょうがい》係だ。

二十一時四十七分。

『こちらネコ』

囁《ささや》き声が聞こえた。

ネコは伸縮する首輪にイヤホンと同等の機能を持つ装置を仕込んで着けている。本来の姿になると、体はずいぶん小さくなるものの、それでも人間みたいに喋れるのは、やつが化け物だからだ。

『目標現着。先行二名。ゾンビ四体確認』

「了解」

龍ヶ迫が短く返した。

二十一時五十六分。

『こちらネコ。目標現着。四名。ゾンビ三体確認』

「了解」

二十二時四分。

『こちらネコ。目標現着。残り二名。被害者確認』

「了解」

龍ヶ迫はすぐにスマホで電話をかけた。相手は東市警察警備課渉外係の係長、厳島《いつくしま》警部補だろう。

「わたしよ。ええ。じゃあ、お願い」

会話はやはり短い。龍ヶ迫は電話を切った。一つ息をつく。

「シズ、ヨハネ、配置について。ネコは二人と合流」

『にゃー』

「了解」

「ぁー」

僕は額にずらしてあった暗視ゴーグルを下ろして車を降りた。続いて静歌さんが出てくる。車のドアが閉まった。

静歌さんは黒い防弾マスクを被り、その上に暗視ゴーグルを装着している。僕がうなずいてみせると、静歌さんはかすかに首を縦に振った。

九年前。七十六浄化班は存在しなかった。あの事件で人外の駆除と僕の救出にあたったのは、三十四浄化班。当時、ネコはその一員だった。

三十四浄化班の班長は、兎神夕轟《とがみゆうごう》。

静歌さんの実父で、僕の恩師だ。

ØØ7 ― あなたを守りたくて
Faraway

滝口沢病院は診療科に循環器科や呼吸器科、消化器内科、外科、小児科を掲げ、百床以上の病床を有する病院だったらしい。建物は地下一階地上三階建て。おおよそ体育館がない小学校くらいの規模だ。

僕と静歌さんは病院裏手の駐車場に車が三台駐まっているのを確認した。大型のワンボックスカー、ワゴン車、セダンが一台ずつ。カウルのない四百ccのバイクも一台あった。資料が間違っていなければ、カワサキのゼファーとかいう拳崎一心の愛車だ。

窓や正面玄関はベニヤ板でふさがれている。裏口の一箇所だけ、ベニヤ板が撤去されていた。

その裏口から音もなく獣が出てきた。目が光って見える。

猫だ。暗視ゴーグル越しなので毛の色は判別しづらい。でも、黒猫だ。

ただの黒猫じゃない。

尻尾が二股に分かれている。

「にゃっ」

黒猫がごくごく小さな声で短く鳴いてみせた。もともとは黒猫だった。今は猫とは呼べない。

古来、並外れて長生きした猫は、尾が二股に分かれて人を化かし、害するという。

いわゆる、猫又《ねこまた》だ。

妖怪の一種で、人外に分類される。

人外。すなわち、僕たち人類の敵だ。本来なら浄化班の駆除対象だが、この猫又はある時点で人を脅《おびや》かすことをやめた。人にすり寄って、人と交わり、人を利することで生存の保障をえる道を選んだ。

ネコは首輪を着けている。イヤホンと同等の装置が仕込まれた首輪だ。浄化班の飼い猫又であることの証明だ。

「儀式は」

僕は囁き声で訊く。ネコが答える。

「準備中」

実際はイヤホンの通信機能を介しているのだけれど、この距離だと普通に会話しているように錯覚してしまう。ネコの声は僕の頭の中心あたりで響いているのに。人の認知機能というものは複雑で興味深い。

静歌さんが手招きをしてネコを連れていった。僕は拳銃を構えて裏口を監視する。ワルサーP22。小口径のわりに大きく、重量がある。重いぶん発砲時の反動が小さい。つまりは扱いやすい。装弾数は十発。決して殺傷力の高い自動拳銃じゃないが、そこは使い方次第だ。銃口に消音器を装着してある。

今ごろネコはどこかで人間の姿に化け、静歌さんのスマホに偵察で判明した情報を入力しているだろう。

『こちらアリス。見取り図送るよ』

植田さんが言った。

僕はスマホを出してアップロードされた画像を確認する。髑髏王のグールどもは滝口沢病院の地下一階に集結しているようだ。その区画には手術室や検査室が集中している。第一手術室と第二手術室をぶち抜いた大きな部屋。どうやらグールどもは、そこで儀式を行おうとしているらしい。

一階にも、地下へと通じる階段付近にグールが一人いるようだ。見張り役だろう。それから、七体のゾンビが放されている。ゾンビは腐っていて、愚かで、のろまだが、グールの言うことはよく聞く。鈍《どん》くさい番犬のようなものだ。

静歌さんとネコが戻ってきた。ネコは猫又本来の姿だ。

僕は手振りで裏口を指し示してみせた。ネコはふたたび裏口から建物に入っていった。

「こちらヨハネ。二手に分かれます」

僕はかなり近くにいても聞こえない程度の小声で言う。スマホに表示されている見取り図上の現在地をタップし、Xのシンボルを置いた。それから、建物北東の搬入口《はんにゅうぐち》にYのシンボルを置く。

「Xからヨハネ。Yからシズ。時間差でヨハネが先行」

『こちらドラゴン。いいわ。許可します。シズ？』

「ぁー」

「交戦開始したら合図します」

『こちらネコ』

建物内のネコが言う。

『階段まで近づけない感じ。どっから入っても、すぐゾンビに見つかると思う』

それがどうした。どっちにしても皆殺しだ。僕の心を見すかしたように龍ヶ迫が割りこんでくる。

『降伏したら基本的には応じなさい。とくに、安条くん。わかった？』

「ヨハネ、了解」

「ぁー」

静歌さんがポイントYへと向かう。

隠密《おんみつ》行動術も、戦闘技術も、静歌さんのほうが僕より上だ。年齢も三歳上。身長は僕のほうが六センチ高い。それでも、彼女は百六十八センチだ。低くはない。僕は彼女の実父である恩師から、兎神流《とがみりゅう》という古武術を習った。彼女も兎神流を習得している。その習熟度も彼女のほうに分がある。

彼女は失声症で、自己表現の手段が限られている。現場で作戦を提案することはまずできない。ぅー、と声を出して拒否しても、反論するのは難しい。だから、僕が変なことを言わなければ、彼女は従う。

正直なところ、彼女を従わせるたびに、僕は微《かす》かな快感を覚えている。そんな自分が気持ち悪い。けれども、僕はそれをやめることができない。

僕は彼女を自分よりも危険な目に遭《あ》わせたくはない。たとえ自分が彼女より若輩《じゃくはい》で、戦闘者として劣るとしても。人外との戦いで、彼女が僕より先に死ぬなんて論外だ。あってはならない。

僕は彼女を守りたい。

その資格が、そして能力が、果たして僕にあるのか。あやしいところだ。たぶん、ない。それでも、彼女を守りたいと思っている。できることなら。そのために、僕は彼女を従わせる。

静歌さんは恩師の娘だ。今では仕事上の付き合いしかないが、昔は違った。彼女なりに僕を気遣ってくれた。親切にしてくれたと思う。

ただ、彼女は話さない。チャットやメッセージのやりとりも好まない。何か用があって連絡しても、ほとんどの場合、彼女の返信は五文字以内だ。僕は彼女のことをろくに知らない。

親しい間柄とは、とても言えないだろう。

大切な存在なのかどうか。

よくわからないが、義理みたいなものはあるような気がする。

『ぁー』

静歌さんの声がした。ポイントYに到着したらしい。

僕は息を吸う。吐いて、肩の力を抜く。

「ヨハネ、突入します」

裏口から建物内に侵入する。守衛室前を通り抜けるとすぐ、廊下は丁字路《ていじろ》に突き当たる。地階へ向かうなら、丁字路を左だ。

丁字路の手前で止まる。少しだけ顔を出す。いた。ゾンビだ。僕は銃を構えてゾンビの眉間《みけん》に照準を合わせる。引き金を引く。一発。二発。消音器のおかげで、銃声は小さい。そうはいっても、他のゾンビたちや階段前の見張りグールは異変を察知しただろう。

額を撃ち抜かれたゾンビが壁に倒れかかる。脳に損傷を受けると、ゾンビは動けない死体に成り果てる。

『もう撃ったの？』

僕は龍ヶ迫を無視する。

「こちらヨハネ。シズはまだ待機」

廊下を進む。右に折れた先にまたゾンビがいた。二体だ。うぁー、おぉー、と唸《うな》りながら、早歩きより少し速い程度の足どりで向かってくる。僕はそれぞれ二発ずつの銃弾を頭部にぶちこんでやった。

「ヨハネ。ゾンビ三体駆除」

『撃ちまくりね』

龍ヶ迫がため息まじりに言う。呆《あき》れているようだ。僕は気にしない。

「シズは待機」

『うー』

「待機して」

右手の部屋からゾンビが飛びだしてきた。顔面を撃つ。二連射。二発とも当たった。でも、ゾンビはよろめいただけで、止まらない。僕はゾンビを蹴倒《けたお》し、ひょいと跳ぶ。ゾンビの頭を踏み潰した。ゾンビの頭《ず》蓋《がい》骨《こつ》は生きた人間のそれより脆《もろ》いようだ。とはいえ、そこそこ硬い。割るにはコツがいる。僕はそれを心得ている。

『えぁー』

静歌さんが聞き覚えのない音を発する。怒っているのかもしれない。

「こちらヨハネ。ゾンビ四体目を駆除」

僕は階段のほうへと向かう。来た。ぞろぞろやってくる。ゾンビが三体。連中の後ろにグールもいる。

僕は足を止める。しっかりと拳銃を保持して撃つ。先頭のゾンビに一発、当たった。左目のあたりだ。でも、倒れない。もう一発は外れた。弾切れだ。

弾倉を交換する暇はない。僕は拳銃をホルスターに戻し、背中の鞘から日本刀を抜く。

一発被弾している先頭のゾンビに突きを見舞う。眉間あたりだ。脳まで一気に貫く。動けなくなった死体を、寄せくるゾンビのほうへ蹴って押しやる。続く二体のゾンビは先頭ゾンビをよけられない。ゾンビはそこまで機敏じゃない。機転も利かない。

倒れかかってきたゾンビのせいで前進を阻《はば》まれたゾンビどもに迫る。ゾンビどもの脳天を矢継《やつ》ぎ早《ばや》に刀でかち割って、ただの死体に変えてやる。

「てめえ！」

グールが怒鳴る。明らかに狼狽《ろうばい》している。僕は、すっ、と短く息を吸う。ゾンビだった死体の山を跳び越える。

暗視ゴーグル越しだと、容姿をはっきりと識別するのは難しい。そのグールがどのグールかはよくわからない。ただ、リーダーの拳崎一心じゃない。それだけは間違いない。

「あっ――」

グールは最期に何を言おうとしたのか。どうでもいい。知ったことじゃない。僕は刀でグールの首を刎《は》ねた。

グールの生首が床に転がる。首の半ばから上を失った体が膝をつき、倒れる。

生首の、そして胴体のほうの首の断面から、グールワームが湧《わ》きだしてくる。僕は生首のほぼ中心に刀を突き立て、引き抜く。すかさず生首を蹴っ飛ばす。放っておくと、グールワームがグールの肉体を再生させる。グールを完全に殺すには、焼却するしかない。

今は無理だ。とりあえず、すぐには再生できない状態にしておく。あとでまとめて処理する。

僕はポケットから出したタオルで刀についた汚《けが》らわしい血脂《ちあぶら》をぬぐう。刀を鞘に納める。弾の切れた拳銃をホルスターから抜く。弾倉を交換しながら、小声で言う。

「こちらヨハネ。ゾンビ七体とグール一人、処理完了。シズ、突入を」

『あー』

静歌さんは大急ぎでポイントYから地階を目指すだろう。

僕はもう階段のすぐ近くにいる。先に地階へ到着するのは間違いなく僕だ。静歌さんの手を煩わせるまでもない。僕がやる。ぜんぶ僕が殺す。僕一人でいい。

∅∅8 ―― 時は金にならず
Not counting

階段が見えてきた。エレベーターは稼働しないので地下にはこの階段でしか行けない。階段の先でグールどもが怒鳴り合っている。何を叫んでいるのかまではわからない。

「ネコ、下にいるな?」

『いるよー』

イヤホンの通信機能が増幅していても、答えるネコの声はだいぶ小さい。地階のどこかに隠れているのだろう。

『捕まってる人間は元第二手術室の隅っこ。今んとこ生きてる』

「ヨハネ、了解」

資料によれば、今夜グールの餌食《えじき》になろうとしている被害者は、村居《むらい》ヨシノ。二十一歳の学生。六日前から登校していない。髑髏王のグールどもに拉致され、今日まで監禁されていたと思われる。

警察なら滝口沢病院を包囲し、犯行グループに交渉を持ちかけながら、突入のタイミングを計るだろう。でも、それは僕らのやり方じゃない。人外に人間に対するような交渉は通じない。

急襲し、可及的《かきゅうてき》速やかに制圧する。人質がいるなら、同時に救出を試みる。ただし、人命救助のために浄化班が人的損害を被《こうむ》ることは極力避けねばならない。これが浄化班PAの標準的な手続きだ。僕たちはあくまでも浄化班。人命救助は最優先されない。僕の仕事は人外の駆除だ。

階段を下りる。地下は明かりがついている。この建物には、というか風山のこの一帯には、電気が通っていない。グールどもが照明器具を持ちこんだのだろう。携帯用のLEDランプか何かだ。僕は暗視ゴーグルを額にずらし上げた。静歌さんが追いついてくる前に、このPAを終わらせてやる。

地階が見えてきた。グール二人を確認。僕は足を止め、しっかりと両手で拳銃を保持して撃つ。胴体に二発ずつ。計四発を命中させる。二人のグールは撃たれてから「おぅっ」と呻く。そして、くずおれる。僕はグール二人の頭を順々に撃ち抜く。

「っそおらぁあっ！」

「敵だ！」

「やっちまえ！」

「めんじゃねえぞぅらっ！」

「っだらおらぁあっ！」

グールは残り五人。どういうわけかグールは飛び道具を好まない。格闘戦に執着する。

愚劣《ぐれつ》さはやつらの性質だ。グールどもが僕めがけて突進してくる。いや、一人だけ、奥に捕らえられている人質のほうへ向かっているようだ。

「ネコ、助けてやれ」

できたらでいい、と付け足す余裕はなかった。僕は拳銃を撃つ。四発。全弾当たったが、グールどもは被弾しても小揺《こゆ》るぎする程度で止まらない。僕は弾が切れた拳銃をホルスターにしまう。刀を抜く。

『うーっ』

静歌さんが言う。なぜ自分の到着を待たずに始めたのか。抗議する声を聞きながら、僕は刀を振るう。

兎神流古武術における剣の初歩、その要諦《ようてい》は簡潔だ。戦いの最中は斬撃の効果を考えない。間合いに侵入してきたものをただ斬る。それが何であれ間合いに入りこませない。現代的な表現をするなら、機械的と言ってもいい。感情、思考の一切を排し、オートマティックにそれを行えるようになるまで、ひたすら稽古《けいこ》する。

一連の鍛錬《たんれん》を終えるころには、これ自在なりと意識することもない無の境地で、刀を効率的に扱えるようになる。迫る敵に恐怖を感じず、斬ることに何らためらいを覚えない。刀はただ斬るものでしかない。刀を振るう者もまた同じだ。正とも邪とも無縁となる。

見る間に僕の前にグールどもの身体部位がばらまかれ、折り重なる。

グールは一関節分長い手足の指や鈍い痛覚、闘争心を生かした肉弾戦を好み、得意とする。愚かにも、自らの格闘術を、魔拳《まけん》、と称したりもする。

あまたいる人外の中でも、グールは僕にとっていい鴨《かも》でしかない。

四人のグールのうち三人は、もはやばらばらの肉塊となってむなしく蠢《うごめ》いている。一人は両腕を失っており、「ひぃっ」と踵《きびす》を返して逃げようとした。僕は追いすがって刀を振り下ろす。グールの頭を斜めに斬断する。

「ヨハネ。グール六人、駆除完了。ネコ？」

『無理だったー』

「了解」

僕は刀をタオルで拭き、鞘に納めて拳銃を抜きながら奥へと足を進める。弾倉を交換。拳銃を構える。

足音が聞こえる。静歌さんが階段を駆け下りてくる。

「来るな。近づくんじゃねえ」

元第二手術室の隅で、グールが若い女性を捕《つか》まえている。

グールは拳崎一心。女性は村居ヨシノだ。

彼女は何も身に着けていない。全裸だ。

拳崎は彼女の首に左腕を巻きつけ、左手で自分の上腕を掴んでいる。右手を彼女の後頭部に回して、がっちりと固めている。

グールは人間よりやや力が強い。そうでなくとも、あの体勢なら一瞬で彼女を失神させ、さらに首をへし折ってしまえるだろう。

「っ……っ……っ……」

彼女は両目を瞠《みは》って、途切れ途切れの息を吐くだけで、何も言えない。

何日もグールに監禁され、死を覚悟したことだろう。正気を失いかけたかもしれない。でも、グールにとって、人間はご馳走《ちそう》だ。十分に飲み食いさせ、テレビを見させる、音楽を聴かせるなどして、ある意味、彼女を大事に扱っていたはずだ。おかげで彼女の精神は崩壊しなかった。不幸にも、彼女はまともなまま、この状況に置かれている。

もちろん、気の毒だ。

彼女の気持ちが僕にはわかる。とても、とても、よくわかる。

助けてやりたい。できることなら。

でも、僕は止まらない。拳銃で拳崎を狙ったまま、足を進める。

「近づくなって言ってんだろうが！」

拳崎が怒声を発する。その拍子に腕に力が入ったのか。村居ヨシノが全身をこわばらせて、「うぃっ」と奇妙な声を出す。

拳崎と彼女まで、およそ四メートル。反動が小さいワルサーP22。この距離なら、僕は絶対に外さない。

『世羽……』

ネコが言う。どこかそのへんに身を潜めて様子を窺《うかが》っているのだろう。

静歌さんが追いついてきた。僕は振り向かない。静歌さんは僕の斜め後ろで立ち止まったようだ。きっと拳銃を構えていることだろう。静歌さんが来るまでの間に片を付けられなかった。残念だ。

「それ以上、一歩でも近づいてみろ」

拳崎の声が低くなる。

「この女を殺す」

「っ……っっ……っ……！」

村居ヨシノは見開いた両目を泣き濡《ぬ》らして僕を凝視している。僕の胸は痛まない。僕は動じない。僕はやるべきことをやるだけだ。

僕ら浄化班は人外と交渉しない。人外を駆除する。それが僕の仕事だ。それだけが。

「今から五つ数える」

僕は拳崎に言い渡す。

「その間に人質を解放して投降しろ。さもないと、蜂《はち》の巣にしたあと焼き払う。五」

「――ふざけやがって！」

拳崎が何をしようとしたのか。わからない。知る必要はない。知りたくもない。

僕はカウントダウンせずに拳銃の引き金を引く。銃弾が放たれ、拳崎の眉間に命中する。さらに二連射。三発の銃弾はほぼ同じ場所に当たった。威力が高いとは言えない二十二口径の弾丸でも、これなら頭蓋を破って脳を損傷させることが十分可能だ。

「うっ、おっ」

拳崎が変な音声を発する。腕の力が緩む。村居ヨシノが悲鳴を上げながら逃れようとする。静歌さんが飛びだし、村居ヨシノの腕を掴んで引っぱった。

「かっ……！」

拳崎はそれでも村居ヨシノを放すまいとする。でも、静歌さんが勝って、村居ヨシノを奪いとった。

僕は拳崎に歩み寄って引き金を引き続けた。拳崎が倒れても頭部に銃弾をぶちこみ続けた。弾が切れると、軽く跳んだ。

拳崎の頭は十発の弾丸を食らって穴だらけになっていた。両足で踏み潰すと、いい具合に、まるで破裂するみたいに、録音して何度もリピート再生して聴きたくなるような音を立てて、見事に弾けた。

眩暈《めまい》がするほど、すっきりした。

P22

拳崎一心。

これがおまえに相応《ふさわ》しい末路だ。

ざまあみろ、人外。

僕は一度、深呼吸をし、そうした思いをすべて自分の中から追いだした。

静歌さんがマスクを外して素顔をさらし、うずくまる村居ヨシノの肩を抱いている。何か声をかけたくても、静歌さんにそれはできない。

どこにいたのか、黒猫が出てきた。ネコは静歌さんと村居ヨシノに近づいてゆく。きっと猫のふりをして愛嬌《あいきょう》を振りまき、村居ヨシノを和ませるつもりだろう。ネコの常套《じょうとう》手段だ。たまに尻尾が二股に分かれていることに気づかれて、被害者を驚かせてしまう。

「こちらヨハネ。人質は無事です。拳崎一心を駆除しました。ＰＡ終了」

『ドラゴン、了解。処理班を要請するわ。ヨハネは現場保存。シズとネコは村居ヨシノを保護しつつ帰投しなさい』

龍ヶ迫はため息をついてから言う。

『安条くん。あとで説教よ』

ØØ9 ― 回る回る因果は廻《まわ》る
Sister

僕は滝口沢病院一階の裏口まで、静歌さんとネコ、村居ヨシノに同行した。彼女らを見送ってから、グールやゾンビどもの残骸を確認しはじめた。

さっきまでは気にならなかったけれど、一階には湿りけのある甘酸っぱいゾンビ臭が充満している。腐乱臭とはまた違う。悪臭には違いないが、慣れている。耐えがたいというほどじゃない。

ゾンビはすべてただの腐りかけた死体になっている。

一階で首を刎ねて頭に刀を刺したグールは、その生首からも胴体からも大量のグールワームが這《は》いだしていた。放っておけば、グールワーム同士が癒着《ゆちゃく》して生首と胴体を繋《つな》ぎあわせる。皮膚、頭蓋、脳の損傷まで治ってしまうだろう。

もっとも、脳の部位にもよるらしいが、とくに海馬などが一度壊れると、記憶が元通りになることはないようだ。物を覚えていなくても、自己認識は保たれる。自分は間違いなく自分である、という意識が消え失せることはないのだとか。

『こちらドラゴン。処理班は七分で現着予定よ』

「ヨハネ、了解」

僕は地下への階段へと向かおうとした。

足を止める。息も止めた。

何かの、音――なのか、どうか。判然としない。でも、気配のようなものを感じた。何かが動いたような。

拳銃を抜いて安全装置を解除し、振り返って構える。一階は暗い。ほぼ真っ暗だ。暗視ゴーグル越しだと、昼間のようには見えない。耳を澄ます。グールワームが蠢いている音というほどの音はしない。静かだ。

気のせいか。

僕は念のため、拳銃を持ったまま階段を一段だけ下りた。そこでやめた。気のせいだとしても、何かを感じた。勘のようなものかもしれない。勘なら、無視すべきじゃない。

階段を上がる。僕は一階を一通り探索することに決めた。何もなければそれでいい。僕はポイントX、つまり裏口から来た。ポイントY、北東の搬入口からも建物に出入りできるはずだ。そっちへ向かおうとしたら、音が。今度は気のせいじゃない。はっきりと聞こえる。

足音だ。

振り向く。駆けてくる。何者かが。敵か味方か、とは思わなかった。味方のわけがない。

僕らの敵。ということは十中八九、人間じゃない。

引き金を引く。二連射。

敵は銃撃を躱《かわ》して床を蹴って壁へ。壁を蹴ってまた床へ。

「敵襲！」

僕は短く言って拳銃をホルスターに収める。刀を抜く。やばい。敵がものすごい勢いで突進してくる。やばい。やばい。焦るな。間もなく肉薄される。

『新手!? シズ、救援に向かって！』

『ぁー』

『アリス、人質の確保に！』

『了解！』

龍ヶ迫たちのやりとりは聞こえている。でも、頭に入ってこない。僕は刀で敵と斬り結ぶ。敵は両手に刃物を持っている。おそらく刃渡り一尺、三十センチもある狩猟用の剣鉈《けんなた》だ。僕の刀は刃長六十八センチ。刀としては短い。室内での取り回しを考えて選んでいる。とはいえ、剣鉈に比べれば倍以上だ。リーチの長さを、僕はまるで生かせていない。

後退しながら、なんとか敵の剣鉈を捌《さば》く。後退せざるをえない。さもないと、懐《ふところ》に入りこまれる。正直、必死だ。一階は暗い。だから暗視ゴーグルを着けている。でも、こういう接近戦に対応できるほどくっきり見えるわけじゃない。つまり、僕には敵の攻撃がほとんど見えていない。体が反応しているとしか言えない。本当にぎりぎりだ。いつ押しこまれてもおかしくない。敵はマウンテンパーカか何かのフードを被っている。顔はわからない。それでも、その正体には見当がついていた。

「——由布《ゆふ》の妹か!」

「逆白波《さかしらなみ》はいないのか!」

敵はここにいない者の名を出すなり、僕の刀に左右の剣鉈で連撃を見舞う。

やられる。

「んぅ……!」

僕は刀を手放す。後ろに身を投げだす。僕はグールワームに突っこんで、グールワームまみれになる。賭けだった。転がって起きるまでの間に、敵は僕を剣鉈でぶった斬るかもしれない。けれども、僕の体勢は崩れていたし、あのまま打ち合おうとしていたら、確実に斬られていただろう。一か八かの大博打《おおばくち》に出るしかなかった。

僕は斬られずにすんだ。

拳銃を抜きながら片膝立ちになって、撃つ。

いや、撃とうとしたところで、敵の剣鉈が銃身をぶっ叩いた。

「っ……」

剣鉈が何度も襲いかかってきた。どうやって躱したのか。僕自身、よくわからない。気がついたら、階段を転げ落ちていた。頭を打つな。なんとか受け身を。拳銃はない。無理に途中で止まろうとしないことだ。僕は一気に地下一階まで落ちきった。暗視ゴーグルを外す。起き上がる。

「安条世羽！　あんたのせいで……！」

敵が二本の剣鉈を振りかざして躍りかかってくる。僕はせっかく立ち上がりかけたところだけれど、後ろに跳ぶ。また転がる。銃はもう一挺携帯している。ワルサーP22じゃない。グロック17。個人的に知り合いの武器商人から調達したものだ。改造してあり、フルオート機構が追加されている。装弾数は十九発。

グロック17改を抜いて、引き金を引きつづけ、ぶっ放しながら地下一階の奥へと走る。もちろん敵を狙っている。でも、当たらなくてもいい。当たったら儲《もう》けものだ。

あっという間に全弾撃ち尽くした。敵が向かって右の部屋から飛びだしてくる。ただの一発も、掠《かす》りさえしなかったらしい。

僕は向かって左の小部屋へ。地階の部屋はドアが撤去されるか、もしくはぶち抜かれている。僕は備品庫か何かだった小部屋に飛びこみ、弾倉を交換して、振り返るなり発砲。二連射する。

「僕のせいだと、鬼め！　おまえの兄さんは僕の家族を皆殺しにしたんだ！」

敵が小部屋に入ってこようとしたら、僕は照準を定めずに出入口めがけて撃つ。これだとさすがに敵も警戒せざるをえないだろう。出入口の近くにはいるはずだが、動きを見せない。

「由布イラツメ！　おまえが髑髏王の情報を流したのか！　グールどもを囮《おとり》にして、僕を誘《おび》き寄せようとしたんだな！」

「あんたは本命じゃない！　逆白波アロヲを釣るには、餌がしょぼかった！」

「骨折り損だったな！　おまえは失敗した！　すごすごと引き下がったらどうだ！」

「せめてあんたの生き肝をお兄ちゃんに捧げてあげる！」

「鬼が考えそうなことだな！　野蛮で、残虐で、下劣な人外め！」

「あんたに言われたくない！　人外だって生きてるんだ！　あんたらがやってることは殺戮じゃないか！」

僕は時間稼ぎをしている。そうじゃなければ、鬼の妹と口なんか利きたくない。

鬼の妹だから当然、鬼だ。

由布イラツメ。

イラツメは、郎女、と書くらしい。

ピアノの発表会が襲撃された、あの忌まわしい事件。何の罪もない僕の家族を、桜井先生を、大勢を殺した、鬼。

あの鬼にも名があったことを、僕はずいぶん経ってから知った。

由布鷹正《ゆふたかまさ》。

だから、事情通はあの事件をこう称する。由布鷹正事件、と。

「殺戮じゃない！　僕ら浄化班は人外を駆除している！」

「詭弁《きべん》だろ！　言葉を換えたって、殺戮は殺戮だ！」

「おまえの兄さんはまさしく殺戮した！　僕やアロヲを付け狙うのは逆恨《さかうら》みだ！」

「違う！　正当な復讐《ふくしゅう》だ！」

ちなみに、逆白波アロヲというのは由布鷹正を駆除した傘男だ。人間じゃない。人外。化け物だ。猫又のネコは浄化班に所属しているけれど、アロヲは外部の協力者という形をとっている。僕みたいな非常勤でもない。その立場は曖昧だ。

『こちらドラゴン。シズは間もなく現着』

龍ヶ迫が言う。

僕は叫ぶ。

「何が復讐だ！　復讐したいのはこっちのほうだ！　でも、できない！　おまえの兄さんは死んだからな！　僕の目の前で！　あっさりアロヲに殺された！　今でも夢に見るよ！　おまえの兄さんの首をアロヲが掴んで、握り潰す場面を！　夢なんか見なくても、はっきりと思いだせる！」

「くそ！　くそ！　くそ……！」

郎女が僕から見て右方向の壁を叩くか蹴るかしている。チャンスなんじゃないか。郎女は完全に逆上している。僕に居場所を教えてしまったことにも、たぶん気づいていない。今ならやれる。鬼を駆除できる。

この手で由布鷹正の妹を殺せる。

Ø1Ø ― 感情と冷静と激情の谷間

Super-ghoul

由布鷹正。

僕の家族を殺した鬼。桜井先生を殺した鬼。母か桜井先生か、どちらか選べと僕に迫った鬼。選べなかった僕。そのせいで、母も桜井先生も死んだ。

僕のせいで。

あの鬼が、僕の中に自責の念と罪悪感を植えつけた。

恩師に、静歌さんの父親、兎神夕轟には、僕はその話をした。彼は僕を責めなかった。僕は悪くない。母の死も、桜井先生の死も、僕のせいじゃない。僕に責任はない。九年前だ。僕は十歳だった。まだ子供だった。僕にはどうしようもなかった。どうにもできなかった。母も、桜井先生も、僕には救えなかった。頭では理解していても、僕は長い間、自分自身を許すことができなかった。

長い間？

今は許しているのか？

正直、わからない。

僕は自分を許したくて、人外を駆除するのかもしれない。

もしくは、逆に、忘れないために。

あの痛み。

喪失感。

絶望。

罪を。

由布鷹正は死んだ。

できることなら仇討《あだう》ちをしたかった。僕があの鬼を殺したかった。

叶わなかった。

あっという間の出来事だった。

僕の大切な人たちがどんどん殺されて、あの鬼もあっけなく死んだ。

逆白波アロヲが、あのふざけた傘男、半端者、人外と人間の中間に位置する異端者が、たやすく破壊してしまった。

すぐそこに、あの鬼の妹がいる。

僕から何もかもを奪った鬼の血を分けた妹が。兄を殺された、その仕返しを逆白波アロヲや僕にしようとしている鬼が。浄化班で仕事をしはじめてから、あの鬼には何度か襲われた。正確に言うと、これで四度目だ。筋違いな怨恨《えんこん》に取り憑《つ》かれている、愚かな鬼だ。

由布《ゆふ》郎女《いらつめ》。

あの鬼は殺すべきだ。そもそも鬼は殺さないといけない。人外は害悪だ。僕たち人間とは相容《あいい》れない。ネコも逆白波アロヲも繁殖できない一代限りの人外だ。さもなくば、いかなる事情があろうと駆除されている。あの鬼は、由布鷹正の妹は、子を産めるだろう。駆除しなければならない。

そうだ。

あの鬼を殺そう。

『ぁー』

静歌さんが声を発する。足音だ。階段を駆け下りてくる。

『こちらドラゴン。シズ、現着』

龍ヶ迫が言う。思わず僕は舌打ちをする。

殺したかったのに。僕がこの手で、あの鬼を。由布鷹正の妹。由布郎女を。

銃声が響く。

「──クソアマ！」

郎女の罵声《ばせい》。静歌さんは六発か七発撃ったあと、刀を抜いたようだ。

「るあぁっ！」

郎女の剣鉈と静歌さんの刀がぶつかる。二人は激しく動き回っている。

僕が小部屋から飛びだしたときにはもう、郎女は階段を上ろうとしていた。静歌さんがあとを追う。もちろん僕も追いかける。

静歌さんの身体能力は高い。僕だってときどき血反吐を吐く程度には鍛《きた》えている。でも、僕らは人間だ。鬼は違う。見かけが人間に似ているだけで、人外だ。現時点における知見では、鬼は遥か昔、ネアンデルタール人から分化した種だという。ともあれ、僕たちホモ・サピエンスとは別物だ。由布鷹正はどうだったか知らないが、お門違いの報復に執着している郎女はそれなりに鍛錬を積んでもいるだろう。郎女の逃げ足は速い。尋常《じんじょう》じゃない。どんどん離される。僕は撃てない。前に静歌さんがいるし、走りながらではぶれる。撃っても当たりっこない。

郎女は階段を上がりきった。ポイントX、裏口のほうじゃない。ポイントY、搬入口方面へ向かった。

『こちらドラゴン。状況を報告して』

龍ヶ迫が言う。

黙れ。

思っただけだ。さすがに口には出さない。余裕もない。静歌さんと僕は搬入口へと急ぐ。搬入口から外に出た直後、左前方の雑木林で草木をかき分けるような音が聞こえた。

迷わず雑木林めがけて駆けだそうとした僕の腕を、静歌さんが掴む。

「うー」

静歌さんは首を横に振ってみせた。行くな。深追いするな。そう言いたいのだろう。

僕は静歌さんの手を振りほどく。

郎女の気配は遠い。すでにほとんど感じられない。追いつけないほど距離が開いたか。あるいは、雑木林の中に身を潜めて僕らを待ち伏せしているのか。

「……わかってます」

郎女はいつも単独で奇襲してくる。今回も仲間はいないだろう。それでも危険な相手だ。僕たち浄化班を何回も攻撃し、交戦して、生き延びている。

由布鷹正、あの兄と違って、しぶとい鬼だ。兄と違って、郎女は僕らを襲う以外、人間に危害を加えているような様子はない。

わからないけれど。

いつか、どこか知らない場所で、人を殺しているかもしれない。

所詮《しょせん》は鬼だから。

「こちらヨハネ。襲撃者は由布郎女。逃がしました」

『こちらドラゴン。了解よ。被害は？』

「皆無《かいむ》です」

龍ヶ迫の質問にそう答えた瞬間、静歌さんが肘で僕の左脇腹を小突いた。

「——う、くっ……」

『え？　何？』

「い、いえ……な、何でもないです」

階段を転げ落ちたときに痛めたのだろう。静歌さんに小突かれた左脇腹だけじゃない。数箇所に痛みがある。打撲《だぼく》程度だと思うけれど。

「ヨハネとシズ、処理班を待ちます」

『そうして』

「ぁー」

静歌さんが顎をしゃくって搬入口を示す。先に入れ、ということか。僕はもう郎女を追う気をなくしている。でも、静歌さんは僕を信用していない。

それか、僕のことを心配してくれているのかもしれない。

僕はおとなしく暗視ゴーグルを下ろして、搬入口から建物の中に入った。静歌さんが僕に続く。

「あの」

僕は言い直す。

「こちらヨハネ。ドラゴン？」

『何？』

「人質になっていた女性は」

『無事よ』

「そうですか」

『少なくとも、目立った外傷はない。警察に引き渡すわ』

「了解」

後ろで静歌さんが、ふっ、と鼻を鳴らすような音を立てた。僕は思わず振り返る。ひょっとして、笑ったのか。でも、静歌さんは防弾マスクを着けている。表情どころか、顔がまったく見えない。

静歌さんは笑わない。泣かない。彼女が何を考えているのか、僕にはわからない。むしろ、彼女は自分の考えを伝えようとしない、と言うべきかもしれない。自分の考え、感情を、他者に向かって明らかにする。他者と共有する。そういった欲求が彼女にはないのかもしれない。

静歌さんはおそらく、自らの意思で他者を遠ざけている。

だとしたら、僕は立ち入るべきじゃない。訊きたいことがあっても、僕は訊かない。どうせ彼女は話せないから。そうじゃない。その気になれば、意思の疎通を図る方法はいくらでもある。僕らは語り合えるだろう。でも、彼女が望んでいない、少なくとも僕にはそう見えるから、無理にそれを行うことはない。

僕らは一度、地下一階に下りた。郎女との戦闘で現場を荒らしてしまった。処理班が到着する前に、状況を確かめておこうとした。血の気が引いた。

僕は暗視ゴーグルをずらして見直す。ここで僕は七人のグールを駆除した。階段上がり口の近くで二人。その向こうで四人。それから、奥のほうで一人。村居ヨシノを盾にしようとした拳崎一心。全員、頭部を撃ち抜くか破壊するかした。

一次処置としては適切だったはずだ。

動けなくなったグールの体からはグールワームが出てきて、肉体組織の損傷を修復しようとしている。

足りない。

「こちらヨハネ。問題発生」

『問題ですって？』

「グールが、一人分――」

僕は説明しながら階段を駆け上がる。静歌さんもついてくる。

「駆除したグール一人分の残骸が見あたりません！」

『見あたらない？　どういうこと？』

「わからない！　とにかく、拳崎がいない！」

ポイントX、裏口へと急ぐ。何度行ったり来たりしているのか。たいした回数じゃないけれど、そんな気分になってしまう。

拳崎の体が地下一階から消えていた。誰かが持ち去った？　それはないだろう。自力で移動した？　ありえない。そのはずだ。僕は拳崎の頭部に十発の銃弾を撃ちこんだ上、踏んづけて粉砕した。とくに念入りに壊した。そう言っていいと思う。グールがあの状態から動けるようになるまで、いくら短くても数時間、だいたい半日以上かかる。

でも実際、拳崎は消えた。

廊下を曲がる。裏口はこの先だ。僕は思わず足を止めそうになった。信じがたい光景を目にしたからだ。

「拳崎……!?」

革ジャン、革パンツ、安全靴、やたらと脚の細い男が裏口から出てゆこうとしている。男。

いや、人間じゃない。どう見ても。

恰好からして、拳崎一心だ。首から下は。だけど、首から上、頭は。

拳崎だったと思われるモノは、両手で頭を抱えるようにしている。あれを、頭、と呼んでいいのかどうか。グールワームが異物を取り込みながら寄り集まって、かろうじて生き物の頭部に近い形状をなしている。

「止まれ……！」

愚かなことを言っているという自覚もなく、僕は叫ぶ。拳崎だったと思われるモノを撃つ。静歌さんも僕の隣に進み出て発砲する。何発か当たった。でも、拳崎だったと思われるモノは、銃弾を浴びながら裏口から外へと転がり出た。

「あんな再生能力……！」

僕は弾倉を交換しながら、拳崎だったと思われるモノを追う。

外に出る。

いない。

そんな馬鹿な。

「ぁーっ」

静歌さんが左方向めがけて駆けだした。僕にはわからないけれど、何か拳崎だったと思われるモノの気配を感じたのか。

「ドラゴン、処理班は!?」

『待機させてる。処理班を戦闘に巻きこむわけにはいかないわ』

「拳崎は逃げた。シズが追跡中。安全確認が必要です。ネコの手も借りたい」

『うまいことを言うわね』

「そういうんじゃなくて！」

『ネコ、行きなさい』

『あいさー』

「ヨハネはシズをサポート――」

『だめよ。ヨハネは現場に残って』

「でも、静歌さん一人じゃ！」

『勘違いしないで。静歌はあなたより経験豊富だし、信頼できる』

「でしょうね！」

つい怒鳴ってしまった。

僕は深呼吸をする。

「……ヨハネ、了解。現場の安全を確認し、確保します」

『いいかげん身の程を知りなさい、安条くん』

龍ヶ迫は一言多い。

『さもないと、死ぬわよ』

Ø11　安条世羽

——Don't look back in anger

非常勤基本給十九万八千円。

出動手当が一度の出動につき一万八千円。実働時間に応じて、一時間あたり時間給八千円が支払われる。

各種社会保険完備。保険料等々は当然、天引きされる。

諸経費は所定の手続きで申請すれば、翌月の給料に上乗せされて戻ってくる。

出動回数は不定だが、僕の場合、月に八回から十三回といったところだ。一度、出動すれば、三時間以内で決着がつくことはまずない。ときには数日に及ぶこともある。

先月の給料は、手取りで七十八万五千六百二十七円。

十九歳の予備校生にしては、なかなかの収入だ。

個人的に武器弾薬を仕入れるのに大枚を叩《はた》くことはある。でも、それ以外で数万円単位の買い物をすることはめったにない。衣類はファストファッションで十分だし、スマホアプリゲームの課金額は月に一万円以内と決めている。僕は自炊《じすい》をしない。味にうるさいわけじゃないと思うけれど、まずいものは食べないようにしている。惣菜《そうざい》や弁当を買うか、外食か。外食といっても、ラーメン、カレー、蕎麦、うどん、定食、丼物、パスタが主で、一食せいぜい千数百円といったところだ。たいてい千円に届かない。

毎月、数十万円、預金残高が増える。意識的に貯金しているわけじゃない。使っていない。使うあてがないから増える。ただそれだけだ。

あの事件。

由布鷹正事件で、僕は天涯《てんがい》孤独になった。養育可能な血縁者が一人もおらず、東区南二番街の児童養護施設に入所。

南目《なんもく》小学校六年生のとき、修学旅行の宿泊先が過激派グール集団、修羅坊主《しゅらぼうず》に襲撃された。

この事件、修羅坊主事件は、グールどもによるテロ事件としては、最悪の部類に入るとされている。

南目小学校六年生百二名中、死者三十五名、重傷者二十九名、教員四名も死亡。

僕は生き残った。

ちなみに、修羅坊主事件を鎮圧した四十五浄化班には、龍ヶ迫つぼみが所属していた。

初めて会ったときから、龍ヶ迫は龍ヶ迫だった。当時、被害者だった僕には、いくらかやさしかったけれど。

修羅坊主事件のあと、由布鷹正事件で僕を救った三十四浄化班の班長、兎神夕轟が、僕に面会を求めた。僕を保護したいと彼は言ってきた。彼は班長なのに非常勤で、市立東大学の教授だった。社会心理学者で、兎神流古武術の継承者だった。

　僕が生き残った——生き残ってしまった、由布鷹正事件。あのピアノ発表会、市民ホールでの虐殺は、しょうがないというか、おそらく誰にも止めようがなかった。でも、兎神夕轟率いる三十四浄化班の介入がもう少し早ければ、僕の母や桜井先生は死なずにすんだかもしれない。十歳の僕もそれくらいのことは考えた。多少は恨みもした。

　ただ、風山のおぼろ団地３号棟４０７号室から救助された僕に、

「きみが無事でよかった」

　と声をかけた兎神夕轟には、なぜだか好感を持っていた。理不尽《りふじん》かもしれないが、あの実際的行動《PA》を指揮した兎神夕轟ではなく、現場で僕の命を救った逆白波アロヲやネコを、むしろ憎んだ。

　紆余曲折《うよきょくせつ》あって、兎神夕轟の友人、奈良川元一《ならがわげんいち》と木綿子《ゆうこ》夫妻が里親になり、僕を引き取ることになった。兎神夕轟は以後、様々な形で奈良川夫妻と僕を支援してくれた。僕はしばしば兎神家に招かれ、静歌さんを加えた三人で食事をしたり、道場で古武術を習ったりした。兎神夕轟や静歌さんが奈良川家を訪れることもよくあった。

　奈良川夫妻はどちらも温和を絵に描いたような人で、散歩と庭いじり、読書、音楽鑑賞を趣味にしていた。僕は彼らに一度も余計な詮索《せんさく》をされたことがない。僕が「余計」と感じるような干渉《かんしょう》を、彼らはまったくしなかった。彼らは物静かで、夫婦の間でも長い会話

を交わすことはほとんどない。なんでも、兎神夕轟と奈良川元一は大学の同期生で、夕轟の亡き妻は奈良川木綿子の幼馴染《おさななじ》みだったとか。静歌さんは幼い頃から奈良川木綿子に懐《なつ》いていたようだ。

「お母さん代わりになれたら、よかったんだけど」

いつだったか、奈良川木綿子がそんなことを言っていた。

あの静歌さんが一人でちょくちょく奈良川家に立ち寄るくらいだから、明らかに親しみを感じているのだろう。でも、心を開いているわけじゃない。静歌さんは誰にも何も語らない。奈良川木綿子も聞きだそうとはしない。だからこそ、静歌さんは安心して奈良川家に足を向けるのかもしれない。

奈良川夫妻には感謝しかない。好きか嫌いかで言えば、それは好きだ。でも、静歌さんと同じように、僕も奈良川夫妻に心の内を打ち明けることはなかった。彼らもそんなことは求めなかった。彼らは僕に何も、何一つ求めていないかのようだった。

気楽ではあった。

反面、勝手な話だと我ながら思うが、僕はたぶん、物足りなかった。

中学校での僕は、成績がそこそこいいだけの目立たない生徒だったはずだ。修羅坊主事件の生存者ということで、たまに注目を浴びることはあった。でも、行儀よく、おとなしく生活していれば、やがて騒ぎは収まる。僕は遅めに登校し、誰より早く下校した。友だちらしい友だちはいなかった。

墓島《はかじま》高校に進学すると、一転して僕の生活は荒れた。

奈良川家は高丘町《たかおかちょう》と呼ばれる、東市の西端近く、西区七番街にある。

墓島高校は、中区七番街、墓島公園のそばに位置していて、高丘町からは地下鉄東西線一本、歩く時間を入れると片道四十分足らずだ。学校から徒歩十分圏内に、大通公園エリアや麒麟小路《きりんこうじ》商店街といった繁華街《はんかがい》と、市内最大の歓楽街ツクシノがある。

自分の学力に見合う高校は他にもあったのに、僕はあえて墓島高校を受験した。端的《たんてき》に言えば、遊びたかった。

奈良川夫妻はいい人たちだ。でも、奈良川家は居心地が悪い。息が詰まる。

友だちはすぐにできた。それも、大勢だ。遊び仲間と言ったほうが適当かもしれない。

遊び場は麒麟小路やツクシノのカラオケ、アミューズメント施設、ファストフード店、IDチェックが緩いクラブ。どこでもよかった。行く先々で、誰とでもつるんだ。

スマホに日々登録される新しい連絡先。僕から連絡をとったことはあまりない。必要なかった。放課後、あるいは、学校を抜けだして遊び場に行けば、誰か彼かいた。三、四人が気づけば七、八人になり、十人以上になっていた。

高校生のガキがたむろしていれば、よろしくない大人が寄ってくる。各種スカウト。餌をばらまいて獲物を釣るネットワークビジネスの勧誘。売人。遊び仲間の中には、大麻《たいま》、

MDMA、さらには覚醒剤《かくせいざい》やコカインに手を出す者もいた。割りきった関係で金を稼ぐ者。それを斡旋する者。

僕が薬物はもちろん、酒にも煙草にも一切手を出さなかったのは、潔癖《けっぺき》だったからなのか。単に度胸がなかっただけか。

始発で帰宅することすらある里子を、叱りつけるでも、たしなめるでもなく、ただただ心配している様子の奈良川夫妻に対して、うしろめたさを感じてはいた。

兎神夕轟は鷹揚《おうよう》で、若者はえてして道を誤るものだと達観しているような人だった。彼を失望させてしまうかもしれない、といった恐れを抱くことはなかったと思う。

たまに静歌さんと顔を合わせると、彼女の眼差《まなざ》しに咎《とが》めるような色が滲《にじ》んだ。僕はそれが怖くて、当時は無意識に彼女を避けていたような気がする。

結局のところ僕は、染まりきれなかった、ということなのかもしれない。

遊び仲間の中に、裏林《うらばやし》という同級生がいた。彼女の兄が、ツクシノのDZ——ディープゾーンと俗に呼ばれる一角で、怪しげな商店を営んでいた。

いつしか僕と数人の遊び仲間たちは、DZにある商店・ミロク堂と、その近辺に寄り集まるようになった。

あの店はもうない。

午前二時。

僕はアパートの前で車を待っている。

約束の時間は午前一時半だった。

「……三十分の遅刻か」

正直、いらついている。でも、いつものことだ。あと五分、黙って待とう。来なければ連絡する。そう決めた途端、向こうから白いランクルが走ってきて、僕の前で停まった。後部座席のドアが開いた。

ドアを開けたのは女だった。丸いフレームの眼鏡をかけ、黒っぽい、ゴス系の衣服を身にまとっている小柄な女だ。

「乗って、安条」

女はにこりともしないで言う。高校時代からつんとすましているようなところが彼女にはあった。「あたしは裏林観音《うらばやしかのん》。観音様のカンノンって書いて、カノン。カンノンって呼んだら殺すから」という自己紹介が印象に残っている。高校時代の遊び仲間で、今も繋がりがあるのはカノンだけだ。

カノンが奥の後部座席に移動する。僕はランクルに乗りこんでドアを閉めた。

運転席の男が少し身をよじって後部座席に顔を向ける。この男はいつも顔の下半分を覆うガスマスクをつけている。瞼《まぶた》が厚ぼったく、どこか不穏な目つきは、妹と似ているような気もするし、それほど似ていないようにも思われる。

「まいど」

カノンの兄、裏林弥勒《うらばやしみろく》が言う。

僕は短く返す。

「どうも」

弥勒がランクルを発進させる。

カノンの兄はかつてツクシノのＤＺでミロク堂という商店を営んでいた。繰り返しになるが、もうない。ＤＺの店舗はなくなった。ミロク堂自体は、ネットや電話で注文を受けて配達したり、車を使って移動販売したりする形態で営業を継続している。

今もこのランクルのラゲッジスペースには、商品がぎっしりと積まれている。

言うなれば、この車が現在のミロク堂だ。

Ø12 町の素敵な妖精屋さん ― My life is not a fairytale

三年前。

僕は高校生だった。中区七番街墓島公園の近くにある墓島高校に通っていた。高校一年生だった。

僕は遊び仲間の裏林観音、カンノンじゃなくてカノンたちと、ツクシノ歓楽街のDZに入り浸っていた。

今はすっかり変わってしまったけれど、当時のDZは猥雑《わいざつ》で、無秩序で、無国籍風で、淫靡《いんび》だった。どこを切りとってもまともじゃなかった。DZの外にあるものはDZには何もなく、DZの外にないものは何でもDZにある。これは不正確で大袈裟《おおげさ》な惹句《じやつく》にすぎないが、よくそんな言われ方をしていたものだ。初心《うぶ》な高校生にとってはずいぶん刺激的な場所だった。

DZにはゲテモノ炒めをナンで包んだゲモドッグを百七十円で売る店や、得体の知れない黒褐色《こくかつしよく》の液体で煮込んだおでんが一品二、三十円で食べられる店があった。

流浪《るろう》の茶人を名乗る、ツギハギだらけのボロい和服を着た爺《じい》さんが、路上で抹茶《まつちや》を点《た》ててくれたりもした。爺さんの茶はただで飲めて、意外とうまかった。

アーケードゲームの筐体《きようたい》をコレクションしているインド人がいた。そのインド人の気分がいいときは、一プレイ五円とか十円で遊ばせてくれた。

DZにはペットショップが何軒もあった。どの店も変わった生き物を扱っていた。ツノが五本もあるクワガタだかカブトムシだかわからない虫や、透明なスケルトンハリガネムシ、第三の目があるサードアイズスネーク、頭がないのに生きているヘッドレスドッグ、手乗りサイズのミニトラ、陸の上を這い進むランドフィッシュ、牛のような頭を持つブルオクトパス、等々。

どれも日本国内で合法的に飼育できるという触れ込みだった。むろん、僕のような世間知らずの高校生でも、そんなことは信じていなかった。数万円で購入できる生き物は、どこかのラボが遺伝子操作で生み出したもので、すぐ死んでしまう。数十万円、それ以上の価格がついている生き物は、本物だと囁かれていた。

本物とは何か。

人外と総称される、鬼やグール、吸血鬼といった人間型の怪物がいるのなら、そうじゃない怪物がいてもおかしくはない。

実際、人間とは似ても似つかない怪物も、この広い世界のどこかに棲息《せいそく》している。

怪物ハンターたちはそれらを探し出し、可能なら生きたまま捕獲する。生け捕りにできなければ、殺して剥製《はくせい》にする。もしくは、使い途《みち》がある死骸の一部を売り払う。

生きた怪物や、死んだ怪物、その部位は、一般人の目に触れない、たとえばDZのような場所でひそかに取引されている。

当然のことながら、DZは安全じゃなかった。ただ、DZの中にもとくに危険なエリアと、そうでもないエリアがあった。

銃を腰に差している半裸の男がぶらついていたり、老婆が奇声を発しながら青龍刀《せいりゅうとう》を振り回していたりしても、きわめて危険というわけじゃない。

DZには何かもっとヤバい連中がいた。やつらはめったに姿を見せない。やつらが目の前に現れたときにはもう、自分の命が脅《おびや》かされていると考えるべきだ。やつらはたやすく、カジュアルに、と言ってもいいほど気軽に人間を殺す。何の断りもなく縄張りに入ってきたからとか、その程度の理由で。

与太話《よたばなし》だと笑い飛ばすのは簡単だ。

でも、DZでは道端に人骨とおぼしき物体が積まれていたり、建物の外壁に人皮らしきものが貼り付けられていたりした。

僕もそれらを目にしたことがあるけれど、作り物とはとても思えなかった。ある日、見かけた刺青《いれずみ》だらけの人皮には、たぶん油性ペンで「警告する　立入禁止」と書かれていた。

DZはリアルにヤバい地区だった。

ただ、幸い、と言うべきなのかどうか。僕らには道案内がいた。

カノンだ。

兄の弥勒がDZで営んでいた店は、弥勒の店だからミロク堂という屋号を掲げていたわけじゃない。ミロク堂は裏林兄妹の祖父が始めた店だった。その店の名を孫につけた。DZはかつて「裏町《うらまち》」と呼ばれていたらしい。雑貨屋ミロク堂は裏町時代からある老舗《しにせ》だった。裏林兄妹は幼い頃からミロク堂で店番をしていたという。当然、DZを知り尽くしている。生粋のDZっ子だった。

カノンのおかげで、僕たちはさして怖い思いをせずにDZで遊ぶことができた。DZでは何もかもが物珍しかった。深夜が営業本番だという客のいないミロク堂の中をうろついているだけでも、けっこう時間を潰せた。

とはいえ、僕がDZで過ごしたのは、三年前にあの事件が起こるまでの短い期間だ。せいぜい一ヶ月足らずだろう。

あの日、僕はミロク堂にいた。

雨が降っていた。

午後七時前だった。

弥勒は倉庫から何か出してきて陳列棚に並べたり、並べた商品を別の棚に移動させたり、倉庫に戻したりしていた。

カノンはいなかった。たしか、二回りも年上の女友だちと、麒麟小路であんみつだか何だかを食べると言って出ていった。

店内には、僕と弥勒の他に、田戸中《たどなか》、浜西《はまにし》、靴本《くつもと》という遊び仲間がいた。田戸中と浜西は墓島高校の男子生徒で、靴本は別の女子高に通っていた。

田戸中はどこでも眠れるやつだった。あのときも、売り物の古めかしい安楽椅子に座って眠っていた。

浜西は靴本より女性らしい男子で、二人はとても仲がよかった。のべつ幕なしメイクやらファッションやらの話で盛り上がっていて、口を閉じたら息が止まると信じているかのようだった。

僕は一人、瓶詰め妖精が並ぶ棚の前にいた。

妖精は人間の少女に似ている。でも、人外の範疇《はんちゅう》には入らない。体長五センチから八センチくらいで、性別はない。だから、性器もない。乳房も、乳首もない。トンボのような翅《はね》が生えていて、飛行できる。

僕はミロク堂で実物を見るまで、妖精が実在するとは思っていなかった。直径十五センチ、高さ二十センチ程度の瓶に閉じ込められた妖精は、仕掛けで動く少女フィギュアみたいだった。でも、よく見るとトンボのような瞳をしていて、なかなかグロテスクだ。ときどき高速で翅を震わせて飛び、その翅が瓶にカツカツ当たって嫌な音を立てる。弥勒が言うには、日本でも北海道の山奥や、青森、宮崎などの奥地、屋久島、沖縄の離島で稀に見つかることがあるらしい。

ミロク堂では、鉄扇《てっせん》、バグナウ、多節鞭《たせつべん》、ソードシールド、仕込み杖、忍刀、峨嵋刺《がびし》、アダガ、ジュル、飛爪《ひそう》、マル、流星錘といった世界中の武具が売られていた。すべて実際に使われていた物だという。弥勒の趣味で、銃火器も取り揃えていた。海外から仕入れるのではなく、ワケありで放出された代物を買い集め、弥勒が整備したり改造したりするのだとか。それから、裏林兄妹の祖父の蒐集品《しゅうしゅうひん》と、祖父の友人知人がたまに持ち込んでくる骨董品《こっとうひん》。

そして、妖精だ。

なんでも、ＤＺで妖精が買えるのはミロク堂だけだった。だからその筋では、妖精屋、とも呼ばれていたようだ。

ミロク堂で他にやることがないと、僕は瓶詰め妖精を眺めていた。遊び仲間に、気持ち悪い、と揶揄されたりもした。僕は、気持ち悪いのはこいつらだろ、と言い返した。

妖精は不気味な生き物だ。

サイズ的には大きな虫。それでいて、人間に似ている。しかも、飛ぶ。雑食で、とくに腐りかけた肉を好む。感覚的にはほぼゴキブリだ。

たとえば、野原でいきなり妖精に出くわしたら、僕は逃げだすだろう。思わず悲鳴を上げてしまうかもしれない。

妖精の翅が瓶にぶつかる音を聞くと、鳥肌が立つ。

正直に言うと、僕は妖精が恐ろしかった。

おそらく、その恐怖を克服《こくふく》したかったのだと思う。もっと言えば、克服しなければいけない、という義務感のようなものに駆られていた。それはむしろ、強迫観念《きょうはくかんねん》に近かったかもしれない。

妖精が閉じ込められている瓶にはラベルが貼ってあった。ラベルには弥勒の汚い字で、ゆにる、ぴちか、ぬちこ、てゃむ、などと書かれていた。

それらはあくまで仮の名だった。妖精は毛髪の色や体格、顔の造作、翅の形や色がおのおの違う。個体差があっても、人間には識別しづらい。商品管理のため、一応、適当に名前をつけるのだと弥勒が言っていた。

あのとき、僕は、ぬちこ、という瓶詰め妖精を見ていた。

ぬちこは毛髪が緑色で、体長は約五センチ、翅はうっすらと青緑色の光沢を帯びていた。顔は覚えていない。でも、複眼めいた瞳は黄色かった。

何度見ても、見れば見るほど妖精は気色の悪い生き物で、寒気がする。どうして見慣れないのか。いっそ不思議なくらいだった。

「なんか、おなかすいたあ。クッツーは?」

「ニッシーも? あたしもちょうどすいてきたとこ」

浜西と靴本は、クッツー、ニッシーと呼びあっていた。あの日はお互いに化粧をしあって遊んでいて、まるで姉妹のようだった。

「安条は？」

浜西に訊かれた。

「ごはん。一緒に行く？」

「僕はいいよ」

そう答えた記憶がある。靴本がむっとしていた。安条は付き合いが悪いと、靴本にはよくなじられた。

田戸中は安楽椅子で寝息を立てていた。

「たどちゃんはいっか。眠らせとこ」

「でも、ほっといたらいつまでも寝てるよ」

「いいんじゃない」

「いっか」

「ごはん行ってきまーす」

浜西と靴本はミロク堂を出た。

閉まった扉がすぐに開いて、二人が引き返してきた。

「やばい、なんかいる！」

そう叫んだのは浜西だったと思う。出入口に向かう弥勒は拳銃を持っていた。僕も弥勒を追った。

弥勒は明らかに非常事態だと認識していたようだが、僕はどうだろう。警戒心や危機感よりも、好奇心、期待感のほうが勝っていたかもしれない。何かまた、ＤＺならではのめずらしい出来事に遭遇《そうぐう》できそうだ、というような。

僕は愚かだった。由布鷹正事件、修羅坊主事件、二度の人外による大規模なテロに巻きこまれた被害者で、生存者なのに。

このあと、僕は三度目のテロに出くわすことになる。

駿河《するが》梟介《きょうすけ》事件。

僕はみたび生き残ってしまう。

Ø13 ― 手をのばして掴んだガラクタ
Like a toy soldier

現在のミロク堂、ガスマスク愛好家の裏林弥勒が運転する白いランクルは、中区を抜けて南区に差しかかろうとしていた。

この大型クロスカントリー車は、山岳地《さんがくち》や砂漠を楽々と走破するらしい。乗り心地は快適だ。ディーゼル車だが、車体が頑丈で遮音性も高いので、エンジン音もさして気にならない。

そういえば、弥勒は車内で音楽をかけたりラジオを流したりしない。思い返すと、DZのミロク堂も無音だった。

弥勒は黙々と運転する。もともと口数の多い男じゃない。

その妹はひたすらスマホを弄《いじ》っている。カノンは高校時代より無口になった。正確に言えば、駿河梟介事件のあとから、だろうか。

あの日、浜西も、靴本も、田戸中も死んだ。ミロク堂は破壊された。ミロク堂だけじゃない。怪物を扱うペットショップは軒並み甚大《じんだい》な被害を受けた。DZの住人が大勢殺戮された。

カノンは女友だちと麒麟小路に出かけていたから、助かった。

弥勒は負傷したものの、本人曰《いわ》く「死に損なった」。

僕も危うく命を落とすところだった。正直、なぜ無事だったのか、よくわからない。兎神夕轟率いる三十四浄化班の現着がもう少し遅かったら、たぶん弥勒も僕も生きてなかっただろう。ようするに、ツイていた。運がよかった。

三度もテロの渦中に叩きこまれて、三度とも生還した。稀有《けう》な経歴だと思う。普通では考えられない。ありえないことだ。

ある週刊誌には、僕のことを仮名で奇跡の生還者とする記事が載った。

僕は何度も生還する。

生き残る。

生存する者。

"The Survivor".

押しつけがましいこの幸運を、僕が喜んでいると思うか？

これは天からの恵みだ。神に感謝して、信仰に目覚めたか？

僕は生き意地が張っているほうなのかもしれない。実際、生き残ったわけだし。だからといって、僕はいつでも自分の命を優先して行動してきたのか？

何がなんでも生き延びたかったとでも？

母や桜井先生、同級生、遊び仲間たちが目の前で死ぬたびに、ああ、自分じゃなくてよかった、そんなふうに安堵したと思うか？

すべて否だ。

望んだわけじゃない。いっそ僕も死ねばよかった。殺されたほうがよっぽどましだった。毎回、本気でそう考えた。僕が生きている。そのこと自体が罪なんじゃないか。もしくは、罰か。でも、そうだとしたら、いったい何の罪で、何の罰なのか。

弥勒のランクルは南区を南東に抜けて、入舟町《いりふねちょう》に入った。入舟町第一埠頭《ふとう》の駐車場でようやく停まった。

「風山でグールやったんだって？」

目をスマホに落としたまま、カノンが言う。

僕が、ああ、と答えると、カノンは、ふうん、と応じる。

「頭を潰したのに、物の十分も経たないうちに動けるようになって逃げた」

僕は運転席の弥勒に向かって言う。

「そんなグールがいるなんて聞いたことがない。何か知らないか」

「スーパーグール」

ガスマスク越しだから、弥勒の声は常に少しくぐもっている。

「都市伝説みたいなもんだ。めっちゃ人の生き肝喰いまくったグールは、スーパーグールに進化する」

「何だ、それ」

僕は吐き捨てる。

「ゲームじゃないんだ。進化とか」

「言ったろ。都市伝説だって」

弥勒は低く笑う。

「でも、それ信じてスーパーグールになりたがるグールはいるらしい」

拳崎一心。

僕たち七十六浄化班は明け方まで捜索《そうさく》したが、結局、あのグールを捕捉できなかった。駆除対象のグールを、一人だけとはいえ取り逃がしてしまった。これは大失態だ。

もっとも、浄化班の活動は表沙汰《おもてざた》にならない。

ベトナム戦争終結後の一九七七年、従来の国連とは別に、国際平和と安全の維持を目的として、ICONこと国際危機管理機構が結成され、その専門機関の一つ、人類保存委員会、HPCが創設された。浄化班はHPCの下部組織だ。

ただ、ICONは誰でも知っているはずだが、HPCと聞いてぴんとくる人はそう多くないだろう。

政府、自治体、警察、検察等々、関係各所とは、必要に応じて緊密に連絡をとりあっている。日本はICONに加盟し、HPCにも参加しているから、その活動に協力する義務がある。

参加国はまた、ＨＰＣの適切な人外関連情報の統制を許容しなければならない。

たとえば、ネットに上がった人外にまつわる情報は、確実性にかかわらず迅速に消去される。こうした情報統制は、一九八〇年代からあらゆるメディアに対して行われてきた。

由布鷹正事件や修羅坊主事件のような事例は、隠匿《いんとく》しようがないので報道されるが、この場合もＨＰＣのガイドラインに従わなければならない。人外には人権がないから加害者は加害動物として扱われ、被害状況などの事実が抑制的に、淡々と羅列《られつ》される。

ＨＰＣの人外関連情報統制に反対する動きも、一部にはある。とはいえ僕らにとっては、生まれたときからこの状況があたりまえだ。皆、そういうものだと受け止めている。というか、大多数はとくに意識してさえいない。

僕たち七十六浄化班は、髑髏王というグール集団を駆除しようとして、拳崎一心を仕留め損なった。髑髏王のグールどもは人間のふりをしていただけで、人間じゃない。拳崎一心を名乗っていた加害動物Ａは逃亡中だ。でも、この事実をマスコミが取り上げることはない。物好きが突き止めてネットに書いても、すぐに削除されるだろう。

だから、僕らが「炎上」することはない。班長の龍ヶ迫は班長会議でつるし上げを食うだろう。僕は報告書を書く羽目になった。減俸《げんぽう》処分くらいは受けるに違いない。龍ヶ迫は当分、僕に嫌みを言いつづけるに違いない。

まあ、こういうこともある。しょうがない。そう割り切れるか？

否だ。

人外は駆除しないといけない。有害な人外はすべからく駆除されるべきだ。人外は根絶する。これが人類にとっての最適解だ。

「安条」

カノンが横目で僕を見て尋ねる。

「アレが欲しいって、マジ？」

僕はカノンから目を逸らす。

「まあね」

「気持ち悪いって言ってなかったっけ」

カノンは「口先だけか」と付け足す。

「興味あったんでしょ。昔から」

「断じて違う」

僕は即座に否定する。カノンは、ふっ、と鼻で笑う。

「どうだか」

「違う」

「むきになってるし」

「なってない」

「出してくる」

弥勒が運転席から下りる。バックドアが開いた。ラゲッジスペースに積んである商品を取り出しているのだろう。間もなく運転席に戻ってきた。大きな工具箱のようなアルミケースを持っている。弥勒はそれを後部座席のカノンに渡した。カノンがケースを開けてみせる。

中身は瓶だった。直径十五センチ、高さ二十センチくらいの瓶が三つ並んでいる。

空き瓶じゃない。

中身はいずれも妖精だ。

「最近、この子たち、仕入れが少なくて」

カノンは瓶に貼られたラベルを指先でなぞりながら言う。短く切った爪には黒いマニキュアが塗られている。

「ちゅぴ、にょん、ぬちこ。売り物になるのはこの子たちくらい」

「……ぬちこ」

僕は呟く。

三匹目の妖精を凝視する。

あの日、駿河梟介事件が起こったとき、僕はぬちこと名づけられた妖精を見ていた。

もちろん、同じ妖精じゃない。

あのぬちこは、毛髪が緑色、体長約五センチ、翅は薄い青緑色で、複眼のような瞳は黄色かった。

僕が今、見ているぬちこは、毛髪は青く、体長約七センチ、翅は青緑色だけれど、瞳は銀色だ。

弥勒は妖精を管理するための名を使い回していた。歴代のぬちこが何匹いるのか。僕は知らない。でも、二匹や三匹ではきかないだろう。

僕はぬちこの瓶を指さした。

「これでいい」

「ぬちこ？」

カノンはケースの中からぬちこの瓶を出した。ケースを閉めて床に置き、ぬちこの瓶を持ち上げる。

ぬちこが翅を震わせて飛ぶ。瓶に翅が当たる。カツカツ音がする。

本当に嫌な音だ。

寒気がする。

「まあ、元気だし」

カノンは瓶の中のぬちこをまじまじと観察している。

「癖が強い感じもしないから。大丈夫だとは思うけど」

「こだわりはないんだ。そいつでいい」

僕はスマホを出す。

「いくらだ？　送金する」

「お兄ちゃん？　ぬちこ、キュッパーだっけ？」

カノンが訊く。弥勒が答える。

「キューサンイチでいい。お得意様価格」

「五パーオフ？　引きすぎでしょ」

カノンは僕にぬちこの瓶を差しだす。

「こちらの妖精、お値段九十五万円です。毎度あり」

「九十三万一千円じゃないのか」

僕は一応、抗議する。でも、カノンが値引きに応じるわけがない。ぬちこの瓶を受けとって手許に置き、スマホで送金の手続きをする。

「九十五万。送った」

運転席のほうで、ティロリン、と音が鳴る。弥勒がスマホで僕からの送金を確認する。

「オーケー」

僕は瓶詰め妖精をちらりと見る。またぬちこの翅が瓶に当たって音を立てる。耳を塞《ふさ》ぎたくなる。生理的に無理だ。でも、僕は百万近く払って妖精を買った。大変な出費だ。それに見合った投資になってくれることを願う。

僕は力が欲しい。

スーパーグールだか何だか知らないが、僕にもっと力があれば、拳崎一心を逃がすことはなかった。由布鷹正の妹、由布郎女も同様だ。僕に特別な力が備わっていたらいいのだが、そんなものはない。特別じゃない僕は、何かに頼るしかない。

僕に特殊な才能はない。飛び抜けた素質はない。

あるのはただ、運だけ。

“The Survivor”.

僕は生存する者だ。

どうしてか、僕は死なない。生き延びてしまう。

僕だけは。

でも、死なないだけじゃ意味がない。人外を殺せないと。始末できないと。有害な人外を根絶やしにしないと。

Ø14 ― 天にも昇ると人は言う
Cheap fiction

ぬちこは鳥用のケージに入れてある。

飲み水はケージ内にペット用の給水器を取りつけた。ボトルに水を入れておけば、ノズルの先の飲み口を妖精が舐めると水が出る仕組みだ。ボトルの水はこまめに交換する。水は水道水よりミネラルウォーターがいいらしい。

日に二度、餌を与える。

妖精は概《がい》して腐肉を好むが、花の蜜、熟した果実といった甘い物もよく食べるようだ。だからといって菓子などを与えすぎると、一種の中毒になってしまう。甘味ばかり求め、頻繁《ひんぱん》にかんしゃくを起こし、扱いづらくなる。

肉はスーパーで買える鶏肉でいい。脂身の多い腿肉《ももにく》を室温で放置しておき、変色してきたら細かく切る。一食分は二十グラム程度。人間にとってはほぼ一口サイズだ。妖精の体格を考えると、けっこうな大食らいだ。

新しく名をつけても問題ないようだが、面倒だし、ぬちこでいい。

なるべく声かけをする。名を呼んで、何でもいいから話しかけたほうがいい。

最初は反応が悪い。ケージをつついて「おいで」と言っても、無視される。逃げられることもあれば、顔をしかめて、シャーッ、と威嚇《いかく》してくることもある。それでも根気強く、親しみをこめて接するのが肝要だ。

とにかく妖精を懐かせないと話にならない。さもないと、僕の目的を達成できない。

これには時間がかかる。すぐに、というわけにはいかない。焦りは禁物だ。

念入りにぬちこの世話をしてからアパートを出て、予備校に顔を出した。教室の前を素通りする。自分が何の授業をとっているのか、いまいち把握していない。

自習室に足を踏み入れるなり、彼女の姿を探した。

ため息がこぼれた。

肩が落ちて、うつむいてしまう。

彼女がいない。

乙野《おとの》綴《つづり》。乙野さん。

彼女がいない自習室にどんな存在意義があるというのか。何の意味もないじゃないか。

自習室なんかいらない。この世から消えてしまえ。いっそ僕が消し去ってやろうか。

大人げない。わかっている。ちょっと恥ずかしくもある。

僕は空いている席に座った。バッグからテキストとノート、ペンケース、ペットボトルの水、それからスマホを出してテーブルの上に並べる。バッグを椅子の背もたれに掛け、テキストとノートを開いて、ペンケースからシャープペンシルを取り出した。

テキストを読もうとする。

読んではいる。

二行目まで読んだところで挫折《ざせつ》した。

眠い。

我ながら信じられないほど強烈な睡魔が僕を襲っている。何だろうこれは。かつて経験したことがないレベルの眠気だ。居眠りしてしまいたい。でも僕は人前では眠りたくないタイプだ。愛玩《あいがん》動物じゃないんだから。衆人環視の中で眠りこけるなんて、あまりにも無防備すぎるじゃないか。何というか、人のそういう振る舞いに対して、僕は比較的批判的な方だと自認している。そんなに眠たいなら家に帰れという話で。安眠できる家がないというのならともかく。

僕はテキストだの何だのを片づけはじめる。あいつ来た途端、帰り支度《じたく》してるよ。誰かが囁いているような気がする。いや、気のせいだ。だいたいにおいて、人というものはそこまで他人のことを気にしていない。つまりは自意識過剰《かじょう》だ。このそこそこ広い自習室で、僕のことなんて誰も見ていない。僕という人間がここに存在していることを認識してさえいない。

眠くて頭がくらくらする。僕はあくびを噛み殺しながらバッグを持って、席を離れた。

「あっ」

声がして、僕は声の主を見て、その相手は、今まさに席を離れた僕の目の前にいて、どういうことかというと、おそらくだが、彼女は帰り支度をする僕に近づいてきて、僕はそのことに気づかないまま帰り支度を終え、席を離れた、その直後、彼女と鉢合《はちあ》わせした。

たぶん、そういうことなのではないかと思う。

でも、どうだろう。

鉢合わせ、という表現は違うかもしれない。

僕の理解では、鉢合わせ＝思いがけず出会う、だ。この状況には必ずしも当てはまらない、ような。

「安条くん」

「ど、どど、どうも、……お、おぉぉ乙野、……さん」

「えと、いたから、挨拶しようかと」

「ぼ、ぼぼぼぼ僕に、ですかっ」

思わず声が大きくなってしまった。周囲の予備校生数名が、何なんだよおまえここ自習室なんだけど、とでも言いたげな非難がましい目で僕を見ている。僕はともかく、乙野さんまで非常識な予備校生だと思われるのは心苦しい。

「あ、あの、そそ外に……」

言ってしまってから後悔した。乙野さんは僕と違ってちゃんと受験勉強に励んでいる真面目な予備校生だ。自習室にも勉強するために来たに違いない。そんな彼女を外に連れ出そうとするなんて。

「そうですね」

けれども、乙野さんは微笑んだ。

ただの微笑みじゃない。うつ伏せになって上側が膨らんだ半月のような形の目を細めて、口角をきゅっと上げた、控えめでありながら、笑っているようにしか見えない彼女の笑顔には、何か特別な効果がある。ゲームでいえば、バフのような。ステータスを上昇させて能力を引き上げる。必然的にテンションも上がる。爆上がりする。

僕は乙野さんについてゆく形で自習室をあとにした。どうして僕は彼女がこんなにも気になって仕方ないのか。

二人で廊下を歩いた。

乙野さんが玄関前ロビーの長椅子を指差して、また僕に笑いかけた。

「空いてる。座りません？」

僕はほとんど呆然としていた。おかげで、ただ「はい」と返事をするだけのことに、いくらか手間取ってしまった。

なぜ僕は無性に彼女が気になるのか。理由がわかった。

僕たちは長椅子に並んで腰を下ろした。

「今日も会えるかな、と思って」

乙野さんが言う。

はにかんだような笑みをたたえて。

「安条くんがいて、よかったです」

僕は何も言えなかった。何を言えばいいのかわからなかった。自分のすぐ隣にいる彼女を直視していいのか。許されるのか。自信がないので、僕は目を伏せ、眼球を動かしてちらちらと彼女を見た。

彼女の顔を。

笑顔を。

僕は彼女のことが気になってしょうがない。

その理由は、彼女の笑顔だった。

今まで僕はそんなふうに笑いかけられたことがない。高校時代の遊び仲間とは、冗談を言い合って笑ったりもした。でも、それとは違う。まったく違うと思う。

彼女の笑みはもっと、何だろう、どう言えばいいのか、何しろ初めてだから説明するのは難しいのだが、やわらかくて、あたたかで、出来たてのふんわりした綿菓子のように、今にも溶けてしまいそうで、だからそれはきっと貴重で。

最後に綿菓子を食べたのはいつだろう。六歳とか、そのくらいだ。あの頃は由布鷹正事件のようなことが起こるなんて、想像だにしていなかった。僕はたぶん幸福だった。もうすべて壊れてしまったから、二度と戻ってこない。

僕に、僕みたいな者に、彼女はそんなふうに笑いかける。これはいったいどういうことなのか。

ありふれたことじゃないはずだ。何か意味がある。大きな意味が。深い意味が。何もないわけがない。

「そうだ、わたし」

「はっ、はい、なな何ですか」

「この間……」

乙野さんは言いづらそうにしている。

少し、頬が赤らんでいるようにも見える。

僕は息をのんだ。思い当たってしまった。乙野さんが何を言おうとしているのか。どうして言いづらいのか。僕はどうするべきなのか。

というより、乙野さんじゃない。

僕だ。

僕がそれを言うべきだ。

眩暈がした。長椅子に座っていてよかった。さもなければ、倒れはしなくてもふらついていただろう。

言えるか？　言いだせるか？　僕が？　僕みたいな人間が？　いいのか？　いやだけど、ほら、そういう話になっていたし？　前回はアレで、そう、龍ヶ迫に呼び出されて、仕事で、やむをえなくて、乙野さんも事情を汲《く》んでくれて、また今度、ということになっていたはずで。なって——いた、よね？　なっていた、と思う。僕の記憶が確かなら。僕が都合よく解釈していなければ。自分に都合がいいように記憶を改変していなければ。社交辞令という可能性もなきにしもあらずだけれど、いや、いやいや、そもそも、乙野さんのほうから食事に誘ってくれたわけだし。

僕の記憶が正しければ。

正しいのか？

僕の記憶、信じるに値するか？　大丈夫か？

だいたい、乙野さんのような人が、僕みたいな者を食事に誘ってくれるなんて、そんなことがありえるだろうか？　なんか変じゃない？

変、だよね？

俄然《がぜん》、自信がなくなってきた。でも、明らかに言い出しづらそうで、もじもじしている乙野さんが気の毒で、胸が痛くて、本当に、実際に痛くて、とてもそのままにはしておけなかった。僕は恥をかくのかもしれない。言わなきゃよかったという悔恨《かいこん》の念に苛《さいな》まれ、血反吐を吐きながら転げ回る羽目になるのかもしれない。それでもいい。

「ごごご飯、行きませんか！　よ、よよ、よかった、ら……」

乙野さんは両眼をしっかりと見開いて、僕を見つめた。驚いている。そうとしかとれない表情だ。

僕はしくじったのかもしれない。やっぱり僕は記憶を改変していたのかもしれない。そのせいで何か重大な勘違いをしていたのかもしれない。

僕は謝るべきだろうか。ごめんなさい、嘘です、すみませんでした、取り消します、困らせるつもりはなくて。そう釈明するべきだ。僕は決断しかけた。そのときだった。

乙野さんが笑った。笑ってくれた。

あの笑顔だった。

とびきりの笑みを、僕に、僕だけに向けてくれた。

「いいに決まってます。行きましょう。是非《ぜひ》」

Ø15 ― この距離をどうやって縮めたらいいの
Social distance

「なぁ、ぬちこ」

ケージはカラーボックスの上に置いてある。

僕が一人暮らしをしているアパートの部屋は1DKだ。七帖《じょう》の洋間に備えつけた唯一の家具が、そのカラーボックスだった。

洋間の壁の一面はクローゼットになっている。扉を開けると、衣類などをしまう半透明の収納ボックスと、鍵付きの頑丈な格納箱が設置されている。格納箱の中身は、本来なら銃刀法に違反する武器類だ。

寝るときは布団を敷く。テレビは一応ある。あまり見ないし、床に直置《じかお》きしている。

洋間と続きのダイニングキッチンには、一人用のテーブルとパイプ椅子が一脚。冷蔵庫。電子レンジ。洗濯機。

「聞いてくれよ、ぬちこ」

僕はカラーボックスの前に移動させたパイプ椅子に腰を下ろし、ケージの中の妖精に語りかける。

「乙野さんと二人で夕ご飯を食べたんだ。誰かと一緒に食事をとるなんて、いつ以来だろう。奈良川の家を出て以来かな。じゃあ、そんなに前でもないか。だけど、奈良川のおじさんもおばさんも、そんなに喋らない人だからね。ただ食卓を囲んでいるだけって感じで。あれはあれで気楽だったけど。僕も無理に喋らなくてよかったから」

ぬちこは僕からもっとも遠いケージの隅にしゃがんでいる。両手で自分の肩を抱きこむようにして、まだかなり警戒しているようだ。

銀色の目で僕を見ている。

虫の、トンボや蝿《はえ》を思わせる、その瞳で。

ものすごく気持ち悪い。

でも、今の僕は耐えられる。楽勝だ。

「女性と、まあ、ディナー？　なわけだし、フレンチ？　とか、イタリアン？　みたいな、気どったものがいいんじゃないか。なんとなくそう思ったんだけど、僕はほら、ラーメンとか、カレー、蕎麦、丼物ばかり食べているからさ。フレンチ、イタリアンとなると、とっさには浮かばなくて。スマホで調べて、評判がいい店を適当に選べばいいのかもしれないけど、それもなんだか……僕はそういう人間だって、乙野さんに思われたくない、みたいな気持ちもあって。

いや、べつにね？　いい恰好をしたいとか、そういうことじゃないんだ。ただ、僕はふだんそういうことをしない。なのに、乙野さんの前だからって、特別にそんなことをするのは、ちょっと違うんじゃないかって。自分を偽ることになるし。つまり……そうだな、ようは、嘘をつきたくなかったんだ。わかるかな、ぬちこ。

もちろん、商売柄？　まあ、浄化班なんかやっているせいで、言えないことはあるんだけど。守秘義務とかも一応あったりするし。何から何まで正直にってわけにはいかない。でも、だからこそ、なるべく嘘をつきたくないっていうか。そんな思いはあっても、迷うじゃないか。それはね。

実際、迷ってたんだ、僕は。

そうしたら、さ。

乙野さん、何でもいいって。

本当に、何でもかまわないって。

自分は好き嫌いが一切ないから、僕が一番食べたいものでいい、むしろ、それがいいんだって。

実は、ずっと気になっていた店があったんだ。カレー屋なんだけど。スープカリーの店でさ。今から思えば、それはないだろって気がしてしょうがないんだけど。だって、行ったことがない店だから、うまいかどうかもわからない。つい、その店の名前を出しちゃって。そうしたら、乙野さんは、そこがいいって。

ぬちこ。きみはスープカリーなんか食べたことがないだろうな。カレーもないか。辛いものは平気かい？　無理かな。そうだ。今度、甘口のカレーを一口分だけ用意してみようか。口に合わなかったら、それはそれでいい。試してみるだけなら、かまわないよね。

僕は乙野さんとスープカリーの店に行ったんだ。

乙野さんはチキンと野菜のカリー。たぶん、その店でもっとも人気がある、ベーシックなカリーを頼んだ。

僕はね。これもどうかと思うんだけど、がごめ納豆のキーマカリー、それにライスを有機卵の卵かけご飯に変更するっていう、ちょっとトリッキーなメニューをチョイスした。乙野さん、興味津々でさ。がごめって何、とか、納豆のカレーって食べたことがない、とか。がごめっていうのは、昆布《こんぶ》なんだけど。がごめ昆布。すごく粘り気が強い昆布なんだ。ものすごく話が盛り上がって。まあ、乙野さんの質問に僕が答えて、乙野さんがまた何か訊いてきて、それに僕が答えてっていう、基本的にはその繰り返しだったんだけど。

ところで、僕は前々からスープカリーには問題点があるような気がしてたんだ。スープカリーっていうのは、ラーメンのスープにスパイスをぶち込んで、具を盛り付ける。極端な言い方をすると、これだけなんだよ。スープが上出来で、スパイスの配合が適切なら、だいたいそれなりにおいしく仕上がる。はっきり言って、素人でもそこそこのものを作れるんじゃないかな。料理をしない僕が言うのも何だけどね。

そこそこから上のレベルに行くのが、きっと難しいんだ。必然的に、高いレベルでの競い合いになる。どこで差を出すか。いろいろな考え方があると思うけど、スープの質、具の工夫、あとはもちろん、スパイス。どの店も、ここでオリジナリティーを出してくる。

でも僕は、そういう食べ物であるスープカリー自体に問題点がある気がしていて。スープカリーのカリーはスープなだけに、さらっとしてる。それでも、ちゃんと作られていれば、コクはある。深みがある。広がりもある。たしかに、おいしい。

だけど、僕に言わせれば、いまいち……こう、まとまり感に欠けるっていうか。スープであるカリー、具、ライス、食べるとなんとなく一緒にはなってるんだけど、普通のカレーライスほど渾然《こんぜん》一体となって、一つのおいしさをつくり上げている感じはしない。

この店のがごめ納豆キーマカリーはね。

すばらしかった。

さっきも言ったとおり、がごめはえらくねばねばした昆布なんだ。このねばねばと、納豆のねばねば、旨味《うまみ》……そうだ、昆布だって旨味が強い、これにキーマだから、具は挽肉《ひきにく》が主なんだけど、そこもまたいいんだ。ライスは卵かけご飯。卵の甘味。ちょっと醤油《しょうゆ》を垂らして、これもアクセントになる。

このぜんぶが、絡み合って、溶け合って、他にはない、何か別のものになる。突飛《とっぴ》な味じゃないけど、明らかに新しい。突飛じゃないから、安心して楽しめる。慣れ親しんだものから遠くないのに、新鮮で、斬新なんだ。

ものすごい体験だった。僕はいつも一人で食事するから、なんていうか、食について語ることはない。だけど、目の前に乙野さんがいるもんだから、あの感動を伝えずにはいられなかった。

乙野さんは聞いてくれた。

乙野さんは聞き上手なんだ。

乙野さんが相手だと、僕は一流の話し手みたいに話せる。立て板に水、だっけ。そんなふうに喋ってしまう。

乙野さんも、チキンと野菜のカリーについて話してくれた。楽しそうに、笑顔で話してくれるから、いくらでも聞いていられる。

そのうちお互いに、お互いが食べているものが気になってきてさ。

いや、あのね、信じてくれなくてもいいけど、最初は乙野さんが言いだしたんだよ。嘘じゃない。本当だよ。

一口だけ、食べさせてくれないかって。

正直、そういうの、僕はあんまり得意じゃないんだ。食べ物とか飲み物を、シェアするっていうの？　汚いとか、そんなふうに思うわけじゃないんだけど……ううん、やっぱり、そうなのかな。僕は潔癖症気味なのかもしれないな。苦手なはずなんだけど。

どうしてか、嫌じゃなかったんだ。いいよって、言っちゃった。そうしたら、乙野さんが、じゃあ、わたしのもって。自然な流れだし、だったら、いただきますって。何だろう。食べ合いっこ、みたいな？　そんなことをして。

そんなこと、しちゃって。

しちゃったんだ。

この僕が。

信じられないよ。

だって、僕だよ？

乙野さんと、食べ合いっこ、しちゃうなんて。連絡先も、交換したし。

どうしよう、ぬちこ。どうしたらいいかな。まるで友だちみたいじゃないか。僕は乙野さんと友だちになろうとしてるのかもしれない。乙野さんと僕が、友だちに……」

ぬちこは黙って僕の話を聞いている。

さっきより、リラックスしているように見えなくもない。小さな体に力が入っていないような。

ただ、ケージの隅から動こうとはしない。僕に近づいてはこない。まだまだ懐いてはいない。

僕はケージをつついてみたくなったけれど、やめておいた。きっとぬちこは怖がるだろう。みだりに怯えさせたくない。

「少しずつ、だ」

僕は呟いて、ぬちこに笑いかけてみた。すぐさま真顔になる。乙野さんの笑顔があまりにもすてきだから、真似してしまった。あたりまえだが、僕は乙野さんじゃない。僕が笑ったりしても気色が悪いだけだ。

「今、餌を――いや、ご飯を用意するよ」

僕はパイプ椅子から立ち上がった。キッチンへ向かおうとしたら、ポケットの中のスマホが鳴動しはじめた。

乙野さんからの連絡かもしれない。少しもそんな期待はしなかった、と言ったら、嘘になる。

違った。

スマホを見る。ドラゴン。龍ヶ迫つぼみ様、に登録名が変えられていたのを、変更し直した。龍ヶ迫からの電話だ。僕は舌打ちをする。もちろん、応答する前に。

「……はい」

『今、舌打ちをしなかった?』

なんでわかったんですか、と言ったら、誘導尋問に引っかかったことになる。この部屋に盗聴器は仕掛けられていない。監視カメラもない。ないはずだ。ないと思いたい。

「しませんよ。舌打ちなんて」

『そう』

「何でしょうか」

『仕事に決まっているでしょう？』

「ですよね。わかってます。その上で、どういう仕事なのか、尋ねたつもりだったんですが」

『込み入った話なのよ』

「そうですか」

『柩《ひつぎ》が見つかったの』

「意味がわかりません」

『もしかしたら、例の有翼人《ゆうよくじん》と関係があるかもしれない』

「有翼人……って——東市で目撃されて動画がアップされてた、天使みたいなやつのことですか」

『それのことよ』

　龍ヶ迫は息をするように命令する。いつだってそうだ。

『五分で着くわ。用意しなさい』

Ø16　時は僕たちを切り離してゆく ― Generation gap

植田アリストートルが運転する黒いミニバンには、七十六浄化班の班長・龍ヶ迫つぼみと、常勤の班員である兎神静歌、それから非常勤のヌ堂光次が乗っていた。静歌さんとヌ堂は三列目シートに座っていて、奥側の二列目キャプテンシートには龍ヶ迫が、手前側は空いていた。

「あぁ、ネコがいないなら、僕、助手席に……」

僕は乗りこまずに後部座席のドアを閉めようとした。

龍ヶ迫が視線で自分の隣を示した。

「座りなさい、安条くん」

断ったら何をされるかわかったものじゃない。僕は龍ヶ迫の隣に座った。

「……ネコは？」

「別件よ」

龍ヶ迫がイヤホンを差しだしてきた。僕はイヤホンを受けとり、耳に差しこんだ。

ミニバンが発進する。

静歌さんは僕のほうに目をくれもしない。スマホを見ている。

ヌ堂も同じだ。眉をひそめてスマホに目を落としている。老眼気味なのか。顔からスマホまでが遠い。四十二歳。髭面のバツイチ。非常勤といっても、大学教授だった兎神夕轟のように本職があるわけじゃない。

「最近どうですか」

僕が訊くと、ヌ堂はようやく顔を上げた。

「あぁ？　勝ってるに決まってんだろ」

「昨日、パチスロで七万負けたって」

運転席のアリスこと植田アリストートルが半笑いで口を挟む。

「うっせえぞ」

ヌ堂が舌打ちをする。

「一昨日《おとつい》は勝ったんだよ。十分プラってるわけ。勝ったり負けたりで最終的に勝つのがロマンだろ。わかんねえのかよ、クソが」

わかんねえよ、クソが。

言い返したい気持ちをとっさに胃の腑《ふ》に押しこめる。年長者だから、というわけじゃない。ヌ堂は敬意を払うべき要素をほとんど持ちあわせていない。少なくとも、人間的には。でもそれだけに、恨みを買うと厄介《やっかい》だ。適当に付き合っておくのが一番いい。

ヌ堂は自称ギャンブラーだ。あくまでギャンブルが本業。ギャンブルを最優先したい。

自由な雇用形態を望んでいるから、非常勤。離婚した原因もだいたい推測がつく。十中八九、愛想を尽かされたのだろう。

ちなみに、「元嫁」と没交渉なのはもちろん、ヌ堂本人が「元娘」と呼ぶ実の娘にも会っていないらしい。会いたいと求められたことは何度もあるのに、断っているらしい。死ぬまで会う気はないらしい。死んだら会うに会えない。決して、絶対、何がなんでも会わない、ということだろう。

「フォルダはパァパアルファフタマルナナゴーハチヨンフタよ」

龍ヶ迫が言う。

僕はスマホのBaSS（Backuping Squad System）アプリを起動してログイン。龍ヶ迫が指定したPA2075842フォルダにアクセスする。

いろいろなファイルが並んでいる。動画も複数ある。一つ再生してみた。

「誰かがアップして、削除されたやつか……」

夕方の中区と思われるビルの上を鳥か何かが飛んでいる。

最初は豆粒より小さいので鳥のようにしか見えないものの、画像がズームされてゆくうちに違いがはっきりしてくる。

拡大倍率が上がりすぎていて画質が粗く、ディテールまではわからない。それでも、明らかに鳥ではない。人間のように四肢があり、背に生えた大きな翼を羽ばたかせて飛行している。

飛行体が一度、フレームアウトして、撮影者が『やば、見失った』と言う。直後、また飛行体がフレームインする。それから数秒後、飛行体がビルの陰に入ってしまう。動画はそこで終了する。

「――有翼人……」

翼人、有翼人種、ともいう。

稀少な人外だ。

ただし、確認例は古くから枚挙《まいきょ》に暇《いとま》がない。空を飛べるので、目立つせいだろうか。天や神からの使いだと考えられ、崇《あが》められたりもしていたようだ。

人類に害をなすことはあまりなく、生態がよくわからない、ミステリアスな人外として、変な話、ファンも少なくないとか。有翼人専門の研究家が世界中にいて、しかも、それなりの数に上るらしい。

一説によると、有翼人は、幼生が羽化して成体となり、崩壊してまた誕生し、幼生が羽化して成体となり、というサイクルを繰り返すのだという。

僕も以前、その説を唱える論文を人類保存委員会《HPC》のアーカイブで読んでみた。有翼人の幼生は、最大五十センチ程度のハダカデバネズミに似た多足生物だといい、論文にはその写真も掲載されていた。なかなかに醜悪《しゅうあく》な見てくれだった。

もっとも、その幼生は偽物だとされている。それに、有翼人が羽化する模様を人類が観察した例はいまだないようだ。

成体の死骸は、冷凍した状態でＨＰＣが数体、保管しているとか。解凍すると急速に朽《く》ちてしまうので、手をつけられないと聞いたことがある。

「東市周辺で有翼人が頻繁に目撃されてる」

ヌ堂があくびを噛み殺しながら言う。

「調査班と連携して、かなり綿密に調べた。なんかこれ俺の仕事なのかとか思いながらな。本業の元手を稼ぐためだ。しょうがねえ」

「ヌ堂は案外、まめなのよね」

龍ヶ迫が喉を鳴らして笑う。

「仕事では。プライベートではそうじゃないんでしょうけど」

「金にもならねえことに手をかけたって何の意味があるんだよ」

ヌ堂は鼻を鳴らす。

「いろいろ探ってみたら、有翼人の目撃例はとくに双首村《ふたくびむら》で増えてることがわかった。どうも、十羽かそれ以上の有翼人が、あちこちから双首村に集まってきてるらしい」

「有翼人って、一羽二羽とかって数えるんですか」

思わず僕は訊いてしまう。

「俺はな」

　ヌ堂は答える。

「――で、双首村だ。まさに最近、えらく古い漂着物が見つかっただか何だかで、我らが東大の調査チームがそいつを検分しようとしてるんだと」

「へえ……」

　としか僕は返せない。とりあえず今のところは。正直、話がさっぱり見えてこない。

　双首村は東市の北東に位置する。東市に隣接している海辺の村だ。市町村合併が流行った時期に東市の一部になりかけたものの、結局、独立を保ち続けた。独立というのもおかしな言い方かもしれないが。人口は千数百人。小さな温泉施設と海水浴場がある。海がきれいで辺鄙《へんぴ》な土地だ。

　フォルダの中から漂着物とやらに関する資料を探していたら、ミニバンが停まった。

　助手席のドアが開く。誰か乗りこんでくるようだ。ネコか。違う。

　その男は傘を持っていた。雨なんか降っていないのに。やたらと厚着で、眼鏡をかけている。髪はぼさぼさだ。男は傘を畳んで助手席に腰を埋めた。

「アロヲさん、シートベルト」

　運転席の植田アリストートルが声をかける。

「あぁ」

　アロヲは陰気に応じてシートベルトを締めた。

　ミニバンが発進する。

「……なんでアロヲまで」

　僕は呟く。車内の温度がいきなり二、三度下がったような感じがする。そんなことはありえない。でも、僕は実際、寒気を覚えている。

　逆白波アロヲのせいだ。

　僕たち七十六浄化班に所属してはいない。常勤どころか、非常勤ですらない。

　協力者。

　曖昧な位置づけ。便宜的《べんぎてき》な関係。長らくそれを許されている。

　化け物。人の皮を被った怪物。

　半分だけだ。本人はそうのたまう。

　吸血鬼。人の血を吸い、養分として、闇夜を跋扈《ばっこ》する。太古から棲息しているともいう人外。有翼人より有名かもしれない。

　吸血鬼と人間が交わって子供が生まれるなんてことがありうるのか。コミックやアニメーションならともかく、現実にそんなことが起こりうるものなのか。

　ＨＰＣはアロヲを隅々まで調べて、現存する唯一の半吸血鬼であると認定したらしい。

吸血鬼はある手続きによって人間を吸血鬼に変成させる、すなわち、吸血鬼は人間を材料にして繁殖可能だが、半吸血鬼のアロヲにその能力はない。

また、アロヲはＨＰＣの監視下に置かれることを了解した。要請があれば、ＨＰＣやその下部組織である浄化班の活動に協力することも受け容《い》れた。

それで、アロヲは生かされている。滅ぼされずに生き永《なが》らえることを、かろうじて許されている半端者の、みじめな怪物。

「アロヲは古代人に詳しいのよ」

龍ヶ迫が言う。

中途半端な怪物のアロヲが？

思っただけだ。口に出しはしない。僕は幼稚じゃない。

「古代人って何ですか。メソポタミアとか、インダスとか……四大文明の？」

「ガキは無知だな」

ヌ堂が嘲笑《あざわら》う。

「俺らの業界で古代人っつったら、もっと古い時代の生き物に決まってんだろ」

「すみません。僕はまだヌ堂さんの半分も生きてないので」

「お？　若さアピールか？　安条おまえ、俺にぶん殴られてえの？」

中年はえてして野蛮だ。言葉遣いが粗野なだけじゃない。行動様式に蛮風《ばんぷう》が染みついている。ヌ堂の子供でもおかしくない世代の僕は違う。

「気を悪くしたならごめんなさい。そういうつもりはありませんでした」

「かわいくねえやつ」

上等だ。バーバリアンめいたオッサンにかわいがられたいとは微塵《みじん》も思わない。

「有翼人は古代人の末裔《まつえい》だという説もあるのよ」

龍ヶ迫が怪しげなことを言う。

「双首村で見つかった漂着物は、アトランティス由来らしいの」

Ø17　僕は屡々《しばしば》動揺する
―― The ark

二十二時二十三分、七十六浄化班は双首村漁港に到着した。

僕が後部座席のドアに一番近い。今さらながらに気づく。だから龍ヶ迫は、いつも僕をこの席に座らせようとするのか。

つまり、下《した》っ端《ぱ》扱いするために。

年齢は度外視しても、僕はキャリア的に下のほうではあるわけだけれど。

ドアを開けて外に出る。三列目シートに座っていたヌ堂光次、兎神静歌が僕に続く。振り返ると、龍ヶ迫はようやく座席から腰を上げようとしているところだった。

運転席の植田アリストートルは車内で待機するらしい。この車は市販の大型ＬＬクラスの高級ミニバンがベースだが、各種装備が追加され、ボディーから駆動系まで改造し尽くされている。電源装置、送受信アンテナなども備え、装甲車並みに頑丈だ。浄化班では、指揮車、と呼称される。非常時は脱出車、戦闘車にもなる。もっぱら指揮車の運転を担当するアリスこと植田さんの役目は重要だ。

そういうわけなので、植田さんはいいとしても、助手席の逆白波アロヲが動こうとしないのはなぜなのか。

「何なんですか、あれ」

僕は下車した龍ヶ迫に小声で訊く。龍ヶ迫は肩をすくめてみせる。

「そのうち下りてくるでしょう」

龍ヶ迫の実年齢は知らないし、興味もない。でも、班長だし、極端な童顔だから真っ赤なコートやピンヒールが似合っていないだけで、人外駆除の経験はそうとう豊富なはずだ。班員には基本、平等に厳しい。それでいて、アロヲには甘い。

アロヲは班員じゃなくて協力者だからか。龍ヶ迫は部下には当たりがきつい。パワハラ体質だ。

漁港には何基もの投光器が設置され、昼間のようにとはいかないまでも、十分明るかった。人も多い。地元の漁師らしき男性が数名、あとは大半が作業着姿でライト付きのヘルメットを被っている。警察官も何人かいた。僕たちの指揮車はフリーパスだったけれど、漁港は警察が封鎖している。

一人の作業着を着た男に目が留まった。背が高い。白いマスクをつけている。外国人だろうか。長身なだけじゃなくて手足が長く、頭が小さい。一重《ひとえ》か奥二重《おくぶたえ》の、細い、切れ長の目が笑っているように見えた。

男が軽く頭を下げたので、僕も反射的に会釈《えしゃく》をした。以前、どこかで会ったことがあるのか。知り合いなのか。マスクのせいで、顔はよくわからない。ただ、見覚えはないような気がする。

「浄化班の方々ですね」

見るからに仕立てのいいスーツ姿の男が近づいてきた。そう若くはないと思う。でも、初老とも中年ともつかない。肌にやたらと張りがある。

「お待ちしていました。市立東大学の乙野です」

「七十六浄化班の龍ヶ迫です。よろしく、乙野教授」

龍ヶ迫が差し出した手を、男が笑顔で握る。

僕はまじまじと男の顔を見つめていた。僕の眼差しは不躾《ぶしつけ》だろう。そうはいっても、よく見ないわけにはいかない。僕は何かを見つけようとしていた。

目とか、鼻とか、口とか、あるいは頭蓋骨の形とか。どこか彼女と似ていないだろうか。

それとも、たまたまか。偶然、同じ名字なだけで、赤の他人なのか。

「こちらは市立東大学で考古学を研究していらっしゃる乙野読彦《よみひこ》教授」

龍ヶ迫が僕たちに乙野教授を紹介する。

「国内では珍しい、人外が先史時代の人類に与えた影響やその痕跡に詳しい専門家よ」

「単なる物好きです」

乙野教授の目は、うつ伏せになって上側が膨らんだ半月のような形をしている。

なんてことだ。

乙野教授の目は間違いなく彼女に似ている。

というより、彼女の目が乙野教授に似ているのか。

「どうかしたの、安条くん？」

龍ヶ迫に声をかけられた。慌てて僕は下を向く。

「いえ、べつに何も……」

落ちつけ。まあ、ありえないことではないというか、だからどうしたということでもないというか。同じ名字で、かたや東市の予備校生、かたや東市の大学に勤務している。そして、目が似ている。材料は揃っているとはいえ、確定的とまでは言えない。確かめたくはあるものの、そんなことはできないわけだし。訊けないいし。もしかして、娘さんが東予備学院に通っていますか、なんて。いやあ、僕も同じ予備校に在籍していまして。知人に乙野さんという女性がいるもので、気になって。知人？　知人なのか？　知人。知り合い。一緒に食事をとった。知り合いより一歩前進した、友人と言っても差し支《つか》えないんじゃあるかな？　差し支え。どうだろう。

「安条くん」

龍ヶ迫にふたたび声をかけられた。

「きみ、本当に変よ」

「どうせ僕は変ですよ！」

つい逆ギレしてしまった。

乙野教授が笑っている。何がおかしいのか。おかしいか。おかしいだろう。僕もおかしいと思う。ちゃんとしないと。立て直そう。やればできる、と誰かが言った。誰だっけ。誰でも言いそうなことだ。

漁船が並ぶ船着き場の手前にコンクリートで舗装された広いスペースがあり、そこにクレーン車が一台駐まっている。投光器が設置され、人が集まっているのはその一帯だ。

乙野教授と一緒に僕たちもそこへ向かう。アロヲはまだ指揮車から出てこない。何なんだ、あいつは。

「双首村沖に、沈没した宝船が眠っているという言い伝えはご存じですか？」

乙野教授が言う。

「聞いたことはあるな」

ヌ堂が反応した。宝船。金が絡んでいそうだから興味があるのか。

「たしか、徳川埋蔵金の沈没船版みたいなやつでしょう。日本全国のあちこちで聞けそうな与太話だ」

「双首村沖の場合は、徳川家ではなく、豊臣秀吉の遺産ということになっています。しかし、おっしゃるとおり、よくある話です」

乙野教授は「ただ――」と続ける。

「私が調べたところ、双首村沖の宝船伝説は、さらに起源が古いらしい。郷土誌を紐解《ひもと》くと、少なくとも鎌倉時代までは遡《さかのぼ》れることがわかりました」

「ふん……」

ヌ堂は顔をしかめて頭を掻《か》く。

「今回の漂着物だかは、その宝船伝説と何か関係あるんですか」

「それはなんとも」

乙野教授は肩をすくめる。まるで欧米人のような仕種《しぐさ》だ。それが垢抜《あかぬ》けた彼にはまたよく似合う。

「村の漁師たちは、朽ちた宝船から流出し、海底で眠っていたものなのではないかと考えているようですが。定かではありません」

問題の漂着物とやらは、大きな青いビニールシートの上に安置されていた。

遠目には岩石のようにも見えた。でも、そうではないらしい。その漂着物の表面がフジツボのような固着動物でびっしりと覆われているのだろう。

長方体のかたまり、あるいは箱なのか。

サイズは長さが二メートル強、幅と高さが六十センチ程度といったところだ。

「……柩か」

すぐ隣で声がした。

僕は仰天《ぎょうてん》して、危うく跳びのいてしまうところだった。すぐに声の主が誰かわかった。それでかろうじて醜態をさらさずにすんだ。

雨降りでもない。日射しが降り注ぐ日中でもない。それなのに、その男は傘を差して僕の隣に立っていた。

いつの間に、という疑問は、頭に浮かんでも口にはしない。気配を完全に消して移動するくらいのことは、逆白波アロヲにとって造作もない。人間じゃないからだ。人間離れしていても不思議じゃない。

「……心当たりがあるんですか」

僕は動揺を押し隠してアロヲに尋ねた。まだ動悸がしている。

アロヲは眼鏡越しに僕を一瞥した。化け物のくせに、目が悪いのだろうか。以前、質問してみたことがある。化け物のくせに、とは言わなかった。言えなかったけれど。アロヲの返事は「さあな」だった。

今回も同じだった。

「さあな」

「ああ、あなたが」

乙野教授がアロヲに歩みよる。心なしか足どりが弾んでいる。

「逆白波さんですね。乙野読彦といいます」

明らかに握手を求めている乙野教授の手に、アロヲは一瞥もくれない。左手の中指で眼鏡のブリッジを軽く押し上げる。

アロヲは、柩、と表現した漂着物を見つめている。

乙野教授は手を引っこめた。気を悪くしたような様子はない。外見上は。内心はどうかわからない。

アロヲの無作法に気分を害しない者は稀だろう。さすが半分化け物なだけのことはある。アロヲは最低限の礼儀すら知らない。それか、無視している。

アロヲが歩きだす。漂着物に近づいてゆく。漂着物の周りにいた人びとが傘男を見て怯《ひる》んでいる。こんな夜に傘を差している厚着の眼鏡男は、あからさまにまともじゃない。見るからに不気味だ。でも、それだけじゃないだろう。

あの傘男が冷気をまとっているわけじゃない。あれは半ば人外だが、冷たい風を巻き起こしたりはしない。そんな能力は持っていない。

あの中途半端な化け物を直視し、その存在を認識した人間が、本能的に抱く違和感、警戒心、恐怖、そういったものが、冬の冷たい空気に触れたような感覚をもたらす。

誰に命じられたわけでも、示唆《しさ》されたわけでもないのに、潮が引くように人びとが漂着物から離れてゆく。

アロヲは漂着物の前でしゃがんだ。

龍ヶ迫やヌ堂でさえ、アロヲについてゆこうとしない。僕も脚が動かなかった。強い意志が必要だ。行け。恐れるな。行け。

僕はアロヲの隣まで歩を進めた。膝が少し震えている。その程度だ。たいしたことはない。平気だ。

「これが何か、わかるんですか」

僕は尋ねる。声は震えなかったし、かすれることもなかった。

「中に古代人がいる」

アロヲが答える。しゃがんで、傘を差したまま、僕のほうを見もしないで。

「そんな気がする」

Ø18 ― 今宵《こよい》、夜空を見上げたなら

Tonight is the night

「古代人」

　僕は呟く。

「……つまり、大昔の人間が？」

　逆白波アロヲは漂着物を、柩、と言った。柩なら、中に死体が納められていたとしても不思議はないというか、柩とはそのためのものだろう。

「おまえらは」

　アロヲが言う。おまえら、とは僕たち。すなわち、人類を指すのだろう。

「人間とは見なさないだろうな」

「……人外、ですか」

「おまえらとは違う生き物だ」

「でも、死んでますよね」

「たとえば」

　アロヲが立ち上がる。僕を見ることはない。漂着物に、柩に、目を落としている。

「おまえはおれを殺せるか」

「……まあ、その気になれば」

僕は付け加える。

「そうする必要があれば」

と。

アロヲは鼻先で笑う。

「おまえにおれは殺せない。おれがおまえに殺されてやってもな。おまえが百回おれを殺したと思っても、おれは死なない」

「それは、あんたが吸血鬼だからですか」

「半分な」

たった半分でも、吸血鬼のような怪物なら、僕には殺せない。アロヲはそう言っている。僕を見下して、嘲笑っている。

「おれにはぼんやりとわかるだけだが、殺しても死なないような生き物が、大昔、何種類もいた」

「……ぼんやりと、わかる？」

「血の記憶ね」

龍ヶ迫がアロヲの隣に進み出てくる。乙野教授も来た。静歌さんとヌ堂は少し離れたところで、周囲に気を配っているのか。

「吸血鬼には、脳に保存されるのとは別の、血の記憶があるとされているのよ」

続けて、乙野教授が言う。

「脳によらない記憶は、我々人類や、他の生物にもあるようです。血性《けっせい》生命体の血の記憶は、それらともまた異なる仕組みなのでしょうが」

アロヲは夜空を振り仰いだ。

すぐに振り返って、乙野教授に顔を向ける。

眼鏡の奥で、中途半端な怪物の両眼が赤っぽく光った。

少し口を開けている。上唇と下唇の合間から、鋭い犬歯がのぞいている。

乙野教授は目を瞠って、アロヲを凝視している。全身をこわばらせ、緊張しているのか。興奮しているようでもある。

「あんたのようなやつに体を弄くり回されたよ」

アロヲは少しだけ笑う。ほんの少しだとしても、アロヲが笑うなんてめずらしい。

「何とか教授。あんたもおれを解剖《かいぼう》したいか」

「私は考古学者です」

乙野教授は即答した。

「興味はありますが、あなたを解剖する知識も技術も私にはありません」

知識と技術、それに機会があれば、アロヲを解剖したい。そういうことだろうか。

乙野教授は清潔感があって紳士然としている。学究肌ではあるのだろう。でも、行きすぎた面があるのかもしれない。

そして、乙野さんの父親かもしれない。

「安条くんのために補足しておくと」

龍ヶ迫がそんなふうにフォローするのも、なかなかめずらしい。

「吸血鬼の血の記憶は、覚えているというのとは違うらしいわ。わたしたち人間も、自転車の乗り方を覚えるという言い方をするけど、それをうまく言語化したり、その感覚を思い出したりできるわけじゃないでしょう」

「班長が自転車漕《こ》いでる図はちょっとおもしれえな」

ヌ堂がニヤニヤしながら小声で言う。

龍ヶ迫は無視する。

「でも、乗れる。わたしたちは自転車の乗り方を覚えている。実際、乗ってみれば、それがわかるのよ。血の記憶はそういう覚え方に似ているとされているわ。ヌ堂」

「はい？」

「あとで覚えてらっしゃい」

「……俺は忘れっぽいんでね」

「ああそう。だったら、嫌でも思い出させてあげる」

龍ヶ迫はとびきりおいしいショートケーキでも口に含んだかのような笑みを浮かべる。我らが七十六浄化班の班長、龍ヶ迫つぼみ、ドラゴンが、からかわれっぱなしで終わるわけがない。ヌ堂は相応の、いや、相応以上の代償を払うことになるだろう。

「覚えてるんじゃなくて、わかる、か」

僕は呟く。そういえばアロヲは、中に古代人がいる、そんな気がする、という言い方をした。以前に見聞きしたとか、本か何かで読んだとか、そういったことではないのだろう。血の記憶。そんなもの、あてになるのか。

「どうするつもりだ？」

アロヲが乙野教授に訊く。

「ご助言いただければ」

乙野教授はまだアロヲを見据《みす》えている。

「基本的には、どうにか開けて、中を確かめるつもりですが」

アロヲは目を伏せ、首を横に振ってみせた。やめておけ、ということだろう。それから海のほうへ視線を投げる。

「沈んでたのか。海の底に」

「ええ。地元の漁師が発見し、双首村漁協から私が勤務している大学に問い合わせがありました」

「戻せ」

「海中に？」

「沈めておけ」

「なるほど。それがあなたのご意見というわけですね」

「そうだ」

「わかりました。では、そうしましょう」

えっ、という声が方々から上がった。

僕も、えっ、とは言わなかったけれど、乙野教授をまじまじと見た。

乙野教授は平然としている。僕らが驚いていることに気づいてすらいないかのようだ。

「本心を言えば、たとえ命を失うことになったとしても、この中にいるという古代人と対面したい。ですが、私一人が危険を冒すだけではすみそうにありませんからね。これでも私には妻がおり、娘もおります。そこまで非常識ではないつもりです」

アロヲも意表を衝《つ》かれたのか、左手の中指で眼鏡のブリッジを押し上げるまで少し間があった。

「賢明だ。おれに言われるまでもなくそうしていたら、もっとましだった」

『こちらアリス』

イヤホンから、指揮車で待機している植田アリストートルの声が聞こえた。

『ネコから連絡。繋ぎます』

『はーい。ネコでーす』

「何？」

龍ヶ迫が尖った小声で尋ねる。

『ごめんなさい。目標、ロストしちゃいました』

「……そう。了解よ」

『途中から気づかれてたかも……？』

ネコは別件で動いていると龍ヶ迫は言っていた。

「あの、目標って？」

僕は訊く。龍ヶ迫は答えない。僕に教える必要はない。もしくは、言いたくない、ということだろうか。それか、言うべきじゃない。僕は知らないほうがいい。

いくつかの可能性が思い浮かんだ。

「何ですか、ネコがロストした目標って」

「黙りなさい、安条くん」

「……まさか――」

僕は龍ヶ迫に詰め寄ろうとする。

「下がれ」

突然、アロヲが低い声で脅しつけるように言う。

「全員後退しろ」

繰り返しながら、アロヲは動いた。この半怪物が動きだしたら、ほとんど目にもとまらない。

「おっ」

短い声を洩《も》らした乙野教授はもういない。有無を言わさずアロヲが乙野教授を抱き寄せ、走るというより飛ぶようにその場を離れる。僕も龍ヶ迫も一瞬遅れて駆け出した。アロヲに遅れをとるのはしょうがない。僕たちは人間だから。

何かが降ってくる。たくさんの、小さなものが。雨か。いや、雨粒よりは大きい。霰《あられ》か。もう少し大きい。漂着物、柩の周辺一帯に、石、石ころ、せいぜい一握り程度の石礫《いしつぶて》が降り注ぐ。地面を舗装しているコンクリートに当たる。それから、柩にもいくらかは。ぶつかる。バツバツバツバツと音を立てる。コンクリートを、柩を、その表面を削る。投光器のライトが次々と割れる。

アロヲのせいで、公平に言えばアロヲのおかげで、僕ら以外の人びとが柩の周りから遠ざかっていてよかった。一般人の大半は、僕らほど迅速に退避行動をとることはできないだろう。石礫をその身に受ける者もいただろう。単なる石礫とはいえ、無事ではすまなかっただろう。下手をしたら怪我ではすまなかったかもしれない。小さな石でも人は死ぬ。当たりどころが悪ければ。十分に加速していれば、石礫も人の硬い頭蓋を打ち砕く。

石礫の通り雨が降ったのは、たぶん二秒か三秒の間だ。石礫の数は百かそこら。空から石は降らない。すなわち、誰かが、何ものかが、石礫を降らせた。上空から枢一帯めがけて石礫を落下させた。

「――何だ!?」

石礫の雨はすでに止んでいる。僕も龍ヶ迫も、それにアロヲと乙野教授はもちろん、枢から距離をとっていた静歌さん、ヌ堂、その他の人びとも、石礫を浴びずにすんだ。

当然、僕は夜空を見上げている。そこに何かがいるはずだ。見えないけれど。投光器は一基だけ健在。他は破壊された。でも、投光器はもともと枢を照らしていた。空に向けられてはいない。夜の空はあたりまえのことながら暗い。さして曇ってはいない。星空だ。月も出ている。それでも、僕ら人間の目にとっては暗すぎる。

「翼人どもだ」

アロヲが傘を畳んで、乙野教授を突っ放しながら言う。あのアロヲが傘を畳むなんて。よっぽどのことだ。

非常事態だ。

∅19 ― 命知らずの短き唄よ
Daredevil

「二波目、来るぞ」

逆白波アロヲは夜空を見上げ続けている。眼鏡の奥で半怪物、半人外の双眸《そうぼう》が赤っぽく、禍々《まがまが》しく輝いている。アロヲは人間じゃない。僕らと違って。だから見えているらしい。空を飛ぶ有翼人たちの姿が。

「つぼみ、どうするか決めろ」

下の名で呼び捨てにされた龍ヶ迫、僕たち七十六浄化班の班長が、舌打ちをする。そして、僕たちに命じる。

「銃撃で応戦！　アロヲ、だいたいでいい、敵の場所を！」

「あのへんだ」

アロヲが僕から見て八十度くらいの上空を畳んだ傘の先で示す。やっぱり何も見えない。僕は拳銃を抜いて安全装置を解除する。静歌さんとヌ堂も拳銃を構えた。暗視ゴーグルがあれば。バックパックの中には入っている。でも、出している場合じゃない。

「避難して！　乙野教授、こっちに！」

龍ヶ迫は乙野教授や作業着姿の人びとを連れて指揮車のほうへ向かう。

アロヲは空を睨んでいる。この半怪物も、空にいる相手には手出しできない。

僕と静歌さん、ヌ堂は発砲する。撃って撃って撃ちまくる。いくらぶっ放してもまったく手応えがない。

あっという間に弾倉が空になった。僕は弾倉を交換する。

「敵は!?」

「散開した」

アロヲが言う。

「やつら逃げないな。なんでだ」

そのときだった。悲鳴のような声が上がった。うわ、とか、何だ、とか、何とか。漁港の出入口方面か。警官が何人か配備され、封鎖されているはずだ。

「新手か」

アロヲが呟いてそっちに視線を投げる。僕も見た。幾筋《いくすじ》かの光が踊っている。警官が持つ懐中電灯か。大型の獣のような姿が光に照らされたような。漁港を封鎖していた警官たちが、獣に襲われた？　獣？　いや、ただの獣のはずがない。あたりまえだ。

「来るぞ」

アロヲが言う。

「狼どもだ」

「安条、空を警戒！」

ヌ堂が怒鳴る。

「新手は俺と静歌がやる！」

不良中年に指図されるのは本意じゃない。でも、拒否できない。反抗していられるような状況じゃない。対処しないと。

僕は目を凝らして夜空を見る。ヌ堂と静歌さんは間もなく発砲しはじめた。狼。アロヲが狼と言ったのは、イヌ科の哺乳類、いわゆる狼ではもちろんない。人外。ウェアウルフ。ライカンスロープ。ルーガルーとも呼ばれる。人狼《じんろう》だ。獣と人間の姿を行ったり来たりする変態生物。グールよりも人類に紛れるのがずっと得意な厄介者。その実数は把握できていない。古くから人間社会の中で血統を守り、命脈を保っているという。用心深い、慎重で、狡猾《こうかつ》な人外だ。本来、僕たちのような浄化班どころか、警察官にさえ近づいてこない。

そのはずなのに。

アロヲは突っ立っている。何やってるんだ。

夜空に異状はない。僕には確認できない。暗い空。星。月。以上だ。

断続的な発砲音。

「んあぁっ、当たりゃしねえ！」

ヌ堂が叫ぶ。

『しぃっ』

静歌さんの声がイヤホン越しに聞こえた。

僕は思わずヌ堂や静歌さんのほうを見てしまう。静歌さんは刀を抜いていた。獣が、狼というよりむしろ熊のような、ヒグマとはいかないまでも、ツキノワグマくらいの大きさは十分ありそうな四つ足の猛獣、獣形に変態した人狼が、一頭、二頭、三頭と静歌さんに飛びかかる。

静歌さんが風に舞う落ち葉のように何度も身を翻《ひるがえ》す。流麗な足捌きだ。淀みが一切ない。刀の軌跡は型でもなぞっているかのようだ。微塵も無駄がない。

静歌さんの技量は達人級だ。乱世の武人たちに勝るとも劣らないほど修羅場を潜《くぐ》っている。そんな彼女の剣でも、どうやら人狼どもを一刀両断するには至らなかったようだ。人狼どもは静歌さんからいったん離れ、激しく吠《ほ》えたてる。

人狼は三頭。後続はなさそうだ。

「くそ！」

ヌ堂は拳銃を構えている。でも、撃たない。撃てない。人狼どもは静歌さんを囲み、接近しようとしたり、跳び退いたり、左右に移動したりしている。あれだと、そうとうな射撃の名手でも、静歌さんに当ててしまわないように人狼を狙い撃ちするのは難しい。

当てたとしても、どうか。僕は人狼と戦ったことがない。だけど確か、威力の高いマグナム弾でさえ、急所に命中させないと人狼を仕留めきることはできないはずだ。お伽話《とぎばなし》とは違う。銀の弾丸はきかない。銀イオンにはバクテリアなどに対する殺菌力があるだけだ。人狼は菌じゃない。人狼を殺すには、心臓か脳を破壊する必要がある。

夜空に変化はない。

アロヲが屈んで左手で何か拾った。石礫か。有翼人が投げ落とした。それをアロヲは空に向かって投げ上げた。

ギャッ、というような音がして、何かが落ちてくる。

かなり大きなものだ。もしかして、有翼人か。そうらしい。

有翼人は柩のすぐそばに墜落した。羽を毟られた巨大なブロイラーの背中から、灰色の翼が生えている。そんな見た目だ。天使と見紛《みまが》うほど美しくはない。全身を痙攣《けいれん》させているので、息はあるようだ。でも、明らかに死にかけている。

アロヲはまた石礫を拾い、振りかぶりかけてやめた。投げて当たる範囲に有翼人がいないのだろう。

『こちらドラゴン。二百三浄化班に増援を要請したわ。最短四十二分で到着。五十分は覚悟しないといけないでしょうね。私も出るわよ』

龍ヶ迫は銃火器なら何でも扱える。当然、暗視ゴーグルをつけてくるだろう。

「こちらヨハネ。シズの援護に回ります」

『ドラゴン、了解』

「ヌドー、ドラゴンを支援してください」

『わかったよ、くそったれ。おねえちゃんのケツでも舐め回してろ青少年』

「マジふざけんなクズ」

僕は思わず罵ってしまう。同時に駆けだした。

後退してきたヌ堂とすれ違う。

「ケツよりおっぱいか？」

下品な中年を無視して、静歌さんを囲む人狼に突撃する。

ヌ堂が何か言っている。知ったことか。一頭の人狼が僕に気づく。向き直って僕に躍りかかってくる。来た。来る。来るぞ。来い。僕も行く。おまえが来るなら僕だって。

「危ねえぞ、青少年！」

「安条……！」

ヌ堂が怒鳴る。騒ぐなよ、中年。みっともない。

一瞬で人狼が僕を押し倒す。僕の喉首に咬《か》みついて、頚骨《けいこつ》ごと噛み砕いてしまおうとする。人狼はそうするだろう。それは予測していた。確信してさえいた。熊みたいな獣形の人狼に齧《かじ》られたら終わりだ。僕は死ぬ。呆気《あっけ》なく。きっと即死に近いだろう。

僕が死ぬ。

死ぬはずだったのに、生き永らえた僕が？

それはどうだろう。なんだか現実味がない。僕は死ぬだろうか？　死ぬ可能性はむろんある。それはもう常に。道を歩いていても暴走車に轢《ひ》かれて死ぬかもしれない。どこかの階段で足を滑らせて頭を打っても死ぬことはある。飛行機に乗れば落ちて死ぬかもしれない。心筋梗塞《こうそく》。脳梗塞。病気が急に命を奪うかもしれない。僕も死ぬだろう。いつかは。

でも、今じゃない。自慢じゃないが、僕は死んでいてもおかしくないのに死ななかった。どういうわけか生き残った。僕は生存する者《The Survivor》だ。本当に自慢じゃないけれど。死んでいたほうがましだったのかもしれないし。それなのに、死ななかった。

だから僕にはわかる。

経験上、わかってしまう。

この程度で死ぬわけがない。

残念ながら。

コンクリートの地面に背中を、腰を打って、人狼にのしかかられた僕の右手には拳銃が。グロック１７改。裏林弥勒から仕入れた自動拳銃。弥勒がグロック１７を改造してフルオート機構を追加した。その銃口が、人狼の口の中に。

僕は集中していた。人狼が間近に迫っても、そのことだけを考えていた。怖いとか思う暇もなかった。グロック１７改の銃口を人狼の口の中に突っ込む。ただそれだけを。

「僕は死なない」

呟きながら、僕は引き金を引く。引き続ける。人狼の獣毛や皮膚、脂肪、筋肉は銃弾の威力を巧妙に減殺《げんさい》する。でも、中から撃たれた気分はどうだ？　口腔《こうこう》内に直接ぶち込まれた弾丸はどんな味がする？　教えてくれよ。脳が震えるか？　脳天を貫くような、強烈で鮮烈な、今まで味わったことがない味か？　もはや説明不能か？

「ははっ」

僕はつい笑ってしまう。ほんの少しだけだ。

人狼はもう動かない。僕の上でぐったりしている。重い。僕は血塗《ちまみ》れだ。血以外のものも僕はたっぷりと浴びている。とても臭くて、気持ち悪い。

僕は死んだ人狼を押しのける。

やっぱりだ。

結局、こういうことになる。

僕は死なない。また死ななかった。

Ø2Ø ── 消失の次 Lost contact

僕が人狼を一頭始末すると、それで浮き足だったのかもしれない。人狼は残り二頭。そのうちの一頭が、すっと踏み込んだ静歌さんに対して、まっすぐ下がろうとした。

静歌さんは諸手《もろて》左上段に刀を構え、右拳を右肩近くまで引き寄せていた。そこから刀を鋭く振り下ろす。振りきらず、突きに転じた。

静歌さんの突きは伸びる。恐ろしいほど伸びて標的を追尾する。まっすぐ後退したら、あの突きからはまず逃げきれない。

静歌さんの刀の切っ先は、人狼の右目か左目を傷つけたようだ。一度突いたら、間断なく二度、三度と突く。もちろん突かれているほうは避けようとする。でも、静歌さんは絶妙に角度や速度を変えて、執拗《しつよう》に突く。

僕も仕合で静歌さんの突きを受けたことがある。とてもじゃないけれど、受けきれるものじゃなかった。僕が迂闊《うかつ》にまっすぐ下がってしまって、静歌さんが突きの体勢に入った瞬間、勝負はついていた。

あの人狼も仕合での僕と同じ末路を辿った。顔面中を突きまくられ、押し戻されるように後退した。人狼は鳴いた。小犬のように鳴いた。どんなに哀れっぽく鳴いても、手を緩める静歌さんじゃない。やるとなったら徹底的にやる。僕も何度となく完全に戦意を失うまで打ち込まれた。失神したことも二回ほどある。降参や気絶で終わっただけ、まだましだったのかもしれない。相手が人外、僕たち人類の敵なら、静歌さんは容赦《ようしゃ》しない。

静歌さんは人狼の頭部を刀で滅多《めった》打《う》ちにする。静歌さんに躍りかかろうとしたもう一頭の人狼は、僕が引き受ける。

僕も静歌さんの実父で恩師の兎神夕轟から兎神流古武術を習った。兎神流はいわゆる武芸とは違う。己の肉体であれ、刀槍《とうそう》や棒切れであれ、効率的、効果的に敵を破壊するための道具とする。精神さえ、目的を達成するべく最適化する。純粋に実戦のための、実践的な戦闘術だ。

僕の腕では人狼を斬ることはできない。静歌さんのような突きも僕には無理だ。僕は右手で拳銃を持ったまま、左手で刀を振るう。刀は防御のため、振り回して牽制《けんせい》するための棒だ。撃てそうなら発砲する。べつに外したっていい。この人狼を倒せなくていい。静歌さんがあの人狼の息の根を止めるまで、こっちの人狼を妨害する。静歌さんの邪魔をさせない。それだけでいい。

間もなく人狼は踵を返した。逃げようとしている。

僕は追わなかった。静歌さんはあの人狼を片付けたようだ。

銃声が轟《とどろ》き渡った。

見れば、柩の近くで龍ヶ迫がアサルトライフルを夜空に向かってぶっ放している。M4カービン。龍ヶ迫はあの銃が使いやすくて好きだと言っていた。

「こちらヨハネ。人狼を後退させました」

『ヌドー、了解。班長、もう有翼人もいないいんじゃないすか。アロヲ、どうよ』

アロヲはイヤホンをつけていない。近くにいるヌ堂に直接答えたようだ。

『――アロヲも見えないってよ。班長、撃ち方やめ。班長！』

龍ヶ迫はやっとアサルトライフルを下ろした。

『こちらドラゴン。損害を報告して』

調べたところ、漁港の封鎖にあたっていた警察官二名が死亡、一名が重傷。その他、数名の作業員が軽傷を負っていた。七十六浄化班及びその協力者に損害はなかった。戦果は、人狼を僕と静歌さんが一頭ずつ駆除。アロヲが有翼人を一羽撃墜。龍ヶ迫に撃たれた有翼人が一羽、海に浮かんでいた。

龍ヶ迫の差配で、ヌ堂と静歌さんが漁港出入口に配置され、僕とアロヲは柩のそばで上空を監視することになった。

ヌ堂と静歌さんが組むと胸がざわつく。静歌さんは恩師の娘で、義理みたいなものがあるような気がするし、僕はヌ堂のことが嫌いだ。ヌ堂の視線が静歌さんに向いているだけで、正直、吐き気がする。ヌ堂の呼気を、微量だとしても静歌さんが吸い込んでいるかもしれない。そう思うと本当に許しがたいが、これは仕事だ。割り切れないほど、僕は幼稚じゃない。

一時避難していた乙野教授が戻ってきて、龍ヶ迫と何か相談している。作業員たちは柩をビニールシートで包もうとしているようだ。

「海に沈めるとなると、船に載せて投下することになりますが、作業できるのは明朝以降です」

「今さらそんなことをしても無駄だと思うわ。海底よりも安全な場所に運ぶしかないでしょうね」

「私も同行できますか？」

「可能であれば、是非お願いします」

「引き続き調査できるのなら、私としては願ったり叶ったりですが」

「部下に車両を手配させています。ただ、結局、夜明けまでは動けないでしょう」

どうやら今回の実際的行動《PA》は徹夜になりそうだ。だいぶ日が高くなるまで家に帰れないかもしれない。妖精。ぬちこの世話をしないといけないのに。まあ死にはしないだろうが、飢えさせると恨まれるかもしれない。さっさと懐かせたいのに。そうしないと目的が遂げられない。

人生はままならない。

僕にできるのは、ただ生き残る。生存する。それだけだ。人生をうまく渡れるわけじゃない。たいていのことは思いどおりにならない。それでも僕は生きてゆかなければならない。生きてゆくしかない。

僕は死なない。

そう簡単には死ねないから。

夜に吐息を浮かべる。僕は頭を切り替える。

一人の作業員がポットと紙コップを持ってきた。

「コーヒー、いかがですか」

乙野教授が「ああ、ありがとう」と作業員から紙コップを受けとる。

「わたしは結構よ」

龍ヶ迫は断った。

作業員は僕やアロヲにも顔を向けた。

「皆さんは？」

背が高くて、手足が長い。白いマスクをつけている。切れ長の目。ここに来たとき会釈をした男か。

アロヲは作業員に目もくれない。いつの間にか傘を差している。

僕は軽く片手をあげた。

「遠慮します。仕事中なので」

「そうですか」

作業員は乙野教授の紙コップにポットからコーヒーを注ぎはじめた。湯気が上がる。

「どうしてあの漂着物がアトランティス由来だとわかったのですか？」

「成分だよ」

乙野教授が答える。

「オレイカルコス。極端に腐食、劣化しづらい、アトランティスでのみ造られていたとされる合金が、漂着物の表面サンプルから検出された」

「なるほど。オレイカルコスとは、いわゆるオリハルコンのことですか」

「そのとおり。しかし、プラトンが『ティマイオス』などで言及しているオリハルコンとは別物だよ。そもそも、アトランティス自体、かつて大西洋に沈んだ幻の大陸と考えられていたが、現在では太平洋の何箇所かが有力視されているからね」

恩師の兎神夕轟は、自分の専門分野に関わることになると饒舌《じょうぜつ》になった。乙野教授にも似たところがあるのか。学者の習性なのだろうか。

「でも、おかしいな」

乙野教授が首をひねる。

「何がです？」

作業員が訊く。

「私は君の名前すら知らない。漂着物がアトランティス由来だということは、ごく限られた人にしか伝えていないはずだ」

作業員は少しだけ笑った。

「人の口に戸は立てられないものですよ、先生」

「あなた――」

龍ヶ迫が作業員に声をかけようとした。そのときだった。

『こちらアリス。緊急です』

「何？」

龍ヶ迫が即座に応答する。

『二百三浄化班と連絡がとれません』

「……は？」

それは龍ヶ迫の声だったが、僕も似たような声を発してしまった。

二百三浄化班。僕たち七十六浄化班からの要請に応じて、この双首村漁港へ向かっていたはずだ。

龍ヶ迫は柩から離れた。乙野教授やあの作業員が、怪訝《けげん》そうに龍ヶ迫を目で追う。

「二百三浄化班の位置情報は？」

『最後はここから約一・四キロ西の山中。ついさっきです』

「すぐ近くね。そこで位置情報が消えた？」

『はい。付近の浄化班、調査班、それから委員会にも問い合わせてますが、どこもロスコンみたいで』

ロスコン《lost contact》とは、つまり、連絡がとれない状態ということだ。

ここに来る途中、二百三浄化班が消えた。

僕らがいるこの双首村から、一・四キロ程度しか離れていない場所で。

二百三浄化班はたぶん、七十六浄化班のように指揮車に乗りこんで移動していただろう。人員は四名から六名といったところか。

何らかの事情で自主的に消えた。それはちょっと考えづらい。

外的な要因で消えた。すなわち、何ものかに消された、と見なすべきだ。

「……まずいわね」

龍ヶ迫が奥歯をぎりりと噛んだ。その音がイヤホン越しにはっきりと聞こえた。

「七十六浄化班、最大限の警戒態勢をとるわよ。これから先は何が起こっても驚くに値しないわ。遵天道《じゅんてんどう》が現れるかもしれない」

遵天道。

人外を相手どっては命知らずの僕たちさえ恐れさせるその名に続いて、龍ヶ迫は付け足した。

「きっと、兎神夕轟も来る。各自、覚悟を決めて備えなさい」

Ø21 ―― きみは夢を見ない

A living nightmare

兎神夕轟は二年前、消息不明になった。

重傷を負っていたのは間違いない。僕も、静歌さんも、それからアロヲも、そこまでは把握している。でも、死亡は確認されていない。兎神夕轟、僕の恩師、静歌さんの父親は、生死不明のまま、僕らの目の前から消えた。

連れ去られた。

遵天道。

自称、遵天道モナカ。

ふざけた名だが、他に適当な呼び名もない。いつから存在するのかも定かじゃない、正真正銘の化け物だ。もしかしたら、過去には別の名があったのかもしれない。けれども、限られた生命しか持たない、化け物じゃない僕たち人類には、知る術《すべ》がない。

吸血鬼。

逆白波アロヲと違って、中途半端な人外じゃない。完全無欠の人外。怪物以外の何物でもない。悪質で、僕らのような人間からすると悪趣味としか言いようがない諧謔《かいぎゃく》を好む。気まぐれのようで、偏執的《へんしゅうてき》。常に何かを企んでいるようでも、一貫した思考様式を持たないようでもある。

アロヲはおそらく、自分は半分だけなので、本物の吸血鬼とはまったく違う、と自認しているだろう。それでも化け物であることに変わりはない。僕はそう思う。ただ、アロヲは遵天道のような吸血鬼と同じなのか。否、と言わざるをえない。

二年前。

兎神夕轟率いる三十四浄化班は、遵天道モナカと戦った。

僕も非常勤より一段下の、基本給がない、試験採用的な見習い、アルバイト班員として、三十四浄化班に所属していた。静歌さんはすでに常勤の班員だった。アロヲは兎神夕轟からの要請を受け、協力者としてあの実際的行動《PA》に参加した。

遵天道は、僕が遭遇した中で間違いなく最悪の人外だ。

言葉は通じる。人間の言語を完璧に操るのに、意思の疎通ができない。

というか、理解できない。

あれは何なのか。この世にあんなものが存在していいのか。いいわけがない。

あんなものがいる。あれほどの怪物が発生しうるのだ。ゆえに人外は駆除しなければならない。ある者は、人外のすべてが危険なわけじゃない、と主張する。だとしても、やはり人外は駆除するしかない。人外の中には、まったく管理されていない剥き出しの生物兵器のような、とてつもなく有害で、きわめて恐ろしい、たとえばあの遵天道のようなモノがいる。現れたが最後、自ら死ぬか、もしくは殺されるか、無慈悲な二択を強制されるような目に、誰もが遭いかねない。

不条理な災厄。

僕ら人類と人外とは相容れない。

その真実を世界に知らしめる存在。

病院の集中治療室で目覚めるまで、混濁した意識の中、僕を苦しみ悶えさせた悪夢。

遵天道モナカ。

毒電波とでも形容するしかない、あの声。

ひっくり返して、細切れにし、でたらめにくっつけた辞書にしか載っていないような、独特な語彙《ごい》。

見る者一切を愚弄《ぐろう》しているとしか思えない、あの姿。

まるで、赤黒い絵の具に浸した襤褸《ぼろ》雑巾《ぞうきん》をかき集めて、無理やり人の形に整えたような有様の、僕の恩師。静歌さんの父親。

兎神夕轟。

僕はあれを見たのか。それとも、夢でしかないのか。

兎神夕轟は立っていた。刀を持っていた。兎神夕轟だけは。

僕も、静歌さんも、とうてい起き上がれるような状態じゃなかった。

索敵《さくてき》と諜報《ちょうほう》を担当していて、戦闘に参加していなかった猫又を除く三十四浄化班の班員他四名は、どこからどう見ても息絶えていた。ほぼ原形を留めていなかった。

あのアロヲが、両腕、片脚を引きちぎられて、文字どおり手も足も出せなかった。

兎神夕轟ただ一人が、遵天道に立ち向かおうとしていた。

僕は聞いたのか。

「おお」

追いこまれた野獣でも発しないような、裏返ったあの雄叫《おたけ》びを。

激昂《げきこう》、悲憤《ひふん》、慚愧《ざんき》、そういった感情が交錯しながら高まりすぎて逸脱し、何か得体の知れない不協和音と化した、兎神夕轟の声を。

僕は夢で何度もそれを聞いた。今でもたまに夢で見るし、聞きもする。あの姿、あの声は、僕の悪夢でしかないんじゃないのか。

むしろ、そうであって欲しい。

あの兎神夕轟は、僕が知る兎神夕轟とはあまりにもかけ離れている。

彼という人に、あんな面があったとは思いたくない、知りたくなかった、ということじゃない。僕の気持ちなんか、どうだっていい。

本当に兎神夕轟があの姿に成り果て、あの声で吼《ほ》えざるをえなかったのだとしたら、残酷すぎる。恩師の身にそんなことが起こったとは信じたくない。

あれが現実だとしたら、ひょっとすると、静歌さんもあの姿を見て、あの声を聞いたかもしれない。そうであって欲しくない。

それは、ひどい。

あまりにもひどすぎる。

浄化班の上位組織、人類保存委員会《HPC》が手配した最先端の再生治療が功を奏したのか、僕は悪夢の渦から引き揚げられた。

僕は生き残った。

もっとも、意識を取り戻してから今に至るまで、たまにこう考えてしまう。

まだあの夢は覚めていないんじゃないか、と。

静歌さんも同じなんじゃないか。彼女は何も話さないから、確かめることはできないけれど。

アロヲは最終的に頭部も半ば破壊されたらしい。それでも化け物らしく自力で回復したが、脳の損傷が激しかったせいか、兎神夕轟がどうなったのかはわからない。覚えていないようだ。少なくとも、アロヲが応じたＨＰＣの聞き取り調査によれば、そういうことになっている。

その後、複数の調査班や浄化班が大規模な捜索を行った。しかし、遵天道も、兎神夕轟も、発見されなかった。その肉体の一部さえも。

三十四浄化班は消滅した。

僕と静歌さんは復帰し、七十六浄化班に配属された。

七十六浄化班は、龍ヶ迫つぼみを班長に据え、三十四浄化班の後継として新設された。

でも、あの夢は終わっていない。

僕はまだ夢の中にいる。

何もかもあの夢の続きなんじゃないか？

そんなわけがない。わかっている。夢だと思いたい。最低の悪夢だとしても、夢だったらどんなにいいか。けれども、あれは現実だ。僕は現実の檻《おり》の中にいる。この檻からは出られない。命が終わるまで、僕は解放されない。そして、僕は死なない。僕は生き残る、生存者《The Survivor》だから。僕はこの檻の中でもがくしかない。

これは、現実。これが現実だ。

なんで遵天道モナカが。兎神夕轟が。どういうことなんだ。ネコ。猫又。別件で動いていて、目標をロストした、と言っていた。あの報告を聞いたとき、頭に浮かんだ複数の可能性。そう。

あのとき僕は怪しんだ。まさか、と思いながらも、遵天道のことが脳裏をよぎった。それから——それから。

兎神夕轟。

明確な証拠はないが、瀕死《ひんし》の兎神夕轟は遵天道によって連れ去られたんじゃないか。だとしたら、どうなったのか。生きているのか。死んでいるのか。

そのどちらでもないのか。

たとえば、人として生きている、とは言えない状態なのか。

考えたくないが、考えざるをえなかった。

アロヲのような中途半端な半吸血鬼には無理でも、本物の吸血鬼は繁殖が可能だ。生殖とは違うが、吸血鬼は「血分け」という行為によって人間を吸血鬼に、自分の仲間にしてしまえる。

血分けによって吸血鬼の「子」になると、「親」には決して逆らえないのだという。

兎神夕轟は、吸血鬼に成り下がったのかもしれない。

遵天道モナカと行動をともにしているのかもしれない。

いつか遵天道に従えられ、僕らの前に姿を現すかもしれない。

考えていなかったわけじゃない。覚悟してさえいた。

そのときが訪れたら、僕は討たなければいけない。

僕の恩師を。

静歌さんの父親を。

兎神夕轟と龍ヶ迫つぼみ、そしてヌ堂光次は、かつて百十三浄化班に所属していた。その班長だった女性の薫陶《くんとう》を受けて、彼らは一人前の戦士になったのだとか。龍ヶ迫やヌ堂にとって、兎神夕轟はある意味、兄弟子のような存在らしい。

逆白波アロヲと兎神夕轟との間にも、記録に残っていない、残せないような経緯があるようだ。

兎神夕轟を討たなければならないのだとしたら、僕が、僕たちが、やるべきだろう。

そう思っていた。覚悟がなかったわけじゃない。

乙野教授や作業員たちをどうやって、どこに退避させるかという話を、龍ヶ迫がヌ堂、植田さんとイヤホン越しにしている。

僕はヌ堂と静歌さんが配置されている漁港出入口に向かいたい。遵天道と兎神夕轟が来襲するとしたら、ほぼ確実にそっちからだろう。

さっきコーヒーを持ってきて、乙野教授にアトランティス絡みのことを質問していた作業員に目がとまる。作業員はコーヒーのポットや紙コップを地面に置いて、枢の真ん前にしゃがんでいた。

どうも気になる男だ。

でも、あんな男を気にしている場合でもない。

「つぼみ」

アロヲが押し殺したような声で龍ヶ迫に呼びかけた。

龍ヶ迫は、あとにして、と言いたげに手を振る。でも、アロヲが聞き容れるわけもない。音もなく龍ヶ迫に肉薄する。龍ヶ迫はアロヲの傘の下に入ってしまった。

「おまえ、だからおれを呼んだのか」

「……可能性は考慮に入れたわ」

「そうか」

アロヲは左手の中指で眼鏡のブリッジを押し上げた。

「だと思った」

『……こちらヌドー。何かいる。八時の方向』

ヌ堂が言う。

『おい、止まれ！』

怒鳴った。僕らに対してじゃない。八時方向にいるという「何か」に向けてだろう。

『止まれ！　止まらねえと、撃つぞ！』

∅22 ― この世に愛がなければ
Love is all

僕は柩のそばにいる。ヌ堂と静歌さんがいる漁港出入口までは、五十メートル以上離れている。僕の位置からだと、八時の方向に銃を構えているヌ堂と静歌さんは見える。でも、ヌ堂は何に、あるいは誰に止まれと言っているのか。その相手は確認できない。

ヌ堂は視認しているようだ。

『……止まった。こちらヌドー。見たところ人間だ。三人。武装してる。三人とも迷彩柄の装備。フルフェイスのコンバットヘルメット着用。同型だ』

「その装備は――」

龍ヶ迫が言いかける。

『二百三浄化班？』

植田さんが言う。

担当地域が隣接しているので、二百三浄化班とは何度か合同で実際的行動《PA》を行ったことがある。僕たち七十六浄化班と違い、二百三浄化班はお揃いのコンバットスーツ、同じコンバットヘルメットを身に着けていて、傍目《はため》には誰が誰だかわからない。班長の名上《ながみ》猛四《たけし》郎《ろう》以下、陽気な班員が多く、和気藹々《わきあいあい》、と言ってもいいくらい仲がよさそうだった。

『二百三浄化班か!?』

ヌ堂が声を張り上げる。迷彩の三人に呼びかけているのだろう。

『名上はいるか!?　進郷《しんごう》、諸川《もろかわ》、千田前《せんだまえ》、本朴《ほんぼく》、中吉《なかよし》、宇輪《うわ》!』

ヌ堂は二百三浄化班の班員たちの名を次々と叫んだ。

『……ぅー』

静歌さんが唸るような声を発した。

『なんで答えねえ!?』

ヌ堂も怪しんでいる。

『おかしくないですか』

アリスこと植田アリストートルが言う。

『無事なら、どうにかして連絡してくるはずですよ』

舌打ちをする音がした。ヌ堂だろう。たぶんヌ堂は銃を構えて発砲しようとした。それより早かったのか。あるいは、相手の動きを見て、ヌ堂は撃とうとしたのかもしれない。

銃声が轟きはじめる。

『あッ、つァッ!』

僕は遠目に見た。ヌ堂が尻餅をつきそうになった。

『――っそッ、被弾した!』

静歌さんは漁港出入口に駐まっていた警察車両の陰に飛びこんだ。ヌ堂も転がるようにして静歌さんに続く。

「つぼみ」

アロヲがうながす。

「防波堤の突端に退避して！」

龍ヶ迫が強い口調で乙野教授たちに言う。全員、戸惑い、ためらっている。防波堤に逃げろと言われても不安だろう。でも、漁港出入口で銃撃戦が起こっている。非戦闘員の彼らには、他に行き場がない。

「さあ、教授、こちらへ！」

白いマスクをつけている背の高い作業員が乙野教授たちを誘導しだした。

「みんな急いで！」

あの男、何者で、何様なんだ。一瞬、思ったが、それどころじゃない。

「遵天道はおまえたちを血惑《ちまど》わせる」

アロヲが言う。血惑い。血惑《けつわく》、ともいう。吸血鬼にとっての繁殖である血分けとは違う。吸血鬼が自分の血を若干量、人間の体内に入れる。そうして一時的に錯乱させ、一種の催眠状態に陥らせる。一部の吸血鬼は、この血惑という方法で人間を操ることができる。

「制圧するわ」

龍ヶ迫が駆けだした。

「安条くん、来て。アロヲは柩を」

「はい！」

僕は龍ヶ迫のあとを追う。アロヲは返事をしなかった。でも、傘を差したまま柩の前から動かない。

八時方向。断続的に発火炎が見える。そっちから弾が飛んでくる。二百三浄化班の班員はヘッケラー&コッホのG36か何かを装備していたはずだ。アサルトライフルで、おそらく五十メートル以内の近距離から撃ってきている。

静歌さんとヌ堂は警察車両を盾にして撃ち返している。でも、二百三浄化班の三名が怯む様子はない。それどころか、発火炎の位置が変わらない。立射か、膝射《しっしゃ》か、射撃姿勢はわからないが、二百三浄化班はまったく移動せずに撃ちまくっている。

僕は静歌さんやヌ堂がいる警察車両に向かった。

「ヌ堂さん、怪我は!?」

「大丈夫じゃねえよ、痛え！」

龍ヶ迫はM４カービンに火を噴かせながら、警察車両の脇を通り抜けてゆく。

「狙い撃ちにされるぞ、つぼみ！」

ヌ堂が叫ぶ。龍ヶ迫を援護するべく、警察車両から体を出し、二百三浄化班めがけて発砲する。僕も、静歌さんも、ヌ堂に負けじと撃つ。

『一人倒した』

龍ヶ迫の低い、冷静な声がイヤホン越しに聞こえる。

『二人目。あと一人』

明らかに向こうからの銃撃が弱まった。射殺したのか。血惑わされているとはいえ、二百三浄化班の班員たちを一人、二人と。二百三浄化班には、たしか龍ヶ迫の旧友もいるはずなのに。

龍ヶ迫が足を止める。射撃もやめた。

八時方向から弾が飛んでこない。双首村漁港が静まり返る。

『制圧したわ』

龍ヶ迫が呟くように言う。銃はまだ下ろしていない。

「見事だ」

嘘だろ。

そう思わずにはいられなかった。

突然、出現したからだ。

その男が。

いなかった。間違いなく、一瞬前は。いなかったと思う。いたらわかる。わからないはずがない。どこからか近づいてきたら、絶対に気づくはずだ。今、龍ヶ迫のすぐ横に立っている男は、決して小柄じゃない。百八十五センチ近くあるはずだ。痩せぎすでもない。堂々とした体躯《たいく》だ。

いきなり現れた。

そうとしか思えない。

そんなことはありえないのに。

「龍子」

彼は龍ヶ迫つぼみのことをそう呼んでいた。いつだったか、ヌ堂が同じ呼び方をしたら、龍ヶ迫はえらい剣幕で怒っていた。

彼はいつもイギリスの有名なテーラーが仕立てたスーツを着ていた。今もそうだ。ボルサリーノの中折れ帽がお気に入りだった。今も被っている。マントを着けることもあった。今も着けている。

靴はイタリアの革靴しか履かない。既製品じゃない。フルオーダーだ。今、履いている革靴もきっとそうだろう。

杖頭《じょうとう》に双頭の鷲《わし》をあしらった杖を愛用していた。ただの杖じゃない。仕込み杖だ。今も持っている。

髭面で、しかも、必ずしもきれいに整えているわけではないのだけれど、汚らしい印象を与えない。それは、彼がやわらかで穏やかな微笑みを浮かべていることが多いせいかもしれない。今もそうだ。

「久しぶりだね、龍子」

そう声をかけられて、龍ヶ迫はただ呆然としていたわけじゃない。男に銃口を向けようとした。

でも、男が左手でM４カービンの銃身を鷲掴みにした。龍ヶ迫はぴくりとも銃を動かせない。

「……っ！」

「会いたかったよ」

男が言う。ほんの少し掠《かす》れていて、やさしい棘《とげ》に覆われたような、深く、重い、あの声。僕もよく知る、特有の抑揚。彼があの調子で話すと、何もかも本当のことであるかのように聞こえる。

「夕轟……」

ヌ堂が呟く。

呆然と。

「わたしは……！」

龍ヶ迫はM4カービンを手放し、兎神夕轟の股間を蹴り上げようとした。

無駄だ。無謀ですらある。兎神夕轟は兎神流古武術を極めた達人だ。古武術に禁じ手はない。急所への攻撃、その対処も当然、技に組みこまれている。

兎神夕轟は軽く右脚を上げて龍ヶ迫の蹴りを防いだ。そして右足を地面に着くのと同時に、むしろゆったりとした動作で上体を折り曲げる。頭突きだ。兎神夕轟は龍ヶ迫に頭突きをお見舞いした。

「――がっ……」

龍ヶ迫はふらついた。

頭突きした拍子に脱げたボルサリーノの中折れ帽が、宙を舞う。

兎神夕轟は持っていたM4カービンを放り投げ、仕込み杖の鞘を払った。刃があらわになった。

僕は何をやっていたのだろう。何をやっているのだろう。

そこに恩師が、兎神夕轟がいるのに。

僕は何もしていない。何もできなかった。

静歌さんはそうじゃなかった。僕とは違う。静歌さんは駆けていた。いつの間に。間抜けにも、僕はそう思った。僕はいつも生き残るだけ、生存してしまうだけで、だいたいにおいて間が抜けている。

「あぁぁ……！」

静歌さんが声にならない声を発して刀を抜き放つ。

実の父親めがけて。

「おぉ」

彼はやはり微笑んでいる。

「静歌」

あの微笑を浮かべたまま仕込み杖を一閃《いっせん》させ、兎神夕轟は軽々と娘の刀を弾き返した。

「私の愛娘。また会えて嬉しいよ。静歌ァー……」

∅23　――行く宛のない不在届
No you

静歌さんが打ち込む。

兎神夕轟は下がる。

あの下がり方。まるで、地面を爪先で軽く押しただけで何メートルも跳躍できる、とでも言いたげな身のこなしだ。言いたげどころか、実際そうなのか。

「――っ……！」

静歌さんが詰め寄る。いや、距離を詰めようとするのだが、兎神夕轟は足先しか動かさずに遠ざかってしまう。スライドするような動き。どうしてあんなことができるのか。見当もつかない。というより、僕たち人間は逆立ちしてもできないだろう。人間だから。人間には。あれは人間業《にんげんわざ》じゃない。

人ならざるもの。

吸血鬼だから、あんな芸当ができる。

兎神夕轟は、もう人間ではなくなってしまったから。

「静歌ァー」

僕の知る限り、人間だった頃の兎神夕轟は、あんなふうに娘の名を呼ばなかった。

「静歌ァーーァー」

仕込み杖を持つ右手、右腕ばかりか、全身をねじるようにして、切っ先を相手に向ける独特の構えは昔のままだが、あんなふうに両眼が爛々《らんらん》、赤々と輝いたりはしなかった。

静歌さんが突っ込んでゆく。直線的、真正直で、直情的ですらある、強引な攻めだ。静歌さんらしくないけれど、しょうがない。明らかに兎神夕轟は娘を挑発している。乗らずにはいられない。僕が静歌さんでも、きっと父親に向かってあんなふうに渾身《こんしん》の突きを繰り出すだろう。ただし、どこまでも標的を追いかけて追い詰めて仕留める、あの突きを娘に伝授したのは、父親だ。

兎神夕轟は下がらなかった。逃げない。その場から動かない。両足をべったりと地面につけたまま、手首を、腕をひねって仕込み杖を操り、静歌さんの突きをいなす。

「静歌ァー」

「静歌ァーー」

「静歌ァーーァーーー」

頭の壊れた歌い手が、忘れた歌詞をただ一つの名に託《たく》して往時の流行歌を切々と歌い上げようとしているかのように、繰り返し、繰り返し、娘の名を呼びながら。吸血鬼に成り下がったとはいえ、父は娘との再会を心の底から喜んでいるのか。そうは思えない。

「静歌ァーーァーーァーーー」

兎神夕轟はニタニタしている。

笑っている。

嘲笑っている。

娘をおちょくっている。何だい、そんなものか。へなちょこだな、と。父は娘をからかっている。弱い、弱いな、弱いなァ、静歌ァー、こんなものではどうにもならないよ、静歌、まるで通用しないぞ、静歌ァーー、これでは役に立たないね、まったくおまえは使えない子だねぇ、静歌ァーーァーーー。おそらくそれが兎神夕轟の歌に込められた思いだ。父は娘を手ひどく嘲弄《ちょうろう》している。

「……だめだ、ありゃ」

ヌ堂が言う。左腕をだらりと下げている。被弾したのは左の上腕らしい。僕はその左腕を思いきり引っ張ってやりたくなった。だめだ、とか言うな。なんて言《い》い種《ぐさ》だ。でも、たしかに。

人間だった頃でも、兎神夕轟は圧倒的だった。片腕封じ、足技封じなどの大きなハンデをつけてさえ、静歌さんと互角以上だった。

もちろん、静歌さんもあの頃の静歌さんじゃない。成長している。腕は確実に上がった。しかし、兎神夕轟は自ら進んでそうしたわけじゃないとしても、人間を辞めてしまった。

今の兎神夕轟は怪物だ。

真っ向から勝負を挑んでどうにかできる相手じゃない。

龍ヶ迫はM４カービンの代わりに拳銃を抜いたはいいものの、銃口を兎神夕轟に向けてすらいない。狙いをつけ、撃つことはできるだろう。静歌さんと違って、兎神夕轟は動かない。でも、当たるだろうか。当たらないんじゃないか。よしんば当たったところで、何発ぶちこめば吸血鬼の兎神夕轟を殺せるのか。

僕は刀の柄《つか》に手をかけている。いつでも抜ける。抜いて、斬りかかったところで、どうなるというのか。静歌さんに加勢したい。できるのか。僕ごときが助けになるだろうか。静歌さんと二人がかりで、兎神夕轟をやる。イメージが湧かない。少しも。これっぽっちも。絵が浮かばない。僕はたぶん、何もできない。何か、なんとかしようとして、兎神夕轟にあしらわれる。かえって静歌さんを邪魔してしまう。その程度が関の山だ。

僕の目は頼りなく泳いだ。柩のそばにいるアロヲを見てしまう。

むろん、アロヲも兎神夕轟に気づいている。父と娘の残酷な決闘に視線を注いでいるようだが、何か思うところがあるのか、何を考えているのか、その場に留まっている。この期《ご》に及んで、傘を差したまま。傘男め。どういう了見なんだ。

助けろよ。

そう思っている自分がいて、恥じ入るしかなかった。僕は無力な子供かよ。

これじゃあ、九年前、由布鷹正事件のときと変わらない。僕はまだ十歳相当かよ。

あれから九年経ったのに、相も変わらず僕は誰のことも守れないのか。

人外が憎い。人外は悪だ。根絶やしにするべきだ。

それだけじゃなくて、僕は守れるようになりたかったんじゃないのか。こうして警察車両の陰に隠れているだけでいいのか。いいわけがない。

僕は刀を抜く。

息を吐く。

「……死ぬぞ、おまえ」

ヌ堂が半笑いで言う。僕は無視する。

生死は考えまい。相手はあの兎神夕轟だ。いや、それすらもどうだっていい。

ある言葉がよぎる。

——手放すことだよ。

身体各部の緊張、力みにせよ、精神的な昂《たか》ぶりにせよ、動揺にせよ、余計なものを削り落とそうとすると、また別の箇所に重心が移ってどこかが沈み、どこかが浮く。削《そ》ぎ落とすのではなく、そっと手放すのだ。

あれは誰の言葉だっけ。

兎神夕轟の教えだ。

途端に僕はかき乱される。いても立ってもいられない。警察車両から飛びだす。走る。

どうなってもかまうものか。僕は走る。

「あぁぁぁぁぁぁぁぁぁぁぁぁぁぁ」

自然と僕の口から声が洩れ出す。

静歌さんは依然として兎神夕轟を攻めたてている。といっても、攻めている感覚は静歌さんにはないだろう。攻めさせられている。攻めつづけるしかない。さもないと、破滅的な結果が訪れる。永遠に攻めつづけることはできないのだから、結局のところ、時間の問題だ。火口に飛びこんで、煮え立つマグマになかなか辿りつかない。でも、いずれは必ずマグマに突っ込んで焼け死に、骨も残らない。静歌さんは確定的な破滅を見すえている。目をそらすこともできない。肉体的、精神的な拷問《ごうもん》。兎神夕轟は静歌さんを嬲《なぶ》りものにしている。なんたる仕打ちだろう。それを、さも愉《たの》しそうに。性的な快感さえ覚えているかのように。勃起《ぼっき》して、射精しかけているとしか思えない。あんなの、僕が知る兎神夕轟じゃない。戦う術を、あらがうことの意味を、しなやかに生きることを、僕に教えてくれた、あの恩師じゃない。ただの怪物。憎悪に値する、醜悪な、滅ぼすべき敵。

「ああああああああああああああああああああああ……！」

僕は敵に斬りかかる。静歌さんすらほとんど目に入らない。僕はもう敵しか見ていない。

「アァー」

敵が赤い眼を僕に向ける。

「セェーウくんじゃないかァー」

敵は静歌さんを跳ねのける。どうやったのか。手で払ったのか。足蹴《あしげ》にしたのだろうか。

僕にはわからない。ただ、敵はいともたやすくそれをやってのけた。そのことだけは間違いない。

跳ねのけられた静歌さんは、完全に僕の視界から消えた。

正真正銘、敵だけになった。

僕と敵だけ。

敵が僕を見つめている。

僕だけを。

「セェーウくゥーんじゃないかァーァァーー」

あなたはそんなふうに僕を呼んだりしないはずだ。

あなたがまだ、あなたなら。

あなたに人の心が残っているのなら。

僕を愚弄するような呼び方はしないはずだ。

あなたという人は、人外ですら蔑《さげす》まなかった。揶揄したりしなかった。あなたは何に対
しても敬意を持って接した。少なくとも、そう振る舞った。

あなたは謙遜《けんそん》することなく謙虚だった。寛大《かんだい》だった。寛容だった。厳しくもあった。冷

たくはなかった。突き放すくらいなら、力一杯抱きしめて粉微塵にする。あなたはそういう人だと、僕は思っていた。

とはいえ、僕は他人だ。そこまであなたを知っているわけじゃない。僕はあなたのすべてを知りはしない。あなたはいなくなった。だから僕は、あなたを理想化しているのかもしれない。実像以上の理想像が、僕の中に形作られているのかもしれない。あなたにも欠点はあったのだろう。あなたも過《あやま》ちを犯したに違いない。あなたも完璧ではなかったはずだ。

でも、兎神夕轟、こんなあなたは、絶対にあなたじゃない。

Ø24 あの頃は通り過ぎてしまったね
──Sayonara baby

僕は刀を振りかぶったまま兎神夕轟に、敵に突進する。振りかぶるといっても、刀の柄を握る両手を頭の上に持っていっているわけじゃない。両手の位置は顔の右横だ。敵を間合いに捉えたら、途端にそこから斜めに鋭く刀を振り下ろす。そういう構えだ。

おのずと僕はほとんど頭から敵に突っ込んでゆく恰好になる。言うまでもなく、頭は急所だ。敵は吸血鬼になる前から、一太刀でやすやすと僕の頭をかち割ってしまえる技量の持ち主。斬ってくれ、と言っているに等しい。

斬れ。

斬るがいい。

僕を殺せ。

その機会を与えてやる。

ほら。さあ、やれ。やってみろよ。

僕は敵に首を差し出しているようなものだ。僕は人外じゃない。人間だ。この首を落とされたら必ず死ぬ。終わりだ。完全に。

当然、殺されてやるつもりはない。死を恐れはしないが、負ける気はない。

これは誘いだ。

自分の首を、命を囮にした罠《わな》だ。

敵があの仕込み杖で僕の首を狙いにきたら、その瞬間、僕は。

何もしてこないなんて、想定外だった。

このままだと、僕は敵の懐に入り込んでしまう。今、刀を振り下ろせば、敵の左肩口に叩き込める。

これ以上、踏み込んでしまったら。

僕は動揺してしまう。僕の動揺を見逃してくれる敵じゃない。

敵が首を右側に倒す。ここだよ、と。わざと左の肩口を見せつけるように。

「世羽くぅーん」

「――ッ……！」

僕は頭に血が上る。勝手に体が動いてしまう。僕は刀を振り下ろす。でも、左の肩口じゃない。とっさに首を狙った。吸血鬼のような怪物でも、首を落とされれば著しく戦闘能力が減殺される。

僕の刀は、信じがたいことに、敵の、兎神夕轟の首に、その側面に、すぅっと吸い込まれた。ありえないことだけれど、刃が皮膚にふれる微かな感触が、たしかに僕の手には伝わってきた。

でも、それだけだった。

僕は敵の皮膚を本当に薄く斬っただけだった。僕の刀は間違いなく兎神夕轟の首に達したのに、皮一枚、いや、一枚とも言えない皮膚の表面しか斬ることができなかった。

そのあと僕の刀が斬ったのは、空《くう》だった。

つまり、僕が放った一撃は、限りなく空振りに近かった。

そして敵は僕の目の前にいる。これは比喩《ひゆ》じゃない。敵の顔が僕の眼前にある。

敵は僕より十センチほど背が高い。

少し身を屈めて、僕の顔を覗き込んでいる。

その赤い瞳で。

近い。

近すぎる。

鼻と鼻がぶつかりそうなほどの至近距離だ。

兎神夕轟はちょっと目をすがめて微笑んでいる。僕が斬った首の側面に、糸よりも細そうな一筋の傷がついている。

僕にはわからない。紙一重、皮一枚で斬撃を躱す。それはいい。言うは易《やす》く行うは難《かた》しで、意図してやれるような芸当じゃないとしても、不可能ではない。でも、僕の斬撃を躱した直後、そこにいる。文字どおり僕の目の前に。

これは何だ？　どういう現象なのか？　吸血鬼は身体能力が異常だとか、そういう問題なのか？　それとも、何か？　ただ力が強いだけじゃない。ただ速いだけじゃない。吸血鬼は、瞬間移動でもできるっていうのか？　超能力でも持っているのか？　僕が突きつけられているこの現実は、それを示しているのか？

「いくらか背が伸びたね、世羽くん」

そう言うと、兎神夕轟は左手の人差し指で首の傷を軽く撫《な》でた。

傷はたちどころに消えた。

「ンンー」

兎神夕轟はジャケットのポケットから何かを取り出した。

それは首輪のようだった。上等な首輪だ。ブランド物だろう。エンブレムからすると、シャネルか。屈強な大型犬の首にも巻けそうなサイズの、犬用なのだろう、首輪だ。

「忘れていた」

こともあろうに兎神夕轟は、それを自分の首に装着した。

彼の鼻と僕の鼻は依然としてぶつかりそうだ。

僕との距離はまったく変わっていない。

彼は頭を微動だにさせていない。

その状態のまま、彼は自分自身に犬用の首輪を嵌めてみせた。

「これをしていないと、主《あるじ》の機嫌を損ねてしまう」

それから彼は片目をつぶった。右目だけを。そう頻繁じゃないけれど、たまに彼がしてみせる仕種だ。彼は生真面目な人間だった。かといって、ユーモアを解しないわけじゃない。冗談を言うこともあった。ごく上品な、控えめなものではあったけれど。

いつしか僕は震えていた。

僕はおちょくられている。これ以上、というか、これ以下はないだろう。ひどいおちょくられ方をしている。僕は侮辱を受けている。よりにもよって、兎神夕轟に。違う。兎神夕轟じゃないんだ。恩師じゃない。ただの怪物だ。討つべき敵だ。そうだ。討たないと。殺さないと。滅ぼさないと。

どうやって？

こんな怪物、どうやったら滅ぼせるっていうんだよ？

「アァーー」

怪物が素手で僕の頬にさわる。

僕はそれを拒むことすらできない。

氷のように冷たい手を。

「どうしたんだい、世羽くん？　怖いのかい？　震えているじゃないか。それどころか、泣きべそをかいているじゃないか、世羽くん。泣かないでおくれ、世羽くん」

怪物の指が僕の唇をつまむ。

「私はきみのことを十歳の頃から知っている。我が子同然だと思っているんだよ」

弄くり回す。

「きみが恐怖に震えているにせよ、何か悲しいことがあって泣いているにせよ、私にとってそれはとてもつらいことだ、世羽くん」

怪物の指はついに、僕の口腔内にまで侵入してこようとする。

「世羽くぅーん」

僕は歯を食いしばっている。侵入を防ごうとする。でも、太刀打ちできない。僕の防御は簡単に突破されてしまう。

「セェーウゥークゥーーン。ンフフ……」

怪物の指は僕の口の中で傍若無人《ぼうじゃくぶじん》に振る舞っている。思うままに暴れている。僕の歯はこじ開けられ、歯茎をなぞられ、舌をつねられる。こねくり回される。僕は怪物の指を噛みちぎってしまいたいのに、どうしてかできない。されるがままだ。僕はだらだらと唾液《だえき》を垂れ流して、口内を陵辱《りょうじょく》されている。

「や、やめなさい」

龍ヶ迫が言う。怪物を制止しようとしているにしては、かぼそい声、弱々しい口調で。

龍ヶ迫は拳銃を構えている。でも、撃てない。拳銃で怪物を射殺できるのかという問題はさておき、龍ヶ迫は発砲できずにいる。静歌さんも、すでに体勢を立て直していて、その気になれば斬りかかることだって不可能じゃないだろう。けれども、できない。僕だ。

僕のせいだ。

怪物が指で僕の口の中を犯している。その指をぐっと喉の奥に押し込めば、僕は窒息《ちっそく》する。それ以外にも、僕を殺す方法はいくらでもあるだろう。怪物なら一瞬で僕をどうにでもできる。

『……つぼみ、時間を稼げ』

ヌ堂が言う。

『何か考えが？』

龍ヶ迫が小声で、早口で問う。

『ねえよ、そんなもん』

『……呆れた』

『他にどうしようがある？　ガキを見捨てて今すぐ一目散に逃げるか？　俺はそれでもいいぜ』

「何が」

龍ヶ迫が声を張って怪物に尋ねる。

「何が望みなの？　兎神……夕轟」

「他人行儀だねぇ」

怪物は僕から目を離さない。

「龍子くぅーん」

僕を陵辱する指の動きも止めずに、怪物は「ンナハハハハァァー」と笑う。

「昔のように夕轟さんと呼んでくれたまえよ。この際、ユーちゃんでも、ユーくんでも、私としてはかまわないよ。どうか親愛の情を込めて私に呼びかけてくれたまえよ。龍子くん。龍子」

「ふざけないで！」

「いィーや、私はふざけてなどいない。私は真面目だ。真面目さだけが私の取り柄だからねぇ。学生の時分は皆勤賞の常連だったよ。私にも学生時代があったのだよ。ハバナァーイスデェーイ。ンナハハハッ」

「……頭がイカれちゃったみたいね」

「誤解だよ。きみは誤解しているよ。チミは誤解症を患っているよ。チミィーが患者で、私は正常だよ。クククククッ。長い時間をかけて私は正道に立ち戻ったのだよ、龍子。世羽くん。静歌ァー。ヌ堂光次くんもそこにいるね。それから、逆白波アロヲ。ちょっと離れているが、アロヲくん。マイラァーヴ。ソォースウィート。マイベストフレンド。愛と友情はフォエヴァー、永遠だ。ユノゥ？　そうだろう？」

なす術なく怪物に辱められている僕は、人質だ。九年前と何ら変わらない。僕は無力な子供だ。怪物流に言うなら、アイハヴノーパワァ。アイムァチャーイルド。なんで英語なんだ。しかも、不真面目極まりない浪人生の僕でもわかる低レベルな英語。あなたは本当におかしくなってしまったのですか。兎神夕轟。僕の恩師だった人。もう人じゃない。吸血鬼。その人質の僕。無力な子供同然の。僕は子供なのか。十九歳にもなって、何も、何一つできないのか。

「――――オゥッ」

吸血鬼が両目を見開く。その指はまだ蠢いて、僕の舌をねじったり引っ張ったりしている。ねじ切ることも、怪物の力ならやってのけるだろう。やればいい。かまうものか。

「おぐぁごごもがぁうぐゎい」

僕は子供じゃない。

怪物の指に舌を嬲られながら、その指を思いっきり齧りながら、僕は言った。

何もできないわけがない。

僕はもう無力な子供じゃないんだから。

Ø25 ― 落ちてくる
Wish on a shooting star

僕は兎神夕轟の、敵の指を噛み切ってしまえばいい。僕の歯はすでに敵の皮膚や皮下脂肪を傷つけて、指を動かすために働く腱《けん》に、そして骨にまで食い込んでいる。血の味がする。怪物の、吸血鬼の血は、血液のようでいて違う。血性生命体。吸血鬼の本体。それが僕の口内に流れ出ている。そう思うと吐き気がする。人差し指、中指、そして親指。三本だ。僕は三本もの指で陵辱され、そしてその血ならぬ血でさらに穢《けが》されている。屈辱と呼ぶだけでは足りない。僕の怒りが全身の細胞を沸騰させる。

「オウッ、オゥッ、オォーウッ……」

敵は、怪物、吸血鬼、兎神夕轟は、オウオウ言いながら笑っている。いやらしく、いやみたらしく、ニタニタしている。まだ僕の口腔内で三本の指をぐねぐねうねうね動かしている。

「世羽、世羽くん、セェーウくぅーーん、オォゥフッ……」

僕はこの指を噛みきちぎってしまいたい。それには関節だ。骨まではさすがに噛み砕けない。何かを成し遂げるためには、僕らはいつも現実的にならないといけない。僕は指の関節を狙う必要がある。関節なら人間の顎の力でも、人間の歯でも、破壊できる。

「よせ、よさないか、世羽くん、はしたない」

敵が不意にもう片方の、僕の口の中に三本の指を突っ込んでいるほうじゃない、仕込み杖を持っているほうの手を振り上げる。

そうして仕込み杖の、刃じゃない、刃ではなくて、双頭の鷲を象った杖頭の部分で、僕の額を殴打する。

「よすんだ」

一度じゃない。

二度、三度。

やたらと凸凹《でこぼこ》していて、尖った部分もある、金属製の杖頭で、兎神夕轟は容赦なく僕を殴った。僕のことを殴りやがった。

おかげで僕は吸血鬼の指を噛んでいられなくなる。怪物の指を吐き出すようにして後ろに倒れ込み、尻餅をつく。殴られた額は痛いというより熱い。痺《しび》れるような灼熱《しゃくねつ》。頭蓋の中で脳が奇怪なダンスを踊っている。いや踊っている場合じゃない。踊ってなんかいないけれど。ファイトだ。戦わなきゃ。ファイティングポーズをとらないと。まだタオルは投げ込まれていない。タオルがどうしたって？　ここはリングじゃないだろ。リングに上がって戦ったことなんかないじゃないか。

「私はァー」

それをやったのは誰か。何者の仕業なのか。

わかっている。兎神夕轟。敵だ。

でも、僕は何をされたのか。

よくわからない。

「――コホォッ」

とにかく息ができない。喉。喉か。喉を、アレされた？　アレって？

僕は咳き込む。激しく咳き込んで、泣いている。きっとアレだ。そう。蹴られた。革靴の爪先の部分で、蹴られたらしい。

「きみをそんな無作法な男に育てたつもりはないよ、世羽くん。残念だなァー。とてつもなく残念至極《しごく》、極まりないよ、世羽くゥーん」

だめだ。だめだこりゃ。ぜんぜんだめだ。だめにも程がある。これじゃだめだ。だめなんだ、こんなんじゃ。

僕は鼻水、唾液、ついでに額から流れる血でぐちゃぐちゃになった顔で、ゴホゴホゲホゲホ咳き込みながら、立ち上がる。

驚いたことに、僕はまだ刀を握っている。本当にびっくりだ。僕はずっと刀を持っていたんだ。刀があるのに、僕はいったい何をやっていたんだ。

ビビっていたのか。兎神夕轟に。それとも、人外に成り果ててもかつての恩師だから、割り切れないものがあるのか。

ないとは言えない。

正直、ある。

「あ、あんたに、そ、育て、られた、お、覚えは、ない」

無様に咳き込み、みっともなく咳き込んで、僕は言う。

「ホォー」

兎神夕轟は仕込み杖の杖頭をぺろりと舐める。

ぺろぺろと、杖頭についた僕の血を舐めとっている。

両眼が赤々と光っている。

吸血鬼が僕の血を味わっている。

「では、由布鷹正事件、修羅坊主事件、駿河梟介事件で絶望の淵《ふち》に、というか絶望のどん底に突き落とされたきみは、誰のおかげで今日こうしてここにあるのかね？」

「……やめて、夕轟さん」

龍ヶ迫が懇願するように、声を震わせて言う。

「生き恥を晒《さら》しているだけでも、あなたは浄化班の面汚《つらよご》しよ。せめてまっとうな敵として、わたしたちに滅ぼされなさい」

「誰のために？」

吸血鬼は仕込み杖をくるんと回転させ、横目で龍ヶ迫を一瞥する。

「私はきみの麗《うるわ》しき思い出を守るために天界より召喚された守護天使ではないのだよ、龍子。私は新たな生を享受《きょうじゅ》しているのだよ。きみにはわかるまい、きみらにはわかるまいが、これはねぇ、これは、素晴らしい。世界は美しい。実に。実にビューリフォー。ワァラワンダフォーワァールド。そんなこともわからなかった人間だった私は真の快感も頂《いただき》の向こう側にある快楽も丘にそよぐ風の歌さえ聞こえやしなかったのさ。私は今や詩人になったよ。歌唄いになったのだよ。私は私を発見し、私として私を生きている。きみたち人間は先天的に不自由だ。アンチフリーダム。進化の暁《あかつき》に本当の悲しみを忘れた哀れなホモ属。きみたちは地球のみなしごなのだ。檻の中にいるのだ。その檻はきみたち自身がせっせとこさえた益体《やくたい》もないがらくたなのだよ」

『……戯言《ざれごと》だ』

ヌ堂が吐き捨てるように言う。

『聞くな。形式化した現代詩より無意味だ。絶対、何か企んでるぞ。人間だった頃から、兎神夕轟はド天然のふりしたタチの悪い策士だった。吸血鬼になったって、たかが数年で本質が変わるかよ。ただ、血を分けた主には、何があっても逆らえねえってだけだ。今、やつがやってるのは――』

『こちらアリス、有翼人の一団が！』

植田さんが言う。指揮車の装備を駆使して対空監視を続けていたのだろう。

『夕轟は時間を稼いでやがる』

ヌ堂が叫ぶ。

「――本命は、柩だ！」

イヤホンなしでも聞こえるほど、ヌ堂の声は大きかった。

「それくらい、天下の大馬鹿者でもわかるだろう？」

吸血鬼が肩をすくめてみせる。

「だからあえて言わなかったのだよ。これは即席の余興で、ベタな前振りで、お決まりの前戯《ぜんぎ》だと」

僕は柩のほうに目をやる。たぶん僕だけじゃない。龍ヶ迫も、ヌ堂も、静歌さんも、そのとき柩を見たはずだ。

柩のそばには傘男が立っている。考えてみれば、逆白波アロヲだけはそこから動こうとしなかった。アロヲはきっと初めからわかっていたのだろう。何が起ころうと、誰がやってこようと、敵の狙いは一つだ。アトランティス由来だという漂着物、あの柩しか眼中にない。僕たちだってわかっていなかったわけじゃない。でも、襲撃があれば防ぐしかない。僕たちは一貫して敵の柩への接近を阻止しようとしてきた。間違いではなかったと思う。基本的にはこうするしかなかった。

でも、アロヲはおそらく見抜いていた。

ヌ堂が言う本命は、何らかの手段で直接、柩に迫るだろうと。

「M4……！」

龍ヶ迫がM4カービンを探す。兎神夕轟が龍ヶ迫から取り上げて、遠くに放った。海に落ちてはいない。龍ヶ迫はM4カービンを拾いに行こうとしている。

「――無駄だろうがな……！」

ヌ堂は空へ、柩の上空めがけて発砲しはじめた。

静歌さんも拳銃を抜いて、撃つ。

アロヲは傘を差したまま体を少しのけぞらせ、夜空を見上げている。

そして吸血鬼になった兎神夕轟も、悠然《ゆうぜん》と。

「……貴様ぁ！」

初めてだ。貴様、なんて言葉を使ったのは。自分がそんな言葉を口にするとは思ってもみなかった。

僕は吸血鬼に斬りかかる。吸血鬼は僕のほうを見もせずに足先だけ動かして体を移動させ、僕の刀をよけた。

「んぁっ……！」

よけられても、僕は食い下がる。踏み込んで、刀を振る。

吸血鬼は躱す。やっぱり僕には目もくれずに。

まるで僕は一人で刀をめちゃくちゃに振り回している阿呆《あほう》だ。

「あぁっ！　うぁっ……！」

「見たまえ、世羽くん」

吸血鬼はコーヒーでも飲みながら一服しているかのような口調で言う。

「些事《さじ》にかまけて貴重な瞬間を見逃してはならないよ。何が大切で何が大切ではないのか。それを知ることこそ、我々が生きる意味なのだ」

「……黙れよ！」

吸血鬼に生きることの意味など語って欲しくなくて、僕は力一杯、刀を振りきった。

いつの間にか握力が失われていたようで、僕の手から刀がすっぽ抜けた。僕の刀は負け犬が悲しく吠えるような音を立てて、コンクリートの上を転がった。

僕の呼吸は四二・一九五キロ走りきった走者のそれに近かった。しかも、のろまな僕は最下位どころか順位すらつかず、誰もいないゴール地点に座りこんだ。何のために走ったんだ。こんなことなら走らなきゃよかった。そもそも、走ってなんかいなかったじゃないか。ほとんどよろよろ歩いていただけだ。惨《みじ》めな思いを噛み締める気にもなれなかった。

ようやく僕は呆然と柩のほうに視線を向けた。

皮肉にも、貴重な瞬間を見逃さずにすんだ。

夜空から落下してくるそれを、僕はしっかりと目撃した。

Ø26　歌は宇宙を駆け巡る　Co(s)mic song

夜の空から落ちてくる。あれは何だ。何のつもりなんだ。

光っている。ぴかぴかと。

流れ星か。違う。流れ星はあんなふうに光らない。

あの光はＬＥＤか何かだ。色とりどりの発光ダイオード。

それに、あれは垂直に、まっすぐ落ちてくる。電飾された丸いものが。なんでわざわざあんなことをしなきゃならないんだ。馬鹿じゃないのか。

あれが何なのか、僕にはもうわかっていた。

被り物だ。

熊だ。

いや、熊、というと、物々しいというか、リアルな感じがするというか、あの形態を表現するのに適当な言葉じゃない。

つまり、あれだ。

クマさん。

熊をふわっとゆるい感じにキャラクター化した漫画絵があると思って欲しい。その頭部を立体化して、被れるようにした製作物。これを何と呼ぶべきか。まあ、クマさんの被り物、ということになるだろう。

あれは、色とりどりのLEDで飾られて、ぴかぴか光るクマさんの被り物だ。もちろん、というか何というか、空から被り物だけが落っこちてきたりはしない。いや、もしかしたらそんな謎現象も、絶対に起こりえないとは言いきれないのかもしれないけれど、あれはそうじゃない。ぴかぴかクマさんの被り物を、何者かが被っている。その何者かは、わざわざ、よりにもよって、ぴかぴかクマさんの被り物を被って空から落ちてきた。

ぴかぴかクマさんを被っている本体は、少女のように小柄だ。華奢《きゃしゃ》な体に、小さな女の子が親戚の結婚式か何かのときに着るドレスのような服をまとっている。

ぴかぴかクマさん少女は両腕をまっすぐ左右に突き出し、両脚をぴったり揃えた姿勢で落下してきた。人びとの罪を背負って十字架に架けられているイエス・キリストのようには見えない。でも、ポーズだけはメシアさながらだ。

有翼人たちか。僕たち七十六浄化班に一度、撃退された有翼人たちとは別の集団かもしれない。とにかく有翼人たちが、ぴかぴかクマさん少女を柩の上空まで運んできた。そして、投下したのか。

アロヲが跳び退く。

ぴかぴかクマさん少女が、ちょうどアロヲが立っていた場所めがけて落ちてきたからだ。よけないと、ぶつかってしまう。
ぴかぴかクマさん少女は、G難度どころかH難度の大技を楽々とこなす体操選手のように、きっちりと着地を決めた。
かなり大きな音がしたので、そうとうな衝撃があったはずだ。それなのに、足がずれるどころか、膝を曲げもしなかった。減点しようがない。満点の着地だ。ぴかぴかクマさん少女は、時間を止めたかのごとく、ぴたりと静止してみせた。
Ｌａａａｈｈｈ
脳髄が震える。
Ｒｙｙｙｈｈｈ
Ｌａａａａａｈｈｈｈ
Ｒａａｈｈ
声なのか、これは。
ＬａａＲｕｕＬａａＲｙｙ
ＲａａＬｙｙＲａａａａｈｈｈ
ＬａａＲｙｙＲａａＬｕｕ
ＲａａＬｕＲｙＬａａＲｕｕｈｈｈ
癖の強い、鼻にかかったような、甲高い歌声。

LaaRuLyRaaLuRy

RaaLuRyLaRuLyRa

LaLaRuRyLaRuLaRyLaRuLaRyLaRaLaRa……

いや、ただの声じゃない。

あたりまえだ。ただの声なら、こんなふうにエコーがかかったような、そして脳を直接振動させるような響き方はしない。わかっている。

知っている。

以前、聞いたことがあるからだ。

それにしても、この旋律。有名な曲だ。バッハ。ヨハン・セバスティアン・バッハのFugue in G minorだ。バッハ作品目録番号《BWV》578。同じG minorト短調のBWV542『幻想曲とフーガ』を大フーガ、578を小フーガと呼んだりする。オルガン曲で、パイプオルガンで演奏されるこの楽曲の主題は、一度聞いたら忘れられない。

歌声は、その主題を追いかけるように、オクターブを下げて同じ主題をまた歌う。

LaaaaRyyyyLaaaaaaRaa

LaaRuuLaaRyyRaaLyyRaaaa

低い歌声が、高い歌声に重なっている。二重、三重に。

しかも、同じ主題は繰り返し出現するものの、それぞれの歌声が同じタイミングでその主題を歌うわけじゃない。別々だ。たしかに小フーガはそういう曲だ。というか、それがフーガという楽曲形式だ。

でも、おかしいだろ。

すごくおかしい。

ピアノで小フーガを弾くのだって難しい。僕にはとても弾けない。そもそも、右手左手に加えて、パイプオルガンには足鍵盤《けんばん》があるから、両足まで駆使して演奏するものとして、バッハが作曲した楽曲だ。

歌えない。歌えるわけがない。不可能だ。それとも、あのぴかぴかクマさん少女には口が、声帯が、複数あるとでもいうのか。あの被り物の下には、複数の頭が隠れていたりするのだろうか。それぞれの頭部がＬａａａａＲｙｙｙＬａａａａａＲａａＬａａＲｕｕＬａａＲｙｙＲａａＬｙｙＲａａａａと歌っているのか。だいたいここはコンサートホールじゃない。野外なのに、なんでこんなふうに聞こえるのか。ぴかぴかクマさん少女は楽団じゃない。たとえどんな怪物だろうが、一人しかいないのに。あるいは、被り物に何か電子機器的なものが仕込まれているのか。それがＬａａａａＲｙｙｙＬａａａａａＲａａＬａａＲｕｕＬａａＲｙｙＲａａＬｙｙＲａａａａと鳴っているのか。この残響が交錯する異様な多重音を発生させているのか。

僕は何をしているのだろう。どうしてＬａａａａＲｙｙｙＬａａａａａと歌っているのか。いや、歌ってない。僕はLaaRuuLaaRyyRaaLyyRaaaaと歌ってなんか。歌っているのは、そう、あの声。ぴかぴかクマさん少女だ。

そうだろう？

そのはずだ。

だったらなぜ、僕はLaLaRuRyLaRuLaRyLaRuLaRyLaRaLaRaと口ずさんでいるのか。ぴかぴかクマさん少女と声を合わせて。なぜ僕は足を進めているのだろう。自然と、抗いがたく、ぴかぴかクマさん少女に向かって。

「……遵天道！」

アロヲが叫ぶ。

僕はハッとして歌うのをやめる。でも、歌いたい。歌いたくてたまらない。

遵天道LaaaRyyyLaaaaaRaaぴかぴかクマさん少女LaaRuuLaaRyyRaaLyyRaaa遵天道モナカのもとに僕は行きたいLaaRyyRaaLuuRaaLuRyLaaRuuこんな気持ちは間違っているLaaRuLyRaaLuRyRaaLuRyLaRuLyRaあたりまえだLaLaRuRyLaRuLaRyLa正しいわけがないのに、なぜだか打ち消すことがどうしてもできないRuLaRyLaRaLaRa……

「――それをやめろ！」

アロヲが一瞬で傘を畳んで遵天道に飛びかかる。人間でしかない僕には、アロヲが遵天道に飛びかかった、ということしかわからない。僕はメジャーリーグベースボールで殿堂入りするような一流のバッター並みの動体視力を持っているわけでもないから、ちゃんとは見えなかった。

次の瞬間、アロヲは吹っ飛んでいた。

遵天道は両腕を伸ばしたまま、メシア風ポーズで突っ立っている。今、体のどこかを動かしただろうか。わからない。少なくとも僕には見えなかった。それでも遵天道は何かしたのだ。そうでなければ、アロヲの自作自演ということになってしまう。アロヲもたいがい変だが、いくらなんでもそれはありえない。

アロヲは放り投げられた猫みたいに手足をばたつかせて着地した。

「……くそが！」

あの歌がやんでいた。

バッハの小フーガ。

やたらと静かだ。

静まり返った漁港の夜。わずかに聞こえるのは波の音。

僕はそれが惜しいと感じている。いったい何が惜しいというのか。

まだ聞きたかったのか。小フーガ。もっと聞きたかった。そして、歌いたかったのか。

遵天道モナカと一緒になって、小フーガを。

「らぁぁぁらぁぁぁらぁぁぁぁぁらぁぁ」

誰かが歌いだした。

朗々《ろうろう》と。

実に見事なテノール。

「らぁぁらぁぁらぁぁらぁぁらぁぁらぁぁらぁぁぁ」

小フーガの主題だ。

兎神夕轟。

見れば、兎神夕轟が胸に手を当てて小フーガをアカペラで歌っている。

「らぁぁらぁぁらぁぁらぁぁらぁぁらららぁぁらぁぁらぁぁらららぁぁらららぁぁらららららららららららららららららららら」

　LaaaRyyyLaaaaaRaaLaaRuuLaaRyyRaaLyyRaaaLaaRyyRaaLuuRaaLuRyLaaRuuLaaRuLyRaaLuRyRaaLuRyLaRuLyRaLaLaRuRyLaRuLaRyLaRuLaRyLaRaLaRa……

　被せてきた。遵天道が。

合唱だ。

兎神夕轟と遵天道モナカが、二人で小フーガを。

いや、違う、ただの合唱じゃない。すぐにスネアドラムやバスドラムの音も入ってきた。

パーカッション。でも、打楽器なんてどこにも見あたらない。ひょっとして、ボイパか。

遵天道。歌うだけでは飽き足らず、ボイスパーカッションまで重ねてきた。

さらに、いつの間にか腹に響くようなベースラインも鳴っている。

鳥肌が立った。

眩暈がする。

何だよ、これ。

もうクラシックじゃない。ロックじゃないか。

Ø27 ― 喝采 Applause

小フーガ。バッハの小フーガを、こんなふうにアレンジするなんて。僕は興奮していた。熱狂し、思わず歓声を上げそうになって、自分を押しとどめる。違うだろ。

ここはコンサート会場じゃない。僕は観客じゃない。

それなのに、僕は客席に座らされて、聞かされている。というか、見せられている。何か喜劇みたいなものを。

そう、これはむしろ、喜劇に近い。脅威の度合いで言えば、この上なくシリアスな場面のはずなのに、遵天道は何もかもくだらなくする。喜劇の色彩を帯びさせるどころか、喜劇そのものに変えてしまう。

途方もなく滑稽《こっけい》で、どう考えても喜劇以外の何物でもないけれど、ちっとも笑えない。笑えるわけがない。

だって、僕は真剣だ。あたりまえじゃないか。真剣にもなる。これが真剣にならずにいられるか。

遵天道モナカ。

あの吸血鬼がどれだけのことをしでかしたと思っている。何人殺したと思っている。

あげくの果てに、遵天道は兎神夕轟を半殺しにして連れ去った。僕たちから兎神夕轟を奪った。

それだけでは飽き足らず、僕たちの兎神夕轟を、あんな道化めいた、変態中年紳士みたいな化け物に変えてしまった。僕の人格形成に多大な影響を及ぼした兎神夕轟、恩師、静歌さんの父親を、らぁぁぁあらぁぁぁあらぁぁぁあらぁぁ歌う、あんなふざけたくそったれに貶《おとし》めた。

『……あぁ』

龍ヶ迫の声がする。

『いけない、このままじゃ……！』

そうだ。いけない。そのとおりだ。撃とう。撃たないと。撃つんだ。撃ち殺せ。僕は引き金を引こうとする。引くんだ。この引き金を。引いて、撃て。僕は拳銃の引き金にかけた人差し指に力を込めようとする。そのとき、僕は気づく。

「らぁぁぁあらぁぁぁあらぁぁぁあらぁぁぁあらぁぁぁあらぁぁぁあらぁぁぁあらぁぁ
らぁぁぁぁ……」

この歌声。誰だ。兎神夕轟じゃない。あんなにいい声じゃない。違う。誰の声だ。

僕だ。

遵天道や兎神夕轟と声を合わせて、僕も歌っている。いつから歌っていたのか。わからない。知らず識《し》らずのうちに歌っていた。危険だ。遵天道モナカ。あの怪物は、あまりにも。撃とう。やっぱり撃たなきゃ。この引き金を引こう。

でも、おかしい。こめかみに硬い感触。何だ、これは。

銃口か。

僕は自分のこめかみに銃口を押しあてている。

この状態で引き金を引いたら？

どうなる？

「――ちくしょう！」

僕は銃口をこめかみから引き離す。両手で銃把《じゅうは》を握り締める。どうしてだ。銃口を自分に向けたくてたまらない。こめかみでもいいし、口の中に突っこんでもいい。この衝動は間違っている。それは明確なのに、抗いがたい。懸命に抗わないと、僕は自分を撃ち殺してしまう。こうしている間にも、僕は小フーガを口ずさんでいる。ちくしょう。ちくしょう。ちくしょう。ちくしょう。ちくしょう。ちくしょう。ちくしょう。ちくしょう。

だめか。無理なのか。僕には何もできない。小フーガを歌うことしか。わかっている。

僕は思いっきり歌うべきだ。僕も遵天道モナカと兎神夕轟が奏でる小フーガに、本格的に、もっと積極的に参加するべきだ。それが一番いい。僕は堂々と歌うべきだ。

だって、僕は歌いたい。

だから、僕は歌うべきだ。

いいや、歌うだけじゃ足りない。踊りたいくらいだ。

もちろん僕は間違っている。間違いなく間違いつつある。その認識があるから、こうやって葛藤《かっとう》している。思い悩んでいる。煩悶《はんもん》している。

もういやだ。

耐えられない。

撃とう。

銃口をこめかみに押しあてて、引き金を引こう。そうすれば、この苦しみは終わる。それよりも歌ったほうがいいんじゃないのか。

歌う。

そうだ。やっぱり歌おう。そのほうがよっぽどいい。小フーガ。ヨハン・セバスティアン・バッハがつくった印象的にも程がある主題。すてきな小フーガを歌おう。

「――てめえを壊す」

アロヲが傘を開く。僕はらぁぁぁぁらぁぁぁぁらぁぁぁぁらぁぁぁぁらぁぁ歌っている。アロヲは傘を開いたけれど、差しはしなかった。それはそうだ。雨なんか降っていない。日射しもない。それでも傘を差しているのがアロヲだ。でも、今回は差さない。

差しもしない傘を開いて、どうするのか。

アロヲは開いた傘を左手に持ちかえ、遵天道のほうに向けた。

僕はらぁぁらぁぁらぁぁらぁぁらぁぁらぁぁらぁぁらぁぁ歌っている。

なんだか泣けてきた。胸が痛い。このままいつまでも歌っていたいけれど、僕はこんなふうに歌っていていいのか。むしろ、銃身を咥《くわ》えて引き金を引くべきなんじゃないか。そうすれば脳幹を撃ち抜ける。生存者《The Survivor》の僕でも、確実に即死だ。

銃声が轟いた。

たちまちアロヲの傘が穴だらけになる。

撃ったのは、撃っているのは、当然、僕じゃない。遵天道でもない。遵天道は銃なんか撃ったりしない。

吸血鬼は銃火器を好まない。どうしてなのか。諸説ある。でも、定説はない。とにかく吸血鬼は何らかの理由で銃火器を忌避《きひ》する。ゆうに百年以上生きているとされ、エルダーとも称される吸血鬼は、とりわけその傾向が強い。たとえば、遵天道のような。

実はアロヲもそうだ。だから、意外だった。

季節を問わず常に厚着で、どんな物でも隠し持てそうだけれど、実際はいつもただ厚着しているだけのアロヲが、どこかに銃を潜ませていた。フルオートの自動拳銃だろう。傘でいったん目隠しをして、その傘越しに銃撃するというやり方もアロヲらしくない。

驚いて、僕はつい歌うのをやめた。

遵天道も虚を衝かれて、よけられなかったのか。

アロヲの傘同様、ぴかぴかクマさんも穴だらけになった。ＬＥＤの電飾もほとんど弾け飛んで消えた。

アロヲがずたぼろの傘を捨てる。傘と一緒に拳銃も。コートの前が開いている。アロヲはすでに何か別の物を持っている。

あれは拳銃じゃない。もっと大きい。

短機関銃。サブマシンガンか。よくわからないが、ＡＰＣ９Ｋあたりだろうか。近距離で大きな殺傷力を発揮し、射撃精度も高い。

アロヲはサブマシンガンに火を噴かせる。ぴかぴかクマさん、いや、もうぴかぴかしていない、クマさんの被り物だけじゃない。遵天道の少女めいた体にも銃弾が撃ちこまれる。あっという間に蜂の巣になってしまう。

「ブラーヴォ！」

兎神夕轟が拍手して叫ぶ。

「ブラーヴォーォ！」

主が撃ちまくられているのに。

何なんだ。どうなっているんだ。

遵天道は相変わらず、十字架にかけられたイエス・キリストのようなメシア風ポーズを貫いている。被り物は半分吹き飛んでいるし、体もめちゃくちゃなのに。少なくとも、着ているドレスはそうとう無残な有様になっている。

アロヲは弾切れになると弾倉を交換するのではなく、サブマシンガンを捨てた。アロヲのコートの中から一斉に、どさどさがらがらといろいろな武器が地面に落ちた。いくらなんでもあんなには隠せないはずだ。いったいどうやって隠していたのか。そう思わずにいられない量だった。

アロヲはその中から何かを拾おうとしたのだろう。

できなかった。

遵天道はアロヲを蹴ったのか、殴ったのか。具体的に何をしたのかはわからない。僕の目でとらえることができたのは、ぶっ飛ばされるアロヲと、武器の山の上に立っている遵天道の姿だった。

アロヲはボールが弾むように跳ね起きる。

今度はかろうじて見えた。

遵天道が飛んで、アロヲの頭を蹴った。まるでサッカーボールを蹴るみたいに。

おそらく遵天道の右足は、アロヲの顎に当たったはずだ。

顎を蹴り上げられたらどうなるか。あんなふうになる。

アロヲは後ろに倒れて体の背面を地面に激しく打ちつけた。

なかなかものすごい音がした。人間なら後頭部が砕け、背骨が折れているかもしれない。即座には動けないだろう。

でも、アロヲはすぐに起き上がろうとした。僕にはそう見えた。しかし、アロヲは起き上がることができなかった。

遵天道はアロヲを蹴ったあと、一度、着地してまた跳躍したのか。それとも、そのまま空中を移動したのか。そのあたりは判然としない。というか正直、僕にはまったくわからない。

遵天道がVの字を描くように左右の腕を上げて、着地した。

いや、着地じゃない。遵天道が両足をついたのは、地面じゃなくてアロヲだ。もっと正確に言えば、アロヲの首の上だった。

「ファビュラァース……！」

兎神夕轟が声を上げる。

アロヲが何か言った。ほとんど聞こえなかったけれど。あたりまえだ。遵天道に首を踏まれている。踏みにじられている状態だ。

『……退避』

龍ヶ迫が囁くように言う。もしくは、譫言《うわごと》を言うように。

『退避して』

『間に合わねえぞ』

ヌ堂が言う。

『海だ。海に飛びこめ。無理なら伏せろ。静歌、来い！』

ヌ堂が静歌さんを引っぱってどこかへ行こうとしている。どこか。どこだろう。海。海か。ヌ堂自身がそう言っていた。海？　なんで海に？　間に合わない？　何が？

僕はよく理解していなかった。それなのに体を動かしていた。海。海だ。海へ。

海に飛びこむ寸前、僕は振り返った。

おそらく、アロヲが隠し持っていたのは銃火器だけじゃなかった。爆発物、爆薬を腹に巻いてでもいたのだろう。吸血鬼はきわめて死にづらい怪物なのに、そういう手段に訴えることはまずない。つまり、自爆はしないのが吸血鬼なのに。

遵天道と、首を踏んづけられているアロヲが、閃光にかき消されて見えなくなった。爆炎が広がって、その衝撃が僕を押した。僕は海に飛びこむというより叩きこまれた。

Ø28 ―― 意味を求め彷徨《さまよ》う我ら
Nonsense

海中が明るくなった。

でも、一瞬だ。すぐに暗くなった。

僕は最初、体を動かさないで沈んでゆくに任せた。漁港内の海だ。防波堤に守られているので、波はほとんどない。深さはどうか。背は立たない。とはいえ、そこまで深くはないはずだ。

アロヲ。

鼻で息を吐きながら、上を向く。海面はまだ少し明るい。爆発の炎か。

アロヲ。

自爆した。

まさか、自爆攻撃をしかけるなんて。

アロヲが龍ヶ迫に、だから自分を呼んだのか、と訊いていた。可能性は考慮に入れた。それが龍ヶ迫の答えだった。

龍ヶ迫は、東市付近で遵天道と兎神夕轟を捕捉し、猫又に追跡させていたのだろう。どうして僕らに言わなかったのか。言わないほうがいい。龍ヶ迫はそう判断した。

なぜなら、前もって遵天道と兎神夕轟の名を聞かされていたら、僕らはとても冷静ではいられなくなる。

それに、双首村漁港における実際的行動《PA》との関連性も不明だったはずだ。いまだに僕はわからない。アトランティス由来の漂着物、あの柩と、吸血鬼がどう結びつくのか。有翼人はともかく、あの人狼どもは何だったのか。

足が海底についた。僕は海底を蹴って、海面を目指した。

海面から顔を出して、柩のほうを見ると、ものすごい煙だ。まだ燃えている。

アロヲは無事なのか。もちろん無事なわけがない。死にはしないとしても、回復するのにそうとうな時間がかかるだろう。

遵天道はどうなったのか。兎神夕轟は。

そうだ。遵天道は爆発に巻き込まれたはずだが、兎神夕轟は少し離れていた。

僕は泳いで戻ろうとする。兎神夕轟を捜さないと。

『――こちらドラゴン。全員無事？』

息遣い、声の聞こえ方からして、龍ヶ迫も海に逃れて立ち泳ぎか何かしているようだ。

『ヌドー。無事じゃねえ。生きてるけどな。静歌は平気だ』

『あー』

『こちらアリス。指揮車は健在です』

「こちらヨハネ」

僕は泳ぎながら答える。

「無事です。柩に向かいます」

『だめよ』

「……は？」

『総員、防波堤に移動。乙野教授たちの護衛にＰＡを変更するわ。柩には近づいちゃだめ』

「なんでですか」

『決まってるでしょう。確実に全員死ぬからよ。言わせないで』

「……でも」

『アロヲが自爆しなかったら、今ごろわたしたち、一人ずつ殺されてるわ』

「あの人外どもを放っておけって言うんですか」

『そうよ。放っておけと言っているの』

龍ヶ迫は言い直す。

『放っておくしかない。わたしたちにできることは何もないわ』

「だったら、何のために！」

『聞き分けろ、ガキ』

ヌ堂にたしなめられるのが一番腹が立つ。

『静歌だって抑えてんだぞ。俺は撃たれてる。班長の命令は黙って聞け』

あんたが撃たれていようと、そんなことはどうだっていい。僕には関係ない。何なら、そのまま出血多量か何かで意識を失って海の藻屑《もくず》になれ。そうなっても、僕の心はこれっぽっちも痛まない。葬式には一応出席するかもしれないが、そうすると喪服を買わなきゃいけないから、心は痛まなくても懐は痛む。僕はキレそうになるだろう。ヌ堂光次は、死んでも僕を苛つかせるに違いない。

でも、静歌さんが我慢して、龍ヶ迫に従おうとしている。その事実は軽くない。

今回を逃したら、次はいつ兎神夕轟と接触できるのか。また機会が巡ってくる保証もない。静歌さんは是が非でも決着をつけたいはずだ。僕には静歌さんの気持ちなんてわからないけれど。あんな形の再会では、とうてい納得できないはずだ。

僕が思うに、兎神夕轟が吸血鬼として、人外、怪物としてこの世に存在している限り、彼を殺すしかない。もしくは、彼に殺されるか。突きつめれば、たぶんそれ以外の終わり方はない。

どちらにしても、今じゃない。静歌さんはそう考えているのか。

わからない。静歌さんの頭の中を覗くことができたら、どんなにいいか。不可能だけど。もしできても、僕はしないかもしれない。静歌さんは、覗かれたくないだろうから。これも勝手な推測にすぎないわけだけど。

僕は柩のほうをちらちら見ながら、防波堤の突端を目指して泳いだ。龍ヶ迫やヌ堂、静歌さんも泳いでいた。

着衣のままだから、水を掻いても掻いても思ったようには進めない。防波堤の突端に近づくに従って、波も強くなってきた。気を抜いたら溺《おぼ》れそうだ。

柩周辺の爆炎はだいぶ弱まっている。煙というより、砕けたコンクリートの粉塵《ふんじん》が舞っているのか。距離もあるし、よく見えない。

防波堤の突端には、先に避難した乙野教授や作業員たちがいる。

ふと、あの切れ長の目をした背の高い作業員のことが気になった。

「こちらヨハネ。アリスはもう防波堤に？」

『いるよ。乙野教授のそばにいる』

「背の高い作業員はいますか。……これだけじゃわからないか。コーヒーを持ってきて、乙野教授と漂着物について話してた――」

『あぁ。乙野教授に確認してみる』

「すみません、お願いしま――」

言い終える寸前だった。

柩のほうで何か大きな音がした。さっきの爆発音とは違う。硬い物体が何らかの力によって破壊される音だ。

僕は柩のほうに目を向けた。

何か大きな物が飛んで、海に落ちた。水しぶきが盛大に上がった。

ちょうど波が寄せてきて、海水を飲んでしまった。体が沈む。咳き込みながらも、僕はなんとか浮かび上がる。

「何っ――」

『柩が開いたみたいです！』

植田さんが叫んだ。

『……アリスは監視を続けて！』

龍ヶ迫が喘《あえ》ぐような息遣いで言う。僕たち七十六浄化班に今できることといったら、それくらいか。ただ見ていることしかできないのか。

「くそ！」

僕はクロールで懸命に防波堤を目指した。靴が重い。衣服が。脱ぎたい。でも、脱いでいる間に溺れてしまいそうだ。海に飛びこんだあと、靴だけでも脱げばよかった。大きな波が来たらやばい。本当に溺れるかもしれない。いや、それはない。僕は生存者《The Survivor》だ。こんなところで溺死《できし》するくらいなら、とっくに何かで死んでいた。

やっと防波堤に辿りついた。数人の作業員が手を貸してくれた。というより、引き揚げてくれた。正直、かなり助かった。僕は疲れ果てていた。自力で防波堤に上がることはできなかっただろう。

龍ヶ迫は僕より先に防波堤に到着していた。植田さんと二人で防波堤の突端部に立って、柩のほうを見ている。

「おい！　助けろ！　死ぬ！」

ヌ堂の声がした。

静歌さんはすでに海から上がっていた。うずくまって、背中を上下させている。さすがにヌ堂を助ける余裕はないようだ。僕もまだ動きたくない。作業員たちがヌ堂に手を差し伸べている。彼らに任せておけばいい。むしろ、捨て置いてもいいくらいだ。ヌ堂だし。

いったいどうなったのだろう。柩が開いたら、何が起こるのか。アロヲは回復するのか。気になってはいる。でも、僕は四つん這いの姿勢で下を向き、呼吸を整えることに専念していた。

何もかもちゃんと知りたい。知るべきだ。把握しないといけない。そう思うのと同時に、僕は何も知りたくなかった。知ったら、何かしないといけない。僕は行動せざるをえないだろう。浄化班の班員らしく、実際的な行動を。

それが嫌だというより、無理だ。

動けない。

僕なんかが動いたところで、どうなるのか。

どうにもならない。

無意味だ。

僕のどんな行動にも意味がない。

何かを知れば知るほど、無意味さを突きつけられるだけだ。

だったら、何も知らないほうがいい。

「ガキが！」

いきなり後頭部を殴られた。

「――っ、てっ……！」

顔を上げると、今度はこめかみのあたりにヌ堂の拳が当たった。星がまたたく程度には強い打撃だった。

「……何すんだよ、このクソ中年！」

「助けろって言っただろうが。なんでぼうっとしてんだよ。無能が。ボンクラなだけじゃなくて、役立たずか」

「助かったじゃないか」

「おまえは何もしてねえだろうが。俺が助けろって言ったら助けろよ。それがおまえの義務だ」

「……そんな義務、あるわけないだろ」

「あるんだよ。おまえはただの後輩じゃねえ。遥か後輩なんだからな。ガキのくせにいちいち口答えすんな、阿呆」

呆れて反論する気にもなれない。

ヌ堂は僕の隣に座りこんだ。

「……あぁ痛ぇ。死ぬ。最悪だ、ちくしょう。入院だな、しばらく。再生治療は受けねえぞ。あれはクソッタレだ。休みだな。休むしかねえ。もう辞めるか。いつまでもこんなことやってたってな。いいかげん潮時だな。クソみてえな仕事だよ。クソ以下だな……」

クソ以下はあんただろ。そのぼやきを止めろ。聞きたくない。心が汚染されて濁る。でも、何か言えば倍になって返ってくるに違いない。

僕にできるのは願うこと。ヌ堂が本気でこの仕事から足を洗うつもりになってくれますように。

もっとも、僕はわかっている。そうはならない。ヌ堂は治療が終われば復帰する。僕は無意味な行動に駆り立てられたくなくて、何も知りたくない。それでいて、すぐに何もかも知ろうとする。そして、何かせずにはいられなくなる。

たとえ無意味でも。

Ø29 ―― どうしよう
My fairy lady

僕たち七十六浄化班の救援要請に応じた二百三浄化班七名のうち四名の死体は、双首村から約一・四キロ西の山中で発見された。大破、横転した指揮車の中で二名が死亡。他二名は指揮車の外に這い出したところで力尽きたものと思われる。

双首村までやってきた二百三浄化班は、班長の名上猛四郎と、進郷夢人《しんごうゆめと》、宇輪瞳《うわひとみ》の三名。名上班長と進郷は死亡。かつて龍ヶ迫と同じ四十五浄化班に所属していた宇輪さんだけは、心肺停止に陥りながらも生き延びた。もっとも、龍ヶ迫にM４カービンで何発もぶちこまれた。復帰は無理かもしれない。

ヌ堂光次は左上腕に全治五週間の銃創を負った。あくまで全治だし、貫通銃創で、太い血管も傷ついていなかったから、たいした怪我じゃない。

逆白波アロヲは、焼けただれた頭部と胸部以外がほぼ欠落している状態で発見された。ただちに指定の医療機関に搬送され、治療というより洗浄の処置を受けたあと、人類《H》保存《P》委員会《C》関連の研究所に移送されたようだ。全治数ヶ月とのこと。脳が損傷しているので、記憶を喪失する可能性も高いようだ。半吸血鬼のアロヲには血の記憶があるとはいえ、もとどおりというわけにはいかない。覚悟の上で、アロヲは自爆攻撃を決行した。

果たして、その甲斐《かい》はあったのか。

植田アリストートルは、防波堤の突端から柩周辺にカメラを向けて撮影していた。僕もその映像を見たが、柩までは百メートル以上離れていて、しかも夜間なので、ただ爆発後の模様を遠目から映しているだけという感じだった。もっとも、あとで映像が解析されて、判明したことがいくらかある。

一つは、爆心地からやや離れていた兎神夕轟が、柩に近づいていったらしいこと。遵天道モナカはどの程度、爆発の影響を受けたのか。その点については不明だが、映像では兎神夕轟以外にも動く影のようなものが確認できる。したがって、跡形もなく吹き飛ばされた、ということだけはなさそうだ。

その後、遵天道か兎神夕轟が、力ずくで柩の蓋《ふた》をこじ開けたのだろう。そして、その蓋を放り投げた。蓋は海に落下した。

開かれた柩の中身は空《から》だったのか。それとも、何かが、アロヲが言っていたとおりなら、古代人が眠っていたのか。

もし古代人がいたとしたら、目を覚まして自らその場を離れたのか。あるいは、遵天道と兎神夕轟が古代人を連れ去ったのだろうか。

そのあたりは判然としない。映像からうかがい知ることはできなかった。

とにかく、爆発による炎、煙、粉塵が完全に収まるころには、開かれた柩を残して、遵天道モナカも兎神夕轟も姿を消していた。

それから、あの作業員。切れ長の目、白いマスク、背が高く、手足が長い作業員も行方がわからない。防波堤突端に避難したときまでは間違いなく乙野教授たちと一緒だったらしいが、そのあと人知れずいなくなってしまった。そもそも乙野教授以下、あの日、漁港にいた者は全員、彼の素性を知らなかった。彼は部外者だった。いつの間にかあの場に紛れこんでいた。何か目的があったのだろうが、それもわからない。本人に訊くしかない。

この出来事は、双首村事変、と称されることになった。

浄化班以外では警察官三名が死傷したが、民間人にさしたる被害が出なかったことが幸いして、双首村事変に関する正確な情報は広まっていない。HPCに加盟している日本で、人外が絡む事案について大きく報道されることはない。

事変発生から四日が経過した。現在、僕たち七十六浄化班を含む五つの浄化班と四つの調査班が共同して、遵天道モナカ及び兎神夕轟、また、事変に関わった有翼人、人狼、古代人あるいは未確認存在、そしてあの作業員を捜索しているが、めぼしい手がかりはえられていない。

人外にまつわる事件、事変に関する全情報は、上部組織のHPCが取りまとめ、早急に国内外の全浄化班、調査班に共有される。とりわけ、未解決の事件、事変については、積極的な関与が求められる。そうでなくとも、遵天道モナカは警戒レベルが最大に近い要注意人外だ。今や世界中の浄化班、調査班が、目を皿にし、耳を澄ませて、遵天道や兎神夕轟を捜しているといっても過言じゃない。

龍ヶ迫はHPCの召喚に応じたり、各方面に情報を提供したり、班長会議で袋叩きにされたりで大忙しだ。

おかげで七十六浄化班は、多くの場合、班長なしで実際的行動《PA》に従事せざるをえない。ヌ堂は療養中、協力者のアロヲは復帰未定だから、常時稼働できるのは植田さんと静歌さん、ネコこと猫又、それから僕の四人だけだ。要警戒地域を見回らないといけなかったり、出動がなくても待機していないといけなかったりして、予備校に顔を出すこともできない日々が続いている。

「……どうなんだろうな、ぬちこ」

家にいる間は、こうやってケージの前に置いたパイプ椅子に座って妖精に語りかけるか、そのパイプ椅子に座ったままダンベルやチューブなどを使って軽くトレーニングをしたりストレッチをしたりするか、そのパイプ椅子に座ってスマホを弄るか、着座した状態で食事をとりながら妖精に話しかけるか、妖精に食べ物を与えるか、妖精が食事したり水を飲んだりするさまを見守るか、妖精を気にしながらきつめのトレーニングをするか、眠るか、だいたいそんなふうに過ごしている。あとは、パイプ椅子をどけて、ケージの前でスクワットをしたり、兎神流古武術の型稽古をしたりもする。

「なんだかとんでもないことが起こったのに、いまいち実感がないんだよ。あれから何も起こってないせいかな。死んでてもおかしくなかったんだけど」

僕はできるだけ妖精を視界に収めて、その存在を意識するように心がけている。妖精にも、絶えず僕の存在を感じてもらえるようにしている。

「殺すつもりがなかったってことなんだろうな。遵天道も……兎神夕轟も。その気になれば、殺せたんだ。僕ら全員。僕らは眼中になかった。僕らのことなんか、ちょっとわずらわしい、飛んできたら手で払う蝿みたいな、その程度のものだとしか思ってない……」

ぬちこはケージの中から僕を見つめている。銀色の複眼めいた瞳は、まるで液体金属のような質感だ。

つるんとした肌も、僕たち人間のそれとはまた違う。さわったらどんな感触なのだろうか。やわらかいのか。意外と硬いのか。

背中の青緑色の翅はゆったりと開かれている。たまにそっと閉じかけたり、前後に揺れたりするのだけれど、何か意味があるのか。癖みたいなものなのだろうか。

青い毛髪は肩くらいまでの長さで、真ん中で分けられている。何度か手で髪の毛を撫でつけているところを見たことがある。それが人間みたいな仕種で、妙に感心した。

ぬちこの顔立ちは、人間というより人間をデフォルメしたマンガやアニメーションのキャラクターに近い。鼻のような突起はあるものの鼻孔《びこう》はないし、口はあっても唇らしきものは確認できないから、そんなふうに見えるのだろうか。耳はあって、先が少し尖っている。耳孔《じこう》も、すごく小さいがちゃんと確認できる。

見れば見るほど、妖精は不思議な生き物だ。

彼女、というのは違うのかもしれない。妖精には性別がないからだ。でも、妖精は明らかに女性的というか、人間の女性に似た体つきをしている。小学校高学年くらいの女児をミニチュア化したら、こんな具合になりそうだ。胸はほぼ平らだが、わずかに膨らんでいるようにも見える。ただし、乳首はなく、性器もない。肛門はあるらしいが、僕はまだ見ていない。

これは前もって裏林観音に教えられていたことだけれど、妖精は人間に見られていると排泄しない。

例外はある。

妖精が人間にとてもよく懐くと、その手の上で排泄するようになる。

当然、ぬちこはまだ僕にそこまで懐いていない。僕が家にいないときや、目を離した隙に、ケージの隅に排泄する。

妖精の排泄物は鳥の糞《ふん》によく似ていて、たいした量じゃない。少し黄ばんでいるが、臭いらしい臭いはなく、処理は簡単だ。排泄物をトイレットペーパーで掴み取って、排泄跡を濡らした雑巾やウェットティッシュなどで拭くだけでいい。

「これでいいとは思ってないんだ。いいわけがない。……僕は人外に舐められてる」

僕は右手の人差し指をケージに近づける。

ぬちこのケージは格子になっている。格子に押しつけられた僕の人差し指を、ぬちこが興味深そうに見つめている。

少しだけ、首を傾《かし》げた。

かわいらしい仕種だ。素直にそう思う。

無理をしなくてもそんなふうに思える自分に、僕はいくらか満足していた。妖精をかわいらしいと感じる。倒錯的というか、その心性が単純に気持ち悪いというか。自己嫌悪に陥りそうになるが、これは必要なステップだ。僕はぬちこを好きにならないといけない。そうしないと、ぬちこは僕に懐いてくれない。

ぬちこが翅を動かして、飛ぶというより、ひょい、ひょいと跳んで、僕の人差し指に近づいてくる。

ぬちこがわずかに腰を屈める。ちょうどその顔の高さに、僕の人差し指がある。

僕は緊張する。ぬちこが自分からここまで僕に接近してくるのは、これが初めてだ。

もしかして、徐々に慣れてきたんじゃないのか。僕に親しみを覚えつつあるのかもしれない。

いや、それは楽観しすぎか。警戒心が薄らいで、好奇心が優《まさ》ってきた。きっとそんなころだろう。だとしても、進歩だ。

「あの遵天道みたいな、僕たち人間を舐めくさっている人外が存在する。それが僕は許せないんだ、ぬちこ」

僕は口調を変えずに語りかけつづける。

ぬちこは僕の人差し指にだいぶ興味があるようだ。鼻先でつつこうか、それとも手をのばしてさわってみようか、迷っている。そんなふうに見える。

いいさ。

いい。

迷いたいだけ迷えばいい。

僕はぬちこを急かさない。何もぬちこに強制しない。ぬちこが僕を受け容れてくれるのを待つ。排泄は一つの目安になるとカノンは言っていた。他にも指標はあるが、ぬちこが僕の手の上で排泄するようになったら、まず大丈夫だと考えていい。

本音を言えば、それ以外の指標を目安にして決めたい。何が悲しくて、手の上で排泄なんかさせなきゃいけないのか。

でも、そのくらいぜんぜん平気だ、と思えるくらい心を開かないと、僕の望みは達成できないのかもしれない。ぬちこには、すっかり、完全に、僕に身を委ねてもらう必要がある。排泄くらい何だ。むしろ、排泄上等。喜んで。そういう心持ちでいないといけないのだろう。

ふと、ぬちこの鼻先が人差し指にふれたような気がした。

一瞬だし、気のせいかもしれない。それでも僕は顔面が緩むのを抑えられなかった。また一歩前進だ。僕は着実に前進している。

僕とぬちこは、と言うべきかもしれない。

そうだ。

僕だけでは進めない。僕とぬちこ、人間と妖精が、足並みを揃えて進まないと。

さらにもう一歩の前進を狙って、僕は人差し指をケージに押しつけたままにした。ぬちこが僕の指の感触を覚えたら、しめたものだ。

僕は焦っていない。誓って焦ってはいないけれど、早くぬちこをケージから出せる段階まで進みたい。

またぬちこが人差し指を鼻先でつついた。

「……よし」

喜びがこみ上げてくる。歓喜と表現しても、さして大袈裟じゃない。

「いいぞ、ぬちこ。その調子――」

本当にいいところだったのに、邪魔が入った。

スマホだ。ズボンのポケットの中で、スマホが鳴動しはじめた。

ぬちこがびっくりして飛び下がる。

「あっ……」

ケージにぬちこの翅がぶつかって、タツタツッ、という音を立てた。

「ご、ごめんな、ぬちこ。大丈夫。心配ないよ。電話だから。電話が鳴っただけで――」

ぬちこをなだめながら、僕はポケットからスマホを出した。くそ。誰なんだ、こんなときに。

「――あぁっ……!?」

スマホのディスプレイに表示されている発信者の名を見て、僕はつい大声を出してしまった。ぬちこが怯えているが、かまっていられない。どうしよう。

乙野綴

どうしよう。乙野さんだ。どうしたら。いや、どうしたらも何も。どうしようもこうしようもない。出ないと。

「は、はい！　もももももしもし……！」

Ø3Ø　入り交じる声と声
Sometimes I throw up

『……ええと、もしもし』

乙野さん。乙野さんだ。

声が乙野さんだ。

あたりまえか。乙野さんだし。

乙野さんの声だ。

「もも、もしもし!?」

なんでだろう。

どういうわけか、僕の口からは、もしもし、しか出てこない。

「も、もしもし……」

もしもし以外のことも言いたいのに。言うべきなのに。僕はもしもしマシンか。

何だよ、もしもしマシンって。

そんなマシンはない。あるはずがない。

「もしもし……」

ということは、もしもし、しか言えない僕は何なのか。

あれか。

もしもし人間か。

『っ……』

電話の向こうで乙野さんが噴きだした。即座に僕は頭を下げる。

「ご、ごご、ごめんなさい！」

『ううん、わたしのほうこそ、ごめんなさい。突然、電話なんかしちゃって』

「いや、ぜんぜん！」

僕は頭を横に振る。力強く振ってしまう。

「ぜ、ぜんぜんだよ。ぜんぜん。ほんとに、ぜんぜんだよ……」

今度は、ぜんぜん、しか言えなくなっている。僕はぜんぜん人間に成り果てようとしている。すでにぜんぜん人間に成り下がっている。

『メッセージのやりとりは、何回かしたけど』

「……う、うん」

そう。した。

たしかに。

僕からは送れなかったんだけど。

これには理由があって、僕のほうから乙野さんにメッセージを送るとしたら、仕事でちょっとしたトラブルが発生したせいで、忙しくて予備校に行けません、いかがお過ごしですか、というメッセージにならざるをえないと思うけれど、その仕事やトラブルについて説明するわけにもいかない。だいたい、わざわざ、予備校に行けない、と乙野さんに報告するのもどうなのか。知らんわ、と思われはしないだろうか。いや、乙野さんだから、知らんわ、とは思わないだろう。でも、え、この人、なんでいちいちそんなこと言ってくるの、と感じないとは言いきれない。いや、一緒に食事をした仲だし、そんなふうには感じないか。

しかしながら、一回だけだ。

たかが一回、ご飯を食べに行っただけだ。

一回、ご飯を食べただけなのにもかかわらず、そんなふうに感じたりはしない仲だろう、というのは、僕の思い上がりかもしれない。乙野さんにしてみれば、僕はたった一度、ご飯を食べただけの相手でしかない。それなりに友好的な雰囲気で会話をしたものの、ただそれだけでしかない。僕はその事実を過大評価しているのかもしれない。

正直、ずいぶん迷いはした。

電話をかけよう、とは思わなかった。それはさすがに大胆すぎる。電話はどだい無理だとしても、状況的にしばらく予備校に行けそうにない、したがって会えないわけだし、メッセージくらい送っておいたほうがいいんじゃないか、といった考えは、僕の頭を何度か、というか何度となく、かなりの回数よぎった。

乙野教授の件、すなわち、乙野さんと市立東大学の乙野教授との関係も気になっている。気になってしょうがないけれど、訊くに訊けない。この前、仕事で知り合って。名字が一緒だし。目が似ていて。そんなことは言えない。言えるわけがない。

本当のことを言うと、数回メッセージを打って送信しようとした。そのたびにやめて、練りに練ったメッセージを削除したものだった。

そうこうしているうちに、二日前、乙野さんからメッセージが来た。

もしかしてアルバイト忙しい感じですか?

――という、短い文面だった。

僕は長文を返しそうになったけれど、そこはなんとか思いとどまって、

はい　休みの人が出て　急遽《きゅうきょ》シフトが(^_^;

と返した。生まれて初めて使った「(^_^;」から僕の苦心が読みとれる。

がんばってください！ (>_<)

乙野さんはそうレスしてくれた。僕を励ましてくれた。僕はとても元気づけられた。ぬちこにこの件を報告しながら、不覚にも泣きそうになった。

それから、昨日も乙野さんからメッセージが来た。

今日もお仕事ですか？

はい (^_^;

無理せずがんばってくださいね！

ありがとうございます！

その程度のやりとりだったけれど、心が癒された。そう。癒されたんだ。もっと言えば、救われた。

もっと言えば？

いや、もっと言わなくても、救われた。まさしく、救われた、というのがもっともふさわしい、的確な表現だと思う。

本当のところを言うと、二日前に乙野さんからメッセージが届いて以来、僕は心のどこかで常に待ちわびていた。またメッセージくれないかな。乙野さん。くれないかなあ。どうかなぁ？　やっぱりくれないかな？　べつに用もないだろうし。乙野さんからのメッセージを心待ちにしながら、がっかりしたくないので、期待するまいと自分に言い聞かせていた。でも結局は期待していた。

電話は予想外だった。まったく予期していなかったから、まだ半信半疑だ。

『迷惑かもしれないし、電話するまで、一時間くらいかかっちゃったんだけど……』

「いっ、一時間!?」

『気持ち悪いよね、わたし……』

「い、いやいやいやいや、ぜんぜん！」

『どうしても、安条くんの声が、聞きたくて』

「ぼぼ僕の、ここ声が――……」

瞬間、意識が飛びそうになった。飛びそうというか、飛んだんじゃないかな。

だって、声が聞きたいとか。

それっていったい、どういう意味ですかな。

ですかなって何だよ。

声が聞きたい、といったら、あれでしょう。声が聞きたかったんでしょう。

あたりまえじゃないか。

他意はないでしょう。

天気予報か。

どこがだ。

でも、おかしいな。僕の声。そんな、聞きたくなるような声だろうか。濁声《だみごえ》とかじゃないけれど、とくにいい声でもない、まあ、普通？　なんじゃないかな。なんで僕の声なんか聞きたいなんて、乙野さんは思ったりしたのだろう。

「……あぁ、えぇ、その、んーと、えぇ、僕もぉ、そのぉ……」

『え？』

「だからぁ、えぇーと、なんていうかあのぉ、ぼ、僕もぉ……」

『安条くん、も……？』

「こここここ声ぇ、がぁ……」

僕は何を言ってるんだ。何を言おうとしてるんだ。言おうとしてるというか、もうほぼ言っちゃってない？

やばくない？

僕がこんなこと言ったら、きもくない？

乙野さんは言ってくれたわけだけど、それとこれとは別じゃない？

僕みたいな人間は言っちゃいけないたぐいのあれじゃない？

「僕も、ぼ、僕は、乙野さんの、声がぁ……」

言わないほうがいいと思うんだけど。

こういうことを生きている間に口に出す機会があるとは、露《つゆ》ほども思ってなかったんだけど。

誰かに対してこんな気持ちを抱くことがあるなんて、これっぽっちも思ってなかったんだけど。

僕はそういう人間じゃないというか。

そんな資格はないというか。

ああ、僕は、乙野さんともっと親しくなりたい。

いろいろな話をしたい。

一緒に時間を過ごしたい。

乙野さんのことをよく知っているわけじゃないけど。

僕は乙野さんに惹かれている。

「声、が――……」

声が、蘇る。

うべぇ、というような奇妙な声が。

桜井先生の声だ。由布鷹正。人外の殺戮犯。あの鬼がママの頭頂部にぶちこんだ腰鉈を引き抜いて、桜井先生の左耳の少し上あたりにめりこませて、ママが椅子ごと倒れて、それから桜井先生が発した。

うべぇ、というような奇妙な声を。

歌も上手だった桜井先生の声とは思えない、ひどい声を。

由布鷹正が笑う。ハハハッ。ハハッ。アッハハハッ。ヒャーッハハハハハッ。

グールどもが小学生の首をねじ切って、そこにかぶりつき、笑う。グヘッ。グヘハハッ。グヒャハハハッ。助けて、助けて、と小学生たちが叫んでいる。助けてえ、助けてえ、とその声真似をしながら小学生を捕まえて、眼球を指で抉《えぐ》り取り、口に頬張るグール。過激派グール集団、修羅坊主のグールども。助けて。助けて。お母さん。お父さん。パパ。ママ。助けて！　助けて！　修羅坊主のグールどもに襲われ、喰われる小学生たちの叫び声。もはや顔も覚えていない。忘れてしまった。忘れたくて、記憶の中から消し去ったのかもしれない。でも、あの声、声、声は、覚えている。意味をなさない断末魔《だんまつま》。

僕は逃げた。

死にものぐるいで、逃げたんだ。

小学生たちを突き飛ばし、突き飛ばして、旅館の廊下を走って逃げた。

非常階段を三段飛ばし、四段飛ばしで駆け下りて、僕は逃げた。

ミロク堂の閉まった扉がすぐ開いて、浜西と靴本が引き返してくる。やばい、なんかいる！　浜西が叫ぶ。弥勒が拳銃を持って外に出る。僕も弥勒を追う。雨が降っていた。午後七時前。雨のディープゾーン、ツクシノ歓楽街のＤＺで、巨大な獣が跋扈《ばっこ》していた。いわゆる妖魔。人外に分類されることもあるが、人間とは似ても似つかない。魔物。魔獣が咆吼《ほうこう》する。三つも頭がある、ヒグマほども大きい犬が。逃げろ、と弥勒が叫びながら発砲する。浜西が、靴本が、それから安楽椅子で眠っていた田戸中も目を覚まして、店から出てくる。逃げちゃいけない、と僕は思う。あのときみたいに逃げちゃいけない。浜西、靴本、田戸中は逃げる。向かって左側に。魔獣は向かって右側から来る。弥勒が魔獣を撃つ。撃っても撃っても、魔獣は怯まない。魔獣が僕と弥勒の前を駆けてゆく。ああ！　田戸中が叫ぶ。魔獣は田戸中を踏みつけて、浜西と靴本に躍りかかる。二人にかぶりつく。

ぎゃぁっ。ぐぼぉぉっ。あひあひっ。いぎゃぁぁぁ。浜西と靴本の声を、覚えている。

だめだ、逃げろ、と弥勒が言う。

僕は逃げだして、叫ぶ。

わああああぁぁぁ。

わああああああぁぁぁぁ。

みっともない、僕の喚き声。

「おぇっ……」

僕はえずいてしまう。胃液の苦い味がする。苦すぎて、涙が出てくる。

『――ど、どうしたの？　安条くん……？』

「ど、どうも、し、しない……です――おぇっ……」

だめだ。吐き気が止まらない。

『……具合、悪いの？』

「あ、うっ……おぇっ……うぉっ……」

やばい。本当に吐いてしまう。

「ご、ごめんなさい、ちょっ、突然、おぇっ……」

『無理しないで、休んで？　ひどいようだったら、救急車を呼んだほうが』

「だ、大丈夫、ぐっ――」

僕は肘の裏側で口を押さえる。大丈夫、なのか。わからない。少なくとも、話すのは難しそうだ。それどころじゃない。

「ごめんなさい、またあとで」

限界だ。僕は電話を切ってトイレに駆けこんだ。便器に顔を突っこむ。吐き気は一向に止まらない。吐きたい。吐きたくてたまらないのに、吐けない。

吐き出せないものが、僕の中でずっと渦巻いている。

Ø31 ── 誰のせいでもないわけがないだろ
I belong to you

乙野さんにはまだ謝っていない。

謝りたいのは山々だが、せっかく電話をくれたのに話している途中で吐きそうになって、こっちのほうから切ってしまうなんて最低だ。そうとう変なやつだと思われたに違いない。いったい、どう謝ればいいのか。謝るとか、そういう問題じゃないような気もする。だったら、どうすればいいのか。僕にはわからない。

双首村事変発生から六日後、僕は午前五時五十二分に起床して水分を補給、スクワットやプッシュアップ、シットアップ、クランチなどの基礎的なトレーニングを三十分間集中して行ってから、プロテインドリンクを作って飲み、シャワーを浴びた。

全裸でケージ前のパイプ椅子に座る。ぬちこは、僕が目覚めたときにはもう起きていた。妖精は警戒心が強い。基本的に、人間の視線を感じながら眠ることはない。ぬちこがまだ僕に懐いていない、ということでもある。

「やっぱりトレーニングはいいな。悩みがあってもね。消えてなくなるわけじゃないけど、すっきりする」

ぬちこはケージの中から、不思議そうに僕を見つめている。

僕はぬちこに微笑みかける。微笑、と形容できる表情にはなっていないかもしれない。でも、僕としては微笑んでいるつもりだ。

「日々の鍛錬がなかったら、今の僕はないと思うんだ。思うっていうか、絶対ない。まあ、そのことを教えてくれたのは、あの人なんだけど。もう人じゃないけどさ。……生きてたんだな。生きてるとは言えないか。人外だ。吸血鬼って、なんであんなふうなんだろう。人外だからか。吸血鬼……」

むしゃくしゃしてきた。

僕はパイプ椅子から立ち上がり、クローゼットの中から木刀を取り出す。両手で握り、構えて、振る。何も身にまとっていないので、体の動きが把握しやすい。全身に注意を行き渡らせ、その注意力を室内全体にまで張り巡らせて、木刀を振る。

踏み込んで、斬り下げる。

右に旋回して、斬り上げる。

手首を返し、突く。

突く。

引いて、斬り下ろし、斬り上げる。

斬る。

突く。

斬って、斬る。

気がつくと、僕は汗だくになっている。

目の前に兎神夕轟の幻影が見える。吸血鬼に成り果てた兎神夕轟じゃない。在りし日の、兎神流古武術の道着を身に着けた、恩師の姿だ。

僕が打ちかかり、恩師が捌く。

恩師が突いてくる。僕はそれを躱す。

僕の木刀と恩師の木刀がぶつかっても、当然、音はしない。でも、聞こえないはずの音が、僕には聞こえる。恩師の木刀を受け止めると、しっかりした重い手応えがある。

僕は恩師の木刀を押し返そうとする。

つい、むきになってしまう。

恩師は逆らわない。流れる水のように、押されるまま下がる。

そう思わせておいて、するりと前に出てくる。恩師はこうやって不意を衝くのが本当に上手い。驚くほど素早く、瞬時に距離を詰めてくる。

恩師の顔が僕の顔に接近する。

ニッタァ、と笑う。

その両眼が赤く輝いている。

「ハバナァーイスデェーイ」

「──ンギィィィィーーーーーーーーーーーーッ！」

僕は思わず奇声を発して、思いっきり木刀を振り上げる。木刀の先が天井にゴッと当たって、穴があく。

我に返った僕は、汗みずくで震えている。

汗にしては冷たい。

まるで冷水だ。

「……くっそぉぉぉーーーーーぁぁあっ！」

ふざけやがって。何なんだ。兎神夕轟。吸血鬼なんかに屈服しやがって。首輪まで嵌められて。屈服どころじゃない。隷従《れいじゅう》だ。奴隷じゃないか。すっかりふざけた人外になりくさって。えらく楽しそうだったじゃないか。愉快そうにぴんぴんしていた。

生前は、そう、もう兎神夕轟は死んだ、あれは亡者みたいなものだ、人として生きていた頃の兎神夕轟は、あんなに人生をエンジョイしている感じじゃなかった。一人の人間が、人として生きる。生きてゆく。それはそんなに簡単なことじゃない。ただ、どんなに苦しくても、その苦しみにのみこまれてしまうことなく、下を向かず、なるべく顔を上げて、僕たちは進んでゆくしかないんだ。この生命が尽きるまで、そうやって歩いてゆくんだ。世界が素晴らしくなくても、美しくなくても、幸福に満ち溢れていなくても、生きてゆく。生きることに価値があるから、生きてゆくんじゃない。生きてゆくことによって、僕たちはそこに価値を見いだせる。そうすることで、いつか力尽きて倒れるとき、この生には価値があったんだと、心の底から納得できる。誇り高く死んでゆける。そんな生き方を教えてくれたのが兎神夕轟だったのに。

何だ、あのざまは。

吸血鬼に生まれ変わってよかった。人間クソでした。吸血鬼最高です。そう言葉にはしなかったが、そんな態度だった。

裏切りやがって。

いつの間にか僕は木刀を放り投げ、床に膝をついていた。背中を丸め、両手で顔を覆って、泣いていた。

どれだけ泣いていたのか。わからない。

もっと泣きたいけれど、僕の中にある涙の泉は涸《か》れようとしていた。

僕は雑巾とバケツを用意して、床を拭きはじめた。汗と涙と鼻汁等々を拭きとって、そのあと乾拭《からぶ》きしないといけない。

全裸でそんなことをやっていると、また汗をかいた。汗の滴《しずく》が床に落ちる。それもまた拭かないといけない。

「……何やってるんだ、僕は」

いったい何なんだ、僕の人生。

床に直置きしたテレビの上で、スマホが鳴った。メッセージの着信だ。きっと仕事の呼び出しだろう。ため息がこぼれた。

床に正座し、膝の上に手を置く。

何もしたくない。

もちろん、そんなわけにはいかない。

立って、スマホを手に取る。

「――えっ!?」

僕はスマホのディスプレイを二度見した。

「おおおお乙野さん!?」

仕事じゃない。乙野さんからのメッセージが届いている。僕は慌ててメッセージを表示する。


今、忙しいですか？　話せますか？


「……や、話せます……けども」

答えても。というか、レスしないと。

時刻は午前十一時三分。僕は全裸だ。全裸で乙野さんにレス。服くらい着るべきだろうか。べつにいいか。見えるわけじゃないし。そうだ。レスだ。レスしないと。

話せます　大丈夫です

そうレスすると、ほとんど間を置かず電話がかかってきた。時刻は午前十一時四分。僕は全裸だ。全裸で乙野さんと電話を？　さすがに服を着たほうがいいんじゃ？　着るとなると、待たせることになる。それはまずい。よくない。全裸で出るしかない。

「はっ、はい、もしもし」

『もしもし、乙野です』

「あっ、はい、安条です、ご、ごめんなさい、こんな恰好で……」

『恰好？』

「えぇいやぁ、あの、い、家なので、つまり、家着というか……」

『わたしもまだ家着』

「あっ、そうなんだ!?　家着……って、どういう……」

『え？　普通です。キャミソールに、ショートパンツと――』

「キャ、キャキャキャキャミソール……」

想像してしまった。

乙野さんのキャミソール姿を。

『……何、話してるんだろうね、わたしたち』

乙野さんが少し笑う。

「で、ですね」

僕もぎこちなく笑う。乙野さんが笑ってくれたことに、ほっとするしかない。僕はどんな服を着ているのか尋ねた。在宅の女性に対して、電話越しに服装を訊く。控えめに言っても、不躾だ。不埒《ふらち》だ。変態に近い。というか変態だ。最低の行為だ。乙野さんはよくも笑って許してくれたものだ。

『今日、お仕事は？』

「あ、いや、ええと、今のところは、まだ……」

『これから？』

「あぁ、えぇ……そう──うーん、まあ、ちょっと、まだ……」

『急にっていうこともあったり？』

「……です、かね。そういうことも、うん、まあある……というか、基本的には、あったりなかったりで……」

『体調は、どうですか？』

「あ、体調。た、体調は……うん、平気というか。この前は、本当に、ご心配、ご迷惑、おかけして……」

『迷惑なんて、そんな。心配だったけど』

乙野さんは繰り返す。

『……すごく、心配で』

「……申し訳ないです」

『すぐ連絡したかったけど、それもどうなのかなって。具合が悪いなら、かえって……』

「あぁいやぁ!? こっちのほうから、大丈夫だと伝えるべきだったんですけど、なんかこう、きっかけというか、踏ん切りが……」

僕はパイプ椅子に腰を下ろした。ぬちこがケージの中から、興味深そうに僕を見ている。全裸で乙野さんと電話している僕が、そんなに興味深いのだろうか。興味深いか。何この人間、裸で何してんの。僕だったらそう思う。ぬちこは妖精で、ずっと裸だから、ひょっとすると、服を着ている人間のほうが不思議なのかもしれないけれど。

『今日、電話したのは』

「あ、はい」

『もし、よかったら、ですけど』

「……はい」

『少しで、いいので』

「はい？」

『会えませんか？』

「……あえ？」

『たとえば――』

「……た、たとえば？」

『たとえば、ですけど――』

「……たと、えば」

『お昼ご飯を、一緒に、とか』

「……おひ……るごはん？」

『無理だったら、断ってくださいね。忙しいって、聞いてるから。そこは、わかっているので――』

Ø32 ― 友人のふりなんかして
Ambivalent relationship with her

僕のほうから条件をつけるなんてどうかと思わなくもなかったけれど、こればかりはやむをえなかった。仕事、いや、アルバイトの都合で、急な呼び出しを食らうかもしれない。その場合、無視することはできない。大変心苦しく、僕の本意ではないものの、中座することになってしまうかもしれない。その点はあらかじめ話しておき、了承してもらった。

僕は大急ぎで身支度をして家を出た。ただ食事をするだけだ。それも昼食だ。ディナーじゃない。ランチだ。そうはいっても、落ちつかない。

地下鉄に飛び乗って中五番街北駅で降りる。改札を出てすぐのところに大型ディスプレイが設置されていて、そのディスプレイの商標名から「オラ前」と称され、待ち合わせスポットになっている。

僕はオラ前で乙野さんを待った。

早く家を出すぎた。地下鉄に乗った段階で、そのことには気づいていた。

あのとき僕は全裸だったが、乙野さんは家着だと言っていた。それでも、十二時半までには行けると思う、と。自分もその時間にはぜんぜん行ける。僕はそう答えた。

焦る必要はまったくなかった。それなのに、シャワーを浴びたり髪を乾かしたりしている間に、どんどん気が急いていった。

もとより僕は、楽天的な性格とは言いがたい。途中でどんなアクシデントに見舞われるかわからないわけだし、なるべく早く着いておくに越したことはない。そうだ。のんびりしていたら、ああっ、やばい、間に合わない、なんてことになりかねない。せっかく乙野さんと食事をするのに。ディナーじゃなくてランチではあるものの、乙野さんから誘ってくれた。誘われランチだ。そういう言葉があるのかどうか、知らないけど。

時刻は現在、午前十一時五十八分だ。

はっきり言って、余裕だ。

かなり余裕がある。

ありすぎるくらいだ。

「……まさか、三十分以上前に着くなんて」

自慢じゃないけど、行動がね。僕は、迅速なほうだから。本当に、自慢できることだとは思ってないんだけど。鍛えられちゃってるから、そのへんは。仕事柄というか。状況によっては、消防隊員並みだったりするし。召集されたら即、応じないと、みたいな。緊急事態とかも、あったりするし。

問題ないわけだけど。到着が早いぶんには、べつに。遅れるよりはずっといい。

「そうだ。店。決めないと、店……」

十二時半にオラ前で待ち合わせをして一緒に昼食をとる。合意事項はそれだけだ。どこで何を食べるか。そこは未定だけれど、重要だ。何を食べようか。どんな店がいいだろう。でも、僕が決めてしまっていいのか？　乙野さんの意向を尊重するべきじゃ？　いや、だとしても、候補くらいは考えておくべきだ。乙野さんに何かプランがあれば、僕は当然それに乗る。しかし、そうでなければ、僕から提示できる選択肢を準備しておきたい。準備しておいて然《しか》るべきだろう。僕はスマホを取り出した。

「違うな……」

頭を振る。スマホのマップやグルメサイトに頼るのは、どうも違う気がする。

スマホをしまう。腕組みをして、目をつぶる。

僕は美食家じゃないが、どうせなら美味なものから栄養を摂取したいほうだ。といっても、外食の際に選ぶのは、ラーメン、蕎麦、うどん、カレー、丼物、定食、あとはパスタくらいだろうか。けれどもまあ、仕事の対価としてそれなりの収入をえていることもあって、けっこういろいろな店を訪れている。高級な店には足が向かないが、リーズナブルな、コスパのいい、学生でも入れそうな店なら、そこそこ知っている。

「……いやぁ、でもなぁ……」

僕は頭を抱えてしゃがみこむ。

前回も悩んだ。乙野さんは何でもいい派。気どった店じゃなくていい。それはわかっている。

わかっていても、悩むよねえ。

やっぱり、せっかくなら喜んでもらいたいし。

正直——正直、ね？

こんなすてきなお店、知ってるんだ、みたいに思われるのも悪くないだろう、というような気持ちもね。

なくはない。

ある。

ちょっとだけど。

だからといって、変に恰好をつけるのもおかしいというか。身の程を知らないのは恥ずかしいことだし。あと、何だろう。そう、ある意味、不誠実だ。それはよくない。誠実さは大事だ。

「安条」

「……え？」

僕は頭を抱えていた手を下ろし、顔を上げる。

見下ろされている。

おかっぱ頭で、丸眼鏡をかけている女に。

「何してんの安条、こんなところで」

「……何――って」

僕は立ち上がる。

女はけっこう踵《かかと》の高い靴を履いている。それでも僕よりだいぶ背が低い。小柄ではあっても、ゴスっぽい個性的な服装をしていることもあって、なかなか目立つ。

「……僕は、その……べつに何も。カノン、きみこそ……」

「あたしは買い物」

「……あぁ、そうなんだ」

「安条は？」

カノンは少しだけ眉をひそめる。

「オラ前で頭抱えてるとか、よっぽどだけど。普通」

ぐうの音も出ない。

たしかに、老若男女、といっても、割合的には十代から三十代が大半を占める男女のメジャーな待ち合わせ場所として機能しているこのオラ前で、しゃがみこんで頭を抱えている者は僕一人だったに違いない。僕は気にしていなかったというか、気にする余裕がなかったわけだが、周囲の人びとはさぞかし奇妙に思っていたはずだ。

何なの、この人？　具合でも悪いの？　それとも、恋人にふられてショック受けてるとか？　そんなふうに勘ぐる者だって中にはいたかもしれない。

「……ちょっと、わ、わけありで」

「どんなわけ？」

「突っこんでくるね……」

「悪い？」

「……悪くは、ない、けど……」

何だろう。どうして僕はこんなにまごついているのか。思いあたる節はないでもない。

カノンこと裏林観音は高校時代の同級生だ。ミロク堂絡みで今も縁が続いている。友だち、というのとは違うような。必ずしも正確じゃないというか。さりとて、他に適当な言葉があるわけでもない。過去には比較的フランクに会話していた時期もある。

でも、なぜここで頭を抱えていたのか、僕はカノンに説明したくない。

ただ一方で、僕はカノンの性格を多少なりとも知っている。その質問には答えたくない、ノーコメント、あっちへ行け、と言ったらどうなるか、予想はつく。

カノンは確実に食い下がってくる。

僕に興味があるわけじゃない。裏林観音は他人に右を向けと言われたら左を向く。上を向けと言われれば下どころか斜め後ろを向く。天性のへそ曲がりだ。

うまくごまかすしかない。核心にふれることなく、カノンが僕との話を切り上げたくなるように仕向ける。これが今、僕に課されている実際的行動《PA》だ。

「……実は、これから知り合いと会うんだ」

「知り合い」

カノンは鸚鵡《おうむ》返《がえ》しに言って自分の顎をつまむ。丸眼鏡越しの眼差しはやけに鋭い。さながら、目の前の容疑者が真犯人なのか否か見極めようとしている探偵のようだ。

「女でしょ？」

「おん……」

僕は少し迷ってから、苦笑いらしき表情を作った。

「いや？　男だよ」

「女か」

「男だって言ったよ？」

「付き合ってるの？」

「はあっ……？」

「まだか」

「おい、カノン、勝手に――」

「どういう女？」

「や、だからっ！」

「年上？」

「違っ」

「え、年下？」

「そんなわけっ」

「同い年か。あぁ」

カノンは、ふっ、と鼻で笑う。

「同じ予備校？」

「……何だ、きみは？　読心術でも使えるのか？」

「知らなかった？」

「知らなかったよ！　え？　使えるの？　読心術……？」

「安条、わかりやすいから」

「失敬だなっ」

「できたんだ、彼女」

「いやだからっ、そういう関係じゃないって……！」

「これからそういう関係に？」

「……これからも何も」

「そういうつもり、まったくないの？」

「ま、まったくない、とは……」

「付き合う気ないのにデートするんだ、安条のくせに」

「デ、デデ、デートじゃじゃじゃじゃっ──」

「じゃじゃじゃって、若干斬新」

「デデデートとかじゃないっ、ごご飯を……」

「ランチデートでしょ？」

「ただのランチだよ！」

「今回が初めて？」

「やっ……」

「二回目か」

「……本当に心が読めるんじゃないだろうな？」

「読むまでもなく、安条がぺらぺら自分から喋ってるだけ」

「喋ってない！　きみに打ち明ける気はこれっぽっちもなかった！」

「え……」

カノンはうつむいた。肩まで落としている。こんなカノンはなかなか拝めない。

「友だちなのに……」

「やっ……」

僕は逃げだしたくなった。

むろん、そういうわけにもいかない。カノンは間違いなく高校の同級生だし、それっきりという関係でもない。今に至るまで何だかんだやりとりがある。友だちと言えばまあ、友だちだ。

「……そ、そんな、深い意味はなくて。ただ、なんかこう……言いづらいっていうか。僕はその方面に疎かったりするし、カノンもそれは知ってるだろうし、だから、恥ずかしいっていうか……」

「うん」

カノンはうなずいて顔を上げた。明らかに平然としている。

「わかってる」

「……わかって？」

「ところで、安条が会う予定の女って」

カノンは僕じゃなくて僕の左、真横あたりを指さした。

「その人？」

「……その人？」

僕は左を見た。

困ったように、あるいは、なんだか申し訳なさそうに少し首をすくめた乙野さんが、そこに立っていた。

Ø33 ― 耐えられない煮え切らなさ

Indecision chases me

「ああっ……」

僕は瞬間的に凍結してしまう。

いわゆるフリーズ。

これこそがフリーズ。

僕の心境はフリーズというよりプリーズ。お願い。

助けてください。

乙野さんはバッグの持ち手を両手で持って肩を縮め、僕と裏林観音を視界に収めてはいるものの、どうにも直視しづらくて伏し目になっている。そんな様子で、僕が思うにこれは、何というかその、たぶんだけど、誤解されている。ような気がする。

誤解。

誤解？

何を？

どんなふうに？

「どうも」

カノンが頭を下げる。

「裏林カノンです。初めまして」

——って。

なんでだよ。

何、挨拶なんかしちゃってるんだよ。

帰れよ。

立ち去ってくれよ。

カノン、きみは関係ないんだから。たまたま通りすがっただけなんだから。

ああ、だがしかし、フリーズしている僕はプリーズできない。

そもそも、遅い。

カノンはもう挨拶してしまった。手遅れだ。

「ど、どうも」

乙野さんも頭を下げた。

「初めまして。乙野綴です」

カノンは乙野さんを見つめている。じろじろと。ミロク堂で扱う商品を品定めしているときのような目つきだ。ちょっと失礼なんじゃないの。乙野さんは物じゃない。人間だ。

乙野さんはおどおどしている。そうとう困惑していることだろう。

やめろ、カノン。

そう言いたい。

言えるものなら。

でも、まだフリーズ状態が継続中なんだな、これが。

「え、ええと……」

乙野さんが上目遣いでカノンを見る。それから、僕に目を向ける。

「お友だち？　ですか？」

「昔のね」

カノンが答える。

「よく遊んでた。かなり遊んでたかも。ほぼ毎日。昔の話だけど」

乙野さんが下を向く。

「……そう、なんですね」

「た、ただ遊んでただけですよ！」

叫んだのは誰だ。僕か。僕だ。

フリーズ状態が解除されたらしい。というか、何がフリーズ状態だ。そんなものはない。

動こうと思えば動けたはずだし、声だって当然、出そうとすれば出せたはずだ。

「ただただ遊んでただけで、遊ぶっていっても、とくに何をするでもなくツクシノ界隈《かいわい》をぶらついたりとか、ディープゾーンでカノンの兄弟が店を出していて、そこに行ったりだとか……」

「なに焦ってんの？」

カノンが、ふっ、と鼻先で笑う。その笑い方。その癖。よくないぞ。昔からけっこうやるけど。だいたいにおいて、カノンは他人を小馬鹿にしているようなところがある。頭にくるんだよな。

「あ、焦ってないしっ」

「あたし実際、安条とはやったことないし、焦ることないでしょ」

「だから焦ってないし、や、やるとかそういうこと言うなよ！」

「やったって言ってるわけじゃないんだから、べつによくない？」

「いいもんかっ。下品なんだよ、カノンは！」

「セックスは下品じゃないでしょ。体外受精とかじゃなきゃ、セックスしないと人間生まれないし」

「それはそうかもしれないけど……」

「仲、いいんですね」

乙野さんがぽつりと言う。

見ると、乙野さんは、うつ伏せになって上側が膨らんだ半月のような形をしている目を細め、微笑んでいた。

僕は混乱する。なぜ乙野さんは微笑んでいるのだろう。僕の心臓を鷲掴みにして、絹ごし豆腐よりもふにゃふにゃにしてしまうあの微笑には、いったいどんな意味が秘められているのか。

「……怖っ」

カノンが小声で呟いた。僕には聞こえたけれど、おそらく乙野さんの耳には届かなかっただろう。

怖い。

それも僕にはよくわからない。よく、というか、さっぱりだ。

たしかに、乙野さんの微笑は謎めいている。かといって、怖くはない。カノンはどうして恐怖を感じたのか。僕には見当もつかない。

「昔の……高校時代の」

僕はそこで一度、息をつく。慌てるな。何一つやましいところはない。冷静に説明する。

それだけでいい。

「同級生、なんです。僕もカノンも、墓島高校に通っていて。そのときの」

「下の名前で呼ぶくらい、仲よしだった？」

乙野さんがくすっと笑って尋ねる。

「んんやぁっ」

僕はつい慌てふためいて奇声を発してしまう。

「そ、それはその、友だちはみんなカノンって呼んでたし、あたりまえだけど、カノンのお兄ちゃんも裏林なんで、なんかこう、裏林よりはカノンみたいな……」

「お兄さんが、ディープゾーンでお店を——」

乙野さんの顔からふっと微笑が消えた。でも、一瞬で戻ってきた。ただし、その微笑は僕に向けられたものじゃなかった。

「カノンさん」

少々意表を衝かれたのか、カノンは軽く目を瞠ってから、眼鏡のつるの部分を指先でつまんで位置を直した。

「……はい？」

「わたし、安条くんと昼食をとる約束をしていて。十二時半に待ち合わせしていたんですけど、十五分以上早く着いちゃって」

「……ああ、そう。行ってらっしゃい」

カノンは立ち去るつもりだったのだと思う。僕をからかうのは昔からだが、徹底的に邪魔しようとすることはない。たぶん、僕という人間にそこまで関心がないのだろう。暇潰しで僕を玩具《おもちゃ》にしても、すぐに飽きてしまう。

カノンはまったく予想していなかったに違いない。

僕も同じだ。

「よければ、カノンさんもどうですか？」

まさか、乙野さんがそんなことを言いだすなんて。

「……あたし、も？」

カノンは顔を引きつらせた。

「え、でも……」

「きっと楽しいと思うんです。カノンさんから、安条くんのこと、聞きたいですし」

「そんな、わざわざ話すほどのことなんか……」

「カノンさんの服、とてもかわいくて、すてきですね。どこで買ってるんですか？」

「あたしは、だいたいネットで……」

「そういうのも、教えてもらいたいです。あと、安条くん、お仕事の都合で、急に帰らなきゃいけなくなるかもしれないんですって。そうなっても、わたしは平気なんですけど、やっぱりちょっとだけ寂しいかなって」

乙野さん。

ぐいぐい行くね。

あのカノンが、気圧《けお》されている。

そういえば、乙野さんは見かけによらず、けっこう積極的だ。そうじゃなければ、僕はいまだに乙野さんと口もきけていないだろう。

おそらく、乙野さんはカノンに興味を引かれた。カノンは見るからに変わっている人ではあるし。そうなると、乙野さんはまっすぐなのだ。正直というか、素直というか、率直というか。そういう性格なのだろう。

僕はどちらかと言うと、素直ではない。だから乙野さんみたいな人はまぶしく感じるし、少し羨《うらや》ましくもある。いいな、と思う。

「……まあ、ご飯だけなら」

とうとうカノンが折れた。乙野さんに押しきられた恰好だ。

「けど、安条はいいの？　あたしも一緒で」

「あっ」

乙野さんは片手を口に当てて僕を見る。

「ごめんなさい、わたし。安条くんに確かめないで、話を進めちゃって」

「……いや、僕はいいけど」

「本当？」

「うん。乙野さんがいいなら」

「よかった」

乙野さんは胸を押さえてため息をついた。

「一瞬、安条くんに嫌われたら、どうしようって、わたし……」

「き、嫌いになんかっ」

僕はどぎまぎしてしまう。

「ななな、ならないって。お、乙野さんを、嫌いになんか……」

カノンが何かぼそっと言った。はっきりとは聞きとれなかったが、「あざと」とか何とか。

アザト？　何のことだろう。

ともあれ、こうして僕らは三人で昼食をとることになった。

乙野さんの希望だし、僕としてもかまわないのだが、二人きりのほうがよかったという気持ちが微塵もないと言ったら嘘になる。でも、カノンがいてくれて助かった面もなくはなかった。

さて、どこで食べよう、という話になり、僕が悩んで唸りはじめた途端、カノンが案を出した。

「あそこでよくない？　麒麟小路の、端っこの」

「……あそこって、カツカレーの？」

「そ。元祖オモイケ。あたしずっと行ってなくて、久しぶりに食べたい」

「高校時代によく行ったお店ですか？」

乙野さんがにこやかに訊いてくる。

「あぁ、まあ……」

僕は口の周りをさわりながら答える。

「そうなんですけど。僕もしばらく行ってないな。でも、スパイスが効いた、けっこう辛めのカレーで。名物はカツカレーだし……」

「わたし、辛いの大丈夫です。カツカレーも大好きだし」

「じゃ、行こ」

カノンはさっさと歩きだした。昔からこうだ。せっかちというか、即断即決というか。

カノンと知り合ってから、僕は自分に優柔不断な部分があることを知った。

僕が優柔不断でなければ、こんなことにはなっていないと思う。

カノンをさっさと追い払って、二人でランチデートだった。いや、デートとかではないけれど、乙野さんと二人だけでランチを楽しむはずだったのに。

なんてことだ。

Ø34 ― ヘルメットが見つからない
Crazy about his helmet

麒麟小路は、総延長八百メートルに及ぶアーケードとその周辺地域で構成される、東市最大の商店街だ。

アーケードが途切れた先の麒麟小路八丁目、その中ほどの路地を進むと、黄色く塗られた外壁が目に飛びこんでくる。玄関のドアは白塗りだ。ドアの脇に設置された黄色い立て看板には、伝統の味、印度《インド》カレー、元祖オモイケ、と記されている。

実は、東市内にオモイケというカレーショップは数軒ある。この元祖オモイケは、元祖と銘打っているだけあって、最初のオモイケなのだという。

ただ、他のオモイケが、元祖オモイケからのれん分けしたオモイケではないらしいことが、事態を混迷させている。

初代の主池靖剛《おもいけせいごう》が洋食店オモイケを開業したのは、七十年以上前。その後、人気メニューだった印度カレーの専門店に業態を変更。印度カレーのオモイケが誕生した。

しかし、カツカレーが大好評となり、オモイケが全盛期を迎えた矢先、突然の悲劇に見舞われる。

主池靖剛が急病で倒れ、再起不能に陥ったのだ。

病床の主池靖剛に叱咤《しった》激励《げきれい》され、調理を補助していた数名の店員、初代の弟子たちが中心となって、オモイケは営業を継続したものの――

「まずい」
「味が変わった」
「やっぱりマスターじゃなきゃだめだ」
「マスターなきオモイケはオモイケにあらず」
「こんなオモイケなら、いっそのこと閉めたほうがいい」
「オモイケは終わった」

といった具合に、常連客からの評判はさんざんだったようだ。

けれども、そんな逆風にもめげず、印度カレーのオモイケは店を開けつづけた。常連客の多くは潮が引くように寄りつかなくなったが、根気強く通い詰める者もいて、中には初代の弟子たちに有益な助言をもたらす客もいたという。

とくに、初代と同年齢で、毎日のようにオモイケで食事をとっていたある男性客のことは、語り草になっている。

初代が倒れてから一年半後、それまで黙ってカツカレーを食べて帰るだけだった彼は、会計の際、店員に向かって呟《つぶや》いた。

「今日はよかった。カレーもライスもカツも、初代の味がしたよ」

初代の弟子たちが感涙《かんるい》にむせんだことは言うまでもない。

その日から一週間もしないうちに、初代は病院で息を引きとった。享年《きょうねん》六十二歳。早すぎる死だった。

印度カレーのオモイイケは弟子たちの尽力《じんりょく》によって初代の味を取り戻したが、店の権利を引き継いだ初代の妻は飲食店を経営する意思を持たなかった。そこで、弟子の一人が一大決心をし、親兄弟、親戚から借りた金で初代の妻から土地と店舗を譲り受け、印度カレーのオモイケは営業を続けた。ところが——

「大学を卒業後、商社に勤めていた初代の息子が、急に自分がオモイケをやりたいと言いだしたんです」

「ええっ……」

向かいの席で乙野さんが両目を瞠った。まるで超大型娯楽映画の山場でどんでん返しを食らったかのようだ。

乙野さんの隣に座っているカノンは、つまらなそうにどこかそのへんを眺めている。

元祖オモイケには、十人以上が座れる円卓状の大テーブル席と、四人がけのテーブル席が二つ、二人がけの小テーブル席が一つ、それに加えてカウンター席がある。僕ら三人はテーブル席を選んだ。

客の入りは半分程度。ランチのピークタイムにしてはすいている。元祖オモイケは午前十一時から午後七時まで通しで営業していて、僕の記憶では、中途半端な時間に来店しても客がいないということはなかった。回転率が高いので、長蛇《ちょうだ》の列ができることはないものの、れっきとした繁盛《はんじょう》店だ。

ランチタイムだとほぼ満席があたりまえだから、座れるかな、と心配していたのだが、杞憂《きゆう》だった。ちょっと変だと思いはした。でもまあ、こういう日もあるだろう。

「それで？　どうなったの？」

乙野さんがテーブルに肘をついて身を乗り出してくる。何げなく話しはじめた元祖オモイケの来歴に、ここまで食いついてくるとは。

「お店の権利は、お弟子さんに渡ってるんですよね？」

「うん。初代の息子は買い戻そうとしたらしいんだけど――」

交渉の詳しい経緯まではわからない。噂《うわさ》によると、初代の息子は最初からチェーン展開を狙っていたようで、初代の弟子たちとは折り合いがつかなかったようだ。

もっとも、弟子たちの間でも意見の対立があったらしい。のちに弟子の一人は独立し、カレー専門二代オモイケを開店する。また、悶着《もんちゃく》に嫌気が差して引退を宣言した別の弟子からレシピを教わったと称する市立東大学の学生が、Curry&Coffee オモイケを開業したりもしている。

いずれにせよ初代の息子は、印度カレーのオモイケ、という屋号を手に入れることができなかった。それであきらめたのかというと、否だ。

初代の息子は、印度カレー店オモイケを麒麟小路にオープン。初代とはまったく傾向が違う、洋風の食べやすいカレーで話題を集め、市内に二号店、三号店ができると、印度カレー店オモイケと印度カレーのオモイケが混同されるようになった。何しろ一字違いだ。当然だろう。

印度カレー店オモイケのほうは、店内に初代の肖像、オモイケに関する年表を掲示するなどして、積極的に「元祖」を印象づけようとしていた。

もっとも、本当に初代の味を知っている昔馴染みの客からすると、印度カレー店オモイケはどう考えても「元祖」じゃない。言うまでもなく、初代から店と味を受け継いだ印度カレーのオモイケが正真正銘の「元祖」だ。印度カレーのオモイケを継承している初代の弟子こそが、正統な二代目なのだ。必然的に論争が巻き起こった。

正統な二代目に祭り上げられた印度カレーのオモイケ店長は、結局、自分の弟子に店を譲り、勇退する道を選んだ。ここに三代目が生まれた。

三代目は、初代を直接知らないこともあってか、初代の息子にも遠慮がなく、積極的に攻勢を仕掛けた。店名を元祖オモイケに変更、メディアの取材に応じるなどして、さかんに自分の正統性を訴えたのだ。それでいて、レシピとメニューは変えなかった。店の内外装も、補修や塗り直し以外、一切手を加えない保守的な面を強くアピールした。

店名の変更には多少の反発もあったようだが、三代目路線はおおむね支持された。こうして元祖オモイケは、東市カレー界において名実ともに「オモイケの元祖」と目されるようになった。

乙野さんがため息をつく。

「……このお店に、そんな歴史が」

「安条が今した話」

カノンが、ふっ、と鼻で笑う。

「定説ではあるけど、ほんとかどうかはわからない」

「そうなんですか?」

「初代の息子側にも、いろいろ言い分はあるらしいよ」

「カノンさんは、印度カレー店オモイケに行ったことは?」

「あるけど」

「どうでした?」

「まあまあかな」

いやしくも東市カレー界に属する者なら、元祖オモイケと印度カレー店オモイケの食べ比べは経験しておかないといけない。もちろん、僕も食べ比べた。

「そう。まあまあ、なんだよね。まあまあ」

思わず僕は力説してしまう。

「元祖は違うんです。まったく違う。好き嫌いはあるかもしれない。かなりスパイス感が強いので。でも、一度食べたら忘れられない。他にはないカレーなんですよ。いや、単純に、他にはない、と言い切ってしまうと語弊《ごへい》があるかな。ありそうでないカレーなんです。似たカレーはいくらでもある。だけど、飛び抜けてるんです。ガツンときて、病みつきになる。これはもう、この元祖でしか味わえないんですよ」

「長々と気色悪い」

カノンに切って捨てられて、僕はかっとなりそうになる。でも、我慢する。カノンはそういう人間だとわかっているし、我慢できる。それに、つい長広舌《ちょうこうぜつ》をふるってしまったのは事実だ。恥ずかしい。反省しないと。僕は咳払いをする。

「――ともあれ、食べてみてください。そうすれば、わかってもらえると思う」

「楽しみ」

乙野さんが目を輝かせて厨房《ちゅうぼう》のほうに顔を向ける。元祖オモイケの厨房はカウンターでホールと仕切られているのだが、調理している様子は観察可能だ。

「――あれ?」

僕は眉をひそめる。

女性が厨房でカツを揚げている。見覚えがある女性だ。でも、カツを揚げたりはしていなかった。たしかホールスタッフだったはずだ。

「……カノン」

「やっと気づいた？」

カノンはとうに厨房内の変化を認識していたようだ。

僕は念のため、もう一度、厨房をうかがう。やっぱりだ。

「……ヘルメットが見あたらない」

むろん、頭に被る防護用の硬い帽子のことじゃない。厨房にヘルメットを置いているカレー店なんかないとは言いきれないけれど、稀だろう。

僕やカノンは、その特徴的な髪型から、三代目をヘルメットと呼び慣らしていた。髪の毛をヘルメット状に切り整えるとは、なかなかトリッキーだ。断言はできないが、たぶん三代目は被っていた。何を被っていたのか。それは言わせないで欲しい。

「どうかしたの？」

乙野さんが小声で訊く。

僕は動揺していた。営業中の元祖オモイケに、三代目がいないなんて。たとえば、営業時間中、手洗いに行くことくらいはあるに違いない。ただ、僕は三代目ヘルメットがいない厨房を目にしたことはなかった。これが初めてだ。ライスをよそうのはスタッフに任せても、カツは三代目ヘルメットが揚げていた。ライスにカツをのせ、カレーをかけるのも、三代目ヘルメットだった。
「……まさか」
僕は乙野さんにどう答えたらいいかわからずにいた。
悪い予感しかしない。
三代目ヘルメットに何かあったのか。
それとも——

Ø35 ── 思いもよらぬ Suddenly

元祖オモイケ三代目ヘルメットは、いったいどうなってしまったのか。

迂闊にも、僕はヘルメット不在を知ってから気づいた。

フロアスタッフは二人。どちらも女性だ。こぢんまりとした短髪の女性と、髪を脱色している気だるげな目をした女性。元祖オモイケにユニフォームはない。三代目ヘルメット以下、調理補助のスタッフとホールスタッフは、元祖オモイケとプリントされたTシャツをたまに着ていた。色は白だったり、オレンジだったり、ライトブルーだったりした。

今日のフロアスタッフは、二人とも元祖オモイケのロゴがプリントされた黒いTシャツを着ている。それから、黒いエプロン。これもロゴ入りだ。厨房でカツを揚げている女性も同じものを着用していた。お揃いだ。

どうだろう。

昔よりも店内がこざっぱりしているような。

もともと、古いわりには掃除が行き届いていて、汚らしくはなかった。でも、壁に貼られているサイン色紙の数が、いくらか減ったような。

なぜか店内のあちこちに飾られていた、アニメのキャラクターや戦国武将などの立体模型も見あたらない。残っているのはボトルシップだけだ。

「……安条くん？」

乙野さんに声をかけられた。

見ると、乙野さんは心配そうに眉根を寄せている。そんな目で見つめられると、落ちつかない気持ちになってしまう。

「……すみません。ちょっと、その……気になることが」

「気になるっていうか」

カノンは容赦がない。

「代替わりした。そういうことでしょ」

ひょっとして、そうなんじゃないか。僕だってそう感じている。でも、そうだとは思いたくない。考えたくもない。だから、疑惑に留めておきたかった。

カノンは違う。すでに断定している。

「――四代目……だって……？」

あれが？

厨房でカツを揚げている、あの女性が？

もちろん、性別を問題にしているわけじゃない。僕の知る限り、あの女性はホールスタッフだったけれど、もう二年以上前のことだ。その間に厨房入りして修業を積んだのかもしれない。だとしたら、キャリアは二年程度。どうだろう。二年は長いのか。短いのか。料理人の世界のことはわからない。見たところ、四十年配だ。いつも店にいるという印象はなかった。おそらく週に何度か、短時間、元祖オモイケで働いている。家族のある女性。子供もいそうだ。あくまで想像だけれど。あの女性が、四代目？

三代目ヘルメットは五十代、せいぜい六十歳くらいだったはずだ。ヘルメット時代のホール、調理補助のスタッフは全員、あのカツを揚げている女性と同じような年恰好だった。たまにアルバイト募集の張り紙が店内に掲示されていて、時給安っ、と思ったような記憶がある。

久しぶりに訪れた元祖オモイケは、ずいぶん変わっていた。

本当に迂闊だが、僕は今の今までそのことを察知できなかった。

オモイケの常連客はときに、オモイカンを自称する。僕も高校時代は、ひそかにオモイカンの端くれを自任していた。

どこがオモイカンだ。

乙野さんに滔々《とうとう》とオモイケの歴史を語っていた自分が恥ずかしい。僕はオモイカンなんかじゃない。その端くれですらない。

ノーオモイカンだ。

「どんなカツカレーが出てくるのやら」

カノンが、ふっ、と鼻を鳴らす。

「見物《みもの》」

代替わりしたからといって、味が落ちると決まったわけじゃない。

でも、期待より不安のほうが大きい。遥かに大きい、と言ってもいいかもしれない。

正直なところ、不安しかない。

元祖オモイケは終わったんじゃないか。早くもそんな思いが、僕の中で鎌首《かまくび》をもたげている。

「おいしそうな匂いはするけど……」

乙野さんが言う。

たしかに、匂いは元祖オモイケ。あの頃と変わらぬフレーバー。懐かしの香りだ。

僕はうなずく。

「カノン」

「何？」

「期待しよう」

「は？」

「ここは期待してカツカレーを待とう。下を向くのも、後ろを振り返るのも簡単だ。あえて前を向こう」

「……言ってて恥ずかしくない？」

「恥ずかしい」

僕は両手で顔を覆う。顔面がとても熱い。汗ばんでもいる。

「……恥ずかしいけど、時は流れた。状況はこうなった。あのときには戻れない。受け容れて、前に進むしかないじゃないか」

「たかがカツカレーでしょ」

「されどカツカレーだ」

「このお店のカツカレーは――」

乙野さんが呟くように言う。

僕は顔を覆う指の合間から、乙野さんの表情を覗き見した。乙野さんはなんだかちょっと寂しげに、それでも微かな笑みを浮かべていた。

「安条くんとカノンさんにとって、大切な青春の一小節だったんですね……」

そこまで言うと大袈裟かな、という気もしないではない。大袈裟かな、というか、完全に大袈裟だ。

「まあ、食べてみればわかることだし」

カノンが矛《ほこ》を収めた。

そう。食べればわかる。二年以上ご無沙汰《ぶさた》でも、元祖オモイケの味は忘れていない。あの強烈なスパイス感。浮遊感にも似た高揚感。他のオモイケでは決してえられない。元祖オモイケが元祖たるゆえんだ。

「だけど、どうして二人とも、しばらく来ていなかったの？」

乙野さんは何げなく口にしたのだろう。とくに含むところはない。ただ純粋に、ふと疑問に思った。そういう口ぶり、そんな顔つきだった。

その問いには明確な答えがある。

けれども、言葉にするのは躊躇《ちゅうちょ》してしまう。僕だけじゃない。カノンも同じだろう。元祖オモイケには、当時の遊び仲間たちと一緒に何度も訪れた。

田戸中。浜西。靴本。

三人ともこの世にいない。

沈黙が不自然な長さになる寸前だった。客が一人、元祖オモイケに入ってきた。

僕はちらりとその客を見た。女性か。若い女性。元祖オモイケではめずらしい。スポーティーというか、そのままランニングできそうな服装だ。黒いマスクをつけ、帽子を被っている。顔はよくわからない。

女性客はカウンター席に座った。

何だろう。

僕はもう一度、女性客を横目で見た。こちらに背を向けている。ホールスタッフが水を持って近づいていった。

「ありがとございまーす」

女性客がそう応じた瞬間、横顔が見えた。マスクを顎の下までずらしていたので、今度は顔の造作をいくらか確認できた。日本人離れしていて、色が白い。それと、八重歯《やえば》が目立っていた。

さっきの声。

僕は、あの女性客を知っている――のか？

カノンが怪訝そうにしている。乙野さんも不審に思っているようだ。

僕は、いや、なんでもない、というふうに首を振ってみせる。内心、なんでもなくはない。あの顔立ち。身長は百六十センチといったところだろう。低くはないが、とくに高くもない。ただ、体型は特徴的だ。いわゆる胴長寸胴《ずんどう》の日本人体型じゃない。八重歯。あれは八重歯だったのか。尖っていた。八重歯には別の言い方がある。鬼歯、という。

僕は水を飲んだ。

乙野さんとカノンは、明らかに僕の挙動を奇異に感じている。しょうがない。実際、僕は平静じゃない。平静を装いたいが、そのためには会話しないといけない。声を出すことになる。そうしたら、あの女性客はきっと気づく。ここにいるのが、僕だと。

僕の予想が正しければ、あの女性客は僕を知っている。僕らは面識があるし、ただの知り合いじゃない。ある意味、お互いかなりよく知っている。

僕はまた水を飲む。

いい度胸じゃないか。あの容姿なら人混みに紛れることはできるだろう。そうはいっても、麒麟小路でランチとは。

やつは僕に気づいていない。それはまず間違いない。

気づいたら、やつはどう出るだろう。襲いかかってくるか。それはないと思う。そうしたくても、さすがにこの時間帯、この場所では仕掛けてこないはずだ。

やつは逃げる。僕はどうする？

当然、追う。知らんぷりはできない。

やつは人間のふりをしているようだけれど、違う。人間じゃない。人外だ。

僕の家族を、母を、桜井先生を、他にも大勢を殺した、鬼。

由布《ゆふ》鷹正《たかまさ》。

その妹。

あれは、由布郎女《いらつめ》だ。

Ø36 ― 変わりゆくものたちへ Nothing remains without change

今、声を出すわけにはいかない。

僕は沈黙を貫いている。

向かいの乙野さんも、その隣のカノンも、口を閉ざしている。

不自然。そう。たしかに不自然だ。若い三人の男女が飲食店でテーブルを囲んで、それぞれスマホを弄っているでもなく、黙りこくっている。奇妙と言えば奇妙だし、異様と言えば異様だ。

スマホ。スマホか。そうだ。それぞれスマホをさわっているのであれば、そんなにおかしくはない。僕はスマホを取り出そうとして、思いとどまる。いやいやいや。

いきなり喋らなくなって、スマホを弄りだす。どんな人間だよ。感じが悪すぎる。もはや怖い。ヤバイやつだ。カノンはともかく、乙野さんにそんなふうに思われるのは耐えられない。

あまり長々と、ただ黙っているのはまずいだろう。窮余《きゅうよ》の一策として、僕はジェスチャーで二人に事情を伝えることにした。

まずは両手で目の前の空気を押すようにする。それから自分の口を指差し、さらに口の前で左右の人差し指を交差させた。

（聞いて欲しいんだけど、声、だめ、話せない）

　カノンは顔をしかめ、乙野さんは首を傾げてみせる。伝わっている気はしない。でも、僕が何か言おうとしていることは理解してくれたようだ。

（だから、声を出せない、理由があって、あの、あそこの席、あの客が……）

　カノンが声を出さずに口を動かす。

（元カノ？）

（違うよ！）

（わかってる。安条に彼女がいたことはない）

（言うことないだろ！）

（言ってはいない。声出してないでしょ）

（あの）

　乙野さんがぐっと身を乗り出して、はっきりと口を動かす。声が聞こえたかのように錯覚するほど、わかりやすい。

（あの女の人が、どうかしたの？）

（……詳しくは説明できないんだけど。仕事の関係で……）

（ここでは、会いたくない？）

(まあ……そうですね)

(安条くんが、ここにいることを、あの人に、気づかれたくないの?)

僕は二度、うなずいてみせる。

乙野さんは胸のあたりで小さくオーケーサインを作ってみせると、隣のカノンに何か耳打ちした。

「そういえば、その服のブランドって――」

乙野さんが質問し、それにカノンが答える形で、二人が会話しはじめた。

僕たち三人とも押し黙っていたら妙だ。でも、そのうちの女性二人が何か話していれば、とくに変じゃない。乙野さんのナイスアシストだ。彼女は機転が利く。ありがたい。

僕はスマホを出して、素早く植田アリストートルにメッセージを送った。

由布郎女は僕らを、というか、あの鬼が兄の仇と見なしている逆白波アロヲ、それから猫又、あとは僕に何度も襲いかかってきた。当然、僕たち七十六浄化班の標的だ。調査班が常に行方を追っている。それでも、なかなか尻尾を掴むことができない。鬼は人間社会に溶け込みやすいし、由布郎女は徒党を組んでおらず、基本的に単独で行動しているようだ。そのせいだろうか。まあ、鬼がふらっと麒麟小路のカレー店に入って昼飯を食べるような暮らしをしていたら、意外と見つからないものなのかもしれない。

今日、元祖オモイケを訪れたのが運の尽きだ。

すぐにアリスこと植田さんからレスポンスがあった。

了解

以上。それだけだ。

植田さんは、ただちに由布郎女の所在地を七十六浄化班及び調査班に共有するだろう。龍ヶ迫は動けるのかどうか。猫又は大丈夫のはずだ。それから、静歌さんも。

そうか。静歌さんも来るのか。おそらく来るだろう。我が七十六浄化班は現在、人手不足だ。僕は非武装で、ここから動けない。由布郎女の監視を続けないと。猫又は戦力にはならない。仮に戦闘になった場合、あてにできるのは静歌さんだけだ。

乙野さんがいて、カノンがいて、静歌さんまで。

何なんだ、この組み合わせは。

しょうがない。成り行きだ。意図したわけじゃない。あたりまえじゃないか。意図するわけがない。この三人はばらばらであって欲しい。決して交わるべきじゃない。どうして、と訊かれると困るのだが、何だろう、カテゴリーが別というか。しょうがないんだけど。たまたまこういうことになってしまったわけで。

しいて言うなら、由布郎女のせいだ。

あの鬼は本当によくない。祟《たた》られているのか。あの鬼が僕を祟っている？　鬼だけに。鬼にその手の超常的な能力はないはずなんだけど。

「お待たせしましたぁ」

ホールスタッフがカツカレーを持ってきた。まずは二人分だ。

郎女がこっちをチラ見して、危うく目が合いかけた。僕が下を向いている間に、ホールスタッフがもう一つカツカレーを運んできて、テーブルに置いた。

「注文ぜんぶお揃いですかぁ？」

「はい、ありがとうございます」

乙野さんがホールスタッフに笑いかける。誰に対しても礼儀正しく、にこやかで、いい子だな、と思う。いい子、なんて思うのはおこがましい。すばらしい人柄だ。

郎女が気になる。でも、あの鬼も食べ終えるまではいなくなったりしないはずだ。

僕はカツカレーを凝視する。

大盛りの大カツカレーだと、カレーが別にソースポットに入れられて出てくる。カツカレーはワンプレートだ。ライスの上にカツが載せられ、カレーが注がれている。見たところ、昔のままだ。そもそも、元祖オモイケのカツカレー、外観にはさしたる特徴がない。カツがずいぶん薄いくらいだろうか。カレーの色もいわゆるカレー色だ。

僕は上体を屈めてカツカレーに鼻を近づける。思わず唸り声を発しそうになった。

スパイシー。

レシピを知らないので断言することはできないけれど、たぶんコショウがそうとう多く使われている。鼻腔を通り抜けた香りが脳に達して、頭蓋ごと急上昇させるような、ちょっとこれ非合法的なモノでも入ってるんじゃないのと怪しみたくなる、独特な感覚だ。口腔内に大量の唾液が分泌《ぶんぴつ》されている。もう洪水寸前だ。

「……匂いはそれっぽい」

カノンも一嗅ぎして、そんな感想を漏らした。

「わぁ、いい匂い！」

乙野さんは早くもテンションが高くなっている。そうそう。そうなんだよ。上がるんだよ、テンションが。その次の段階は、多幸感。ただカツカレーを食べただけとは思えないくらいハッピーになってしまい、何でも許せるような気分になる。それが元祖オモイケのカツカレーだ。

「じゃあ」

カノンはスプーンを持った。フォークも用意されているが、すごく薄くてサックサクのカツもスプーンにのっけて食べるのが、この店における一般的なスタイルだ。僕もスプーンを手にした。

カノンと目を見合わせ、うなずき合う。

乙野さんもすでにスプーンを持っているけれど、僕たちのファーストアタックを待つ構えだ。

「いただきます」

カノンが言う。

僕も心の中で、いただきます、と唱える。

一口目からカツごといくか？

いっちゃう？

迷ったが、まずはカレーとライスだけにしておこう。

すくって、口に入れる。

「……ぁぁっ……――」

あかん。

よく知りもしない関西弁が浮かぶくらい、あきまへん。

あと、声を出してしまった。まずい。郎女を一瞥する。こっちをうかがっている様子はなかった。大丈夫だろうか。僕は大丈夫じゃない。問題ありだ。大ありだよ。だよね。

カノンも首を横に振っている。

違う。

これ、違うわ。

元祖オモイケのカレーじゃない。

正確に言えば、スパイスの配合は同じか、ほぼ変わらない。でもね。それだけじゃないから。種類と分量さえ合っていればいい。そんな簡単なものじゃないから。いや、僕は料理をしないからわからないけど、きっとそういうものなんだよ。

一言でいえば、粉っぽい。

多種多様なスパイスが一体化しておらず、分離してしまっている。これではハッピーになんかなれない。むしろ、悲しくなってきた。

僕たちの元祖オモイケが、あのカツカレーが、失われたのか？

この世から消え去った？

二度と味わうことはできないのか……？

カレーだけじゃない。ライスもいただけない。元祖オモイケのライスは普通とは少し違っていた。米の種類なのか炊き方なのか。とにかく、この店のカレーとの相性が抜群だった。それなのに、三代目ヘルメット亡き今、いや、亡くなったわけじゃないのかもしれないが、現状のライスはどうだ。ただのライス。べつにまずくはない。でも、ありきたりだ。これは元祖オモイケのライスじゃない。

僕は二口、三口とカツカレーを食する。カノンはスプーンを置いてしまったが、僕は出されたものは残さず食べる主義だ。乙野さんも食べ進めている。まあ、こんなものかな、というような表情だ。ですよね。僕も同感。

まずくて食べられないというほどじゃない。

でも、とりたてておいしくはない。

粉っぽさは、食べているうちにさほど気にならなくなってきたが、慣れただけだ。

これは、失敗だ。

もし失敗していないとしたら、もっと寂しい。アフター三代目元祖オモイケの、これが完全な形だとしたら。

あえて言おう。

もう元祖オモイケを名乗って欲しくない。

むろん、僕の勝手な思いだ。そんなことを言う権利はないわけだが、それが偽らざる本音だ。僕が関西人なら、なんでこんなんなってもうてんねーん、と叫ぶところだ。チョップで強めのツッコミを入れるところだ。ドロップキックくらいかましたいところだ。

「おねえさーん」

——と。

郎女が、ホールスタッフに呼びかけたのか。

「はーい」

ホールスタッフが小走りに郎女の席へと向かう。郎女もカツカレーを頼んで、まだ完食していないようだ。というか、半分も食べていない。

郎女は千円札をカウンターに置いた。

「もう食べらんない。まずくて。お釣りはいらないから」

「えっ……」

絶句するホールスタッフを尻目に、郎女は席を立った。

痛快だ。

一瞬、そう思ってしまった。あれは僕がやりたかったことだ。けれども、あそこまではできない。なぜできないのか。僕と郎女との違いは。僕は人間で、郎女は人外だ。違いはそこなのか。

郎女は店を出る間際、僕のほうを見た。ずらしていた黒いマスクで顔の下半分を覆っている。でも、ニヤッと笑ったような気がした。

郎女が扉を開けて出てゆく。扉が閉まるのとほぼ同時に、僕は立ち上がった。

「――あいつ……！」

財布から千円札を三枚抜いて、テーブルに置く。

「ごめん！　行かなきゃ！」

「……行くって？」

乙野さんは呆然としている。カノンはそうでもなさそうだ。

「本当にごめん！　あとで連絡するから！」

僕は元祖オモイケを飛びだした。

Ø37 — 罠と罠 Get stuck

元祖オモイケは路地を十メートルほど入ったところにある。路地に由布郎女の姿はない。僕は路地を走り抜ける。通りに出た。麒麟小路一丁目から七丁目まではアーケードだ。この麒麟小路八丁目には屋根がない。右に進めば七丁目。麒麟小路は八丁目までだ。左に進むと麒麟小路から出ることになる。

いた。七丁目方向だ。こちらに背を向けているが、間違いない。郎女だ。駆け足で横断歩道を渡ろうとしている。

僕は郎女を追う。もうすぐ郎女が横断歩道を渡りきる。歩行者信号は点滅中だ。赤に変わった。

車が行き交いだす。

郎女が振り向く。黒いマスクをずらし、牙を覗かせて笑ってみせる。

「……鬼め！」

僕も横断歩道を渡って郎女に追いつきたい。でも、車が行き交っている。信号が変わった直後で、切れ目がない。車に急ブレーキをかけさせてでも押し渡るべきか。

大きなトラックが走ってきて、郎女が見えなくなった。

トラックが走りすぎると、いない。

郎女が消えた。

「――あいつ、どこに行った!?」

一瞬、車が途切れた。僕はその隙に横断歩道を駆け渡る。何台かの車がクラクションを鳴らした。知ったことか。

アーケードの麒麟小路七丁目に郎女の姿は見あたらない。どこかの店に入ったのか。捜せるだろうか。僕一人で、一軒一軒確かめる。現実的じゃない。普通に考えれば無理だ。

僕が郎女を見つけるのは難しい。あの鬼はずっと僕らの追跡から逃れてきた。身を隠すのがうまい。得意技だ。

ただ、どうだろう。郎女はもともと僕を狙っている。あの反応からして、郎女は偶然、僕と出くわした。人目につきすぎる場所だから、とりあえず逃げた。もしそうじゃなかったとしたら?

僕はアーケードに入らず、右方向に進んだ。このまま十分かそこら歩けばツクシノ歓楽街だ。しきりと周囲に視線を配って、いかにも郎女を捜している、というふうに。足どりは遅くても速すぎてもよくない。

僕の読みでは、郎女はどこかで僕を見ている。

さっきまで僕は追う側で、郎女は追われる側だった。今は違う。僕が郎女を見失った時点で立場が変わった。

僕らの出会いは偶然だ。僕らはお互い何の準備もしていない。郎女は馬鹿じゃないから、僕が仲間を呼んだことは見越しているだろう。でも、僕がろくに武装していないことも、たぶん知っている。郎女はどうなのか。バッグを持っていた。きっと愛用の剣鉈くらいは持ち歩いているに違いない。

ひとけのない場所で、僕が一人になる。郎女にとって、これは絶好のチャンスだ。おそらく郎女はそう判断する。

僕は郎女を捜しているふりをしながら、ツクシノ歓楽街方面へと向かう。

植田さんからメッセージが来た。あと五分で現着する予定らしい。植田さんは僕の現在地を把握して移動している。正確には、僕のスマホの位置を。

僕は植田さんに短いメッセージを三連続で送った。鬼をロスト。捜索中。鬼を釣る。植田さんから即レス。了解。

ツクシノ歓楽街は夕方から人出が増えて、夜には混雑する。ツクシノに向かうこの一帯も、夜営業の飲食店が入ったビルが多い。人通りの傾向はツクシノとだいたい同じだ。通行人は少ない。ちらほらだ。車通りはそれなりにある。

一本、中に入ると、さらに人通りが減った。車はほとんど通らない。

僕は立ち止まる。スマホを見た。あたりを見回す。

どこだ、郎女。どこにいる。

僕を見ているんだろう？

きっと郎女は、どこかに潜んで僕の動向をうかがっている。

暴発するように行き当たりばったりで派手な事件を起こした兄と違って、郎女は粘り強い。粘着質だ。攻めるときは大胆だが、それまでは用心深い。形勢が不利だと判断したらすぐに退《ひ》く。厄介な獲物だ。

僕はスマホを手にしたまま、脇道に入る。日が当たらず薄暗い。この道はビルの側面と側面の間を通る。ビルの出入口は一つもない。道幅は車と車がぎりぎりすれ違える程度だ。どちらかが大型車なら厳しいかもしれない。今、この脇道を歩いているのは僕だけだ。他には誰もいない。

僕は脇道を進みながら一度、深呼吸をする。スマホをしまう。

来た方向、真後ろで何か音がした。僕の心臓が跳ね上がる。

振り返ったら、やられる。勘に従え。僕は横っ跳びする。

まさに一瞬前、僕の頭があった場所を、郎女の剣鉈が薙《な》ぎ払う。

僕はビルの外壁に体当たりをする恰好になった。とっさに体を回転させて、外壁を背にする。

郎女が襲いかかってくる。剣鉈は一挺だけか。右手に持った剣鉈で斬りつけてくる。

見て、反応して、躱せる斬撃じゃない。僕は自分自身をどろりと溶かす。もちろん、あくまでもイメージだ。僕は泥になる。いや、もっとやわらかいもの。何かゲル状の。それは軽い。とても軽くて、ちょっとした空気の動きに押されて変形する。

郎女の剣鉈が迫ってくると、僕は変形して剣鉈から逃れる。するりするりと。

でも、僕は本当に変形できるわけじゃない。ゲル状でもない。軽くもない。おかげでイメージどおりにはいかない。僕は躱しきれない。

郎女の剣鉈が、僕の衣服を掠めて斬り裂く。斬られた僕の髪の毛が、ぱらぱらと舞う。左頬がざっくりと斬れる。浅い傷じゃない。あとで縫わないといけないだろう。あとがあれば。

僕はなんとか外壁に追いつめられないように移動しつつ、郎女の攻撃をしのいでいる。しかし、だんだんと郎女の剣鉈は僕を捉えはじめている。

郎女は黙々と、着実に、僕を攻めたてる。

少しずつ、僕は押されている。

郎女は冷静で、僕もそうだ。

僕は理解している。はっきりと。逆転の目はない。このまま攻められつづけたら、僕は負ける。一矢報《いっしむく》いることすら不可能だ。

これでいい。郎女はもうすぐ僕を殺せる。

時間の問題だ。

その時間こそが問題だ。

郎女の剣鉈が僕の首を刎ね飛ばそうとする。僕はかろうじてよける。よけたつもりが、剣鉈の刃先が首の右側面を傷つける。太い血管までは達しなかったか。だけど危なかった。将棋なら王手が近づいている。いや、王手は何度もかけられている。間もなく詰む。

「女を二人も連れて」

郎女がいったん距離をとって口を開くなんて、思ってもみなかった。

「いい身分だね、腐れ外道《げどう》が」

「……人外に外道呼ばわりされる覚えはない」

僕は思わず首の傷をさわった。なかなかの出血だ。ここも縫わないといけないだろう。

「調子に乗って人間の言葉をほざくな。黙って死ね、鬼め」

「いいこと思いついたんだよ」

郎女が笑う。

この鬼は、帽子で隠している角や牙さえなければ、雑誌モデルみたいな容姿の持ち主だ。鬼だということは間違いないけれど、本当にあの由布鷹正の妹なのか。似ても似つかない。案外、兄妹だと信じこんでいるだけなんじゃないのか。いや。

——いいこと思いついた。

聞き覚えがある。

あいつだ。

由布鷹正。

十歳の僕に、ママか、桜井先生か、どっちか選べと言ってきた。

あのときの台詞だ。

「覚えたから」

郎女が笑みを浮かべたまま言う。

「あの女たち。二人とも」

「……何？」

「どうせ、もう仲間が来るんだろ。じゃ、またね」

郎女は踵を返した。

走りだすと、鬼の身体能力で瞬時にトップスピードに乗る。

「おい！　おまえ……！」

無駄だとわかっていて、僕は郎女を追いかけようとする。でも、これがむしろ郎女の罠で、誘いなんじゃないか。ここから動かなければ、本当にもう間もなく植田さんの指揮車が到着するだろう。ただ、僕が郎女を追跡して動いてしまったら、僕のスマホの位置情報をチェックしている植田さんは、目的地を変更する。結果、指揮車との合流がいくらか遅れるかもしれない。その間に郎女は反転して、僕を仕留めるつもりなんじゃないか。

あと三十秒くらいあれば、郎女はたぶん僕を殺せる。今の僕だと、一分はもたない。

四十五秒も厳しい。

僕は脇道に立ち尽くしている。

郎女の姿はとうに見えない。

車の音が聞こえてきた。あのエンジン音。指揮車だろう。

いいこと思いついた。いいこと。郎女は何を思いついたのか。

二人を、つまり、乙野さんとカノンを覚えた、と言っていた。

それはつまり、どういうことなのか。

当然、いいことなんかじゃない。悪いことだ。とびきり邪悪な企みだろう。そうに決まっている。

やっぱり兄妹だ。あの由布鷹正の妹。

由布郎女。

やつは鬼なんだから。

Ø38　ゆかり／つながり／えにし

――Coming alert

「そういえば、また体重増えちゃってさ」

福羅《ふくら》医師はそんなことを話しながら、手早く僕の傷を縫ってゆく。鮮やかな手並みだ。

「私、今、何キロあると思う？　百十七だよ。百十七。まあマックスには届かないけど。百三十までいったからね。最高。でも太れるっていうのも才能だよね。才能に恵まれてないと病気になっちゃうからね。糖尿とかいろいろ。安条くんは無理だね。太ると病気になって若死にするタイプだと思うわ。はい、終了」

「……ありがとうございました」

「だけど、私的にベストは百十三キロなんだよね。経験上」

福羅医師は縫合した傷の上に被覆材《ひふくざい》を貼ってガーゼを当てがい、テープで固定した。

「それくらいが一番動ける」

「そうなんですね」

「百十三で一番動けるんかーいってツッコみなさいよ、そこは」

「人それぞれでしょうし」

「まあそうだけど」

「ありがとうございました」

僕は丁重に礼を言って、処置室をあとにした。

両愛会《りょうあいかい》病院は基幹医療施設で、とくに消化器系の癌《がん》や脊髄損傷、心筋梗塞の治療には定評がある。公表されていないが、人類保存委員会《HPC》と提携しているので、僕ら浄化班は何かと世話になることが多い。福羅医師は僻地《へきち》医療や国境なき医師団に関わった経験を持つ心臓外科医で、研究者としての実績も高く評価されているようだ。病院内の外来から離れた場所にあるこの処置室で、よく僕らを治療してくれる。

廊下に出ると、ベンチに静歌さんが座っていた。

「えっ……」

僕は面食らった。

病院までは植田アリストートルが運転する指揮車で送ってもらった。指揮車には猫又と静歌さんが乗っていた。でも、僕を置いてみんな帰ったのだろう。てっきりそう思いこんでいた。

静歌さんは龍ヶ迫のように脚を組まない。背筋をぴんと伸ばし、心持ち顎を引いて、膝の上に手を置いている。張りつめているようで、体のどこにも余分な力が入っていない。完全に静止しているが、すぐさま動きだせる。美しい姿勢だ。

静歌さんはちらりと僕を見てから、自分の隣を視線で示した。そこに座れ、ということらしい。

なぜ、と訊いたところで、静歌さんは答えないだろう。スマホを使うなどの方法で説明することはできるはずだけれど、静歌さんはそうしない。

僕は静歌さんの隣に腰を下ろした。

そのうち処置室から福羅医師が出てきた。

「お疲れ」

とだけ言って、僕らの前を通りすぎてゆく。身長百六十センチ程度で百十七キロもあるとは思えない、なめらかな足どりだ。

スマホを見たい。でも、何かスマホなんか見てはいけないような空気だ。

そんなことはないのかもしれない。静歌さんはべつに、僕がスマホを出したからといって気を悪くしたりはしないだろう。

たぶん、どうでもいい。

静歌さんはそこまで僕に関心がないと思う。

それなのに、僕は静歌さんに倣《なら》って正しい姿勢を保ち、じっとしている。

「……厄介なことになりました」

とうとう僕は沈黙に耐えきれなくなった。

「裏林カノンのことは、静歌さんも知ってますよね。彼女の兄が駿河梟介事件の関係者だから。僕の、高校時代の同級生です。それから、乙野さんは同じ予備校に通ってるんですけど。たまたま食事をしに行って。そこで、由布郎女に。あの鬼は、本気かどうかわかりませんけど、カノンと乙野さんを狙うようなことを言ってきました。……指揮車で話したから、もう知ってますよね。厄介だな。一般人が巻きこまれると。僕のミスですね。迂闊だったんだ。……非常勤は限界だな。ろくに勉強してないし。どうせ大学受験なんて、もうとっくにあきらめてるんだ。あきらめるっていうか、進学するつもりなんて最初からそんなになかったし。予備校、辞めちゃったほうがいいですよね。常勤になるべきなんだ。仕事に専念したほうがいい。いつかはそうしなきゃいけないんだから。なんとなく、ずるずる引き延ばしてたんですけど。僕も腹を決めないと。とっくに決まってるんですけど。他に道なんかないし。いい機会なのかもしれないな」

横目で静歌さんを見る。

静歌さんは微動だにしない。いや、今、まばたきをした。変化といえばそれくらいだ。

僕はふたたび口をつぐむ。

スマホが鳴動した。メッセージの着信だ。ほぼ同時に、静歌さんのスマホも鳴った。

僕らはスマホを取り出した。メッセージを確認しようとしたら、ハイヒールが床を叩く音が聞こえてきた。誰かが廊下を歩いてくる。

見ると、赤いコートを着た龍ヶ迫だった。

「お疲れさまです」

僕は頭を下げてから、スマホに目を落とそうとした。

「もう聞いた？」

龍ヶ迫はだいぶ苛立っているようで、声音がずいぶん刺々《とげとげ》しい。

僕はスマホを握ったまま、また龍ヶ迫に目を向けた。

「何をです？」

「まだ公表されてないけど、警察から回ってきた情報よ」

龍ヶ迫は僕と静歌さんの間くらいのところで足を止めた。険しい顔で腕組みをして、唇の端を軽く噛む。

「脱獄したらしいわ」

「……脱獄？」

「死刑囚の脱獄はきわめて異例だから、すぐ大騒ぎになるでしょうね」

「死刑囚って……」

僕たち浄化班は人外を駆除するための組織だ。人外に基本的人権はない。人間ではないのだから当然だ。動物愛護法の対象にもならない。誰かの所有物とも見なされない。人間が人外を殺害しても罪には問われない。人外が裁判を受けて刑罰を受けることもない。

浄化班の班長である龍ヶ迫が、死刑囚のことを、脱獄したとはいえ、わざわざ話題にした。これはよほど稀で、例外的なケースだ。

　思いあたるのは、一人しかない。

「……駿河、梟介？」

「他にいる？」

　龍ヶ迫は首を曲げて一つ息をついた。

「次から次へと。どうなっているのかしら」

「駿河……あの男が……――」

　ツクシノ歓楽街のディ《D》ープゾ《Z》ーンで、僕の遊び仲間だった田戸中、浜西、靴本を含む二十八名が死亡し、六十三名が重軽傷を負った。僕と裏林弥勒も重軽傷者の中に入っている。逮捕された駿河梟介は、銃火器どころか包丁一本持っていなかった。どうやって大勢を殺傷したのか。

　妖魔だ。

　その一部は、いわゆるCryptid、未確認動物、幻獣と見なされている。ここ百年で絶滅した種も少なくない。稀少生物の常として、発見、捕獲されると、高額で取引される。

　駿河梟介はそうした妖魔を飼い馴らしていたようだ。

　ようだ、としか言えない。

　田戸中たちを殺してＤＺをめちゃくちゃにしたのは、頭が三つもあって特異な尾を持つ犬と、双頭犬だった。どちらもアムールトラ並みの体格で、その特徴からケルベロス、オルトロスと称される妖魔だ。近代以降、野生の確認例はないが、かつてはアフリカとユーラシア大陸の限られた地域に棲息していたとされている。

ケルベロスとオルトロスは、兎神夕轟率いる三十四浄化班に駆除された。しかし、これほどまでに大型の妖魔が、自ら都市部に入りこんで暴れる。考えづらい事態だ。三十四浄化班は現場で不審な男を発見。男は逃走を図ったが、追いつめられると抵抗せずにあっさり投降した。

男は駿河梟介と名乗ったが、それ以外は黙秘した。過激な環境保護団体アーシアンズとの関係が疑われている。アーシアンズ側はこれを否定しているが、まず間違いないというのがＨＰＣの見立てのようだ。

「……それは……やっぱり、アーシアンズが？」

「今のところは不明よ。看守数名が死傷したみたいだけど、詳しいことまではわかっていないわ。まだ第一報が入ってきた段階だから」

僕はスマホで受信したメッセージを確認した。植田さんからの緊急通知だった。通知の内容はサーバにアクセスしないと見られない。アクセスしてみたら、駿河梟介脱獄の件だった。

龍ヶ迫はヒールで床を軽く蹴った。

「安条くんは安条くんで、厄介事を増やしてくれたみたいだし」

「……すみません」

「年頃だし、女の子と遊ぶのも結構だけど」

「いや、そういうんじゃ……」

ない、と言いきれるだろうか。

僕は乙野さんと二人でランチを楽しもうとしていた。誘ってもらったから。自分からは誘えなかった。どちらにしても、乙野さんと会ったりしなければ、こんなことにはならなかった。

僕のせいで、乙野さんは今後、鬼に命を狙われるかもしれない。

カノンだって、腐れ縁みたいなものだけれど、数少ない友人の一人と言えなくもないわけだし、僕の過失で危ない目に遭わせるのは心苦しい。

「裏林観音と乙野綴は保護対象ね。調査班に二十四時間、監視してもらうわ」

「……はい。ありがとうございます」

「乙野ってめずらしい名字ね」

龍ヶ迫はそれから小声で何か言った。イヤホンをしていて、スマホを音声で操作したのだろう。誰かに電話でもかけたのか。

「わたしよ。乙野って……ええ。そう。ああ、やっぱり。わかったわ。ええ」

龍ヶ迫はハイヒールの先で僕の脛《すね》を小突いた。

「安条くん」

「……痛いですって」

「乙野綴」

「だから、何なんですか」

「乙野教授の娘さんじゃない。偶然なの？」

「……偶、然――」

僕は目を伏せ、手で口の周りをさわる。

「だと、思いますけど。……僕も、双首村で乙野教授に会ったとき、あれ？　とは……」

「奇縁ね」

龍ヶ迫は肩をすくめた。

その直後、手の中でスマホが鳴ったので、僕はびくっとしてしまった。つい、発信者を確認しないで電話に出た。

「はい、もしもし……」

『安条』

「……カノン？」

僕はベンチから立ち上がった。龍ヶ迫と静歌さんに目礼して、二人から離れる。

「……何だよ。電話なんて」

『あんなふうにいなくなって、何だよはないでしょ』

「……ごめん」

『大丈夫なの？』

「うん……」

乙野さんには何も話せない。でも、カノンには多少説明しておいたほうがいいかもしれない。だとしても、今は無理だ。

「まあ、とりあえずは」

『そう』

「うん」

『いいけど』

カノンは少し間を置いてから言う。

『あの乙野って女』

「……僕が店を出たあと、どうした？」

『ちょっと話して、別れた』

「そっか」

『あの女』

「うん」

『駿河梟介事件のこと、知ってる』

「……は？」

『あたしが関係者だって。それからたぶん、安条が被害者だってことも』

「……それは」

『どうやってあの女と知り合ったの？』

「どう……って」

『安条が声かけたとは思えない。できないでしょ』

「……できない、けど」

『あの女のほうから接近してきた？』

「……まあ」

『安条なのに？』

「そんな言い方……」

『それだけ』

カノンは電話を切った。

「……おい」

文句を言おうにも、すでにカノンとの通話は終了している。

僕はスマホをしまって振り向いた。

いないし。

静歌さんも、龍ヶ迫も。

「何なんだよ……」

Ø39 —— 人間の屑
Scam luiz

シャワーを浴びたあと、ぬちこに食べ物を与えていたら、ダイニングキッチンのテーブルの上でスマホが鳴動した。

見ると、乙野さんからのメッセージだった。

今　話せますか?

時刻は二十時四十五分。僕はスマホを握ったまま、ぬちこのケージ前に移動する。パイプ椅子に座って、ぬちこを見る。ぬちこも銀色の瞳でこっちをじっと見ている。なんだか僕を心配しているようでもある。

僕はテレビをつける。床に直置きしているので見やすくはない。でも、見えなくはない。チャンネルはNHKだ。ニュースの時間だった。アナウンサーが例のニュースについて喋っている。死刑囚の脱獄。周辺の住民が不安な夜を迎えようとしている。駿河梟介。

――あの女、駿河梟介事件のこと、知ってる。

カノンの言葉が頭から離れない。

だからどうした、と考えてみる。

駿河梟介事件はそれなりに報道された。当時の記事なども残っているだろう。死亡した者については氏名や年齢も公表された。

負傷者はどうか。新聞、テレビ、週刊誌などに、少なくとも僕や裏林弥勒の名は掲載されなかった。僕はそう記憶している。でも、わからない。調べれば、名前くらいは出てくるかもしれない。

人類保存委員会《HPC》に加盟している国では、人外が絡む情報は密かに検閲《けんえつ》され、逐次《ちくじ》削除される。僕はそのへんの仕組みを詳しく知っているわけじゃないが、そうした検閲に反対する声すらもかき消されるらしい。HPC非加盟国の非難も、HPC加盟国には届かない。どのみち先進国の大半はHPCに加盟しているので、非加盟国の影響力は大きくない。おおよそ無視しうる。

もっとも、ダークウェブやミスト系と称される、特定のツールを使わないとアクセスできないネットワーク上では、人外の情報がさかんにやりとりされているようだ。とくにミスト系は、数年前から流行りはじめた新しい形式のネットワークで、テロ組織や反政府組織、無政府主義者たちの巣窟《そうくつ》になっているという。それから、過激な環境保護団体も積極的に利用しているとか。

ダークウェブやミスト系なら、人外関連の事案にまつわる詳細な情報を入手できる可能性もある。

乙野さんが？

そういうタイプの人じゃない。

――と思う。

大いに迷ったけれど、僕は乙野さんにメッセージを返した。

ごめんなさい(>_<)
これからまた仕事で(>_<)

送信してから手が震えだした。嘘をついて断るなんて。人としてどうなんだ。まあ、仕事が入るかもしれないのは事実だけど。

立てつづけにいろいろなことが起こっている。これから忙しくなりそうだ。予備校は辞めよう。辞めるしかない。途中で辞めたら、支払い済みの学費はいくらか戻ってくるのか。どうだったっけ。

予備校を辞めたら、乙野さんと会うことはなくなる。予備校の自習室では。

連絡先を知っているので、会えなくなるわけじゃない。

僕は会いたいのか、乙野さんに？

乙野さんの顔を思い浮かべる。乙野さんの声を。特徴的な、あの笑い方。僕に笑いかけてくれた。

なぜ笑いかけてくれたのだろう。

——あの女のほうから接近してきた？

カノンに訊かれた。

たしかに、そう言えなくもない。

おかしくないか？

僕だよ？

普通、僕みたいなやつに近づいてくるか？

何か変だ。

好意からだろうと、僕は考えていた。言ってしまえば、乙野さんは自習室でたまたま目が合った僕を、いいな、と思った。あえてわかりやすい言い方をすれば、乙野さんは僕に一目惚れ《ひとめぼ》れした。だから、乙野さんは勇気を振りしぼって僕に声をかけてきた。これなら話は通る。おかしいけどね？

おかしい。

どう考えても、おかしいよ。

僕に一目惚れ。僕に好感を抱く。ありそうにない。

ありえないだろ。

だって、この僕だよ？

今まで生きてきて、人に好かれたことなんてあったか？

ないだろ？

高校時代、カノンたちのような遊び仲間はいた。でも、彼ら、彼女らは僕を好ましいと思っていたか？

広く軽い意味の友だちではあっても、たとえば、親友と呼べるような間柄じゃなかった。僕は遊び仲間たちのことをよく知らなかったし、知ろうともしなかった。僕も自分のことを打ち明けたりしなかった。

僕は人に好かれるような人間じゃない。人に好かれたことなんか一度もない。僕は顔がいいわけでも、すごく背が高いわけでもない。善良でもない。愛想もよくない。というか悪い。他人がおもしろがるようなことは言えない。他人を楽しませる能力が僕にはない。僕は暗い。本当に根暗だと、自分でも思う。

シャワー後、全裸で妖精に餌をやっているような人間だよ？

誰がこんな人間を好きになるだろう。

ならない。

なるわけがない。

スマホが鳴動する。

乙野さんからのメッセージだ。


がんばってくださいね(・∨・^^)。


僕はスマホを投げたくなった。壁に叩きつけたい。しないけど。

乙野さんは僕を騙《だま》している。何か目論見《もくろみ》があるのだろう。それが何なのかはわからない。見当もつかない。でも、僕を騙すことで、何かをえたり、何かを成し遂げたりしようとしている。隠された目的がきっとある。

「……そうだったんだ」

もちろん、僕は打ちのめされている。

「そういうことだったんだな」

反面、すっきりしてもいた。正直、ずっともやもやしていたし。舞い上がったりもしたが、変だなと感じてもいた。何かこう、釈然としないというか。乙野さんみたいな人が僕に近づいてくるわけがない。僕に微笑みかけるわけがない。僕にやさしくしてくれるわけがない。

何か目的があるなら、話は別だ。

目的。

何だろう。

僕なんかと親しくなって、乙野さんは何をしようというのか。

乙野綴。

市立東大学教授乙野読彦の娘。

乙野教授は考古学を研究している。人外が先史時代の人類に与えた影響やその痕跡に詳しい専門家。ＨＰＣとも繋がりがある。

その娘。

駿河梟介事件について知っている。

僕は植田さんに電話をかけた。植田さんはすぐに出た。

『はい。どうした？』

「乙野綴の監視は始まってますか？」

『そのはずだけど。何？』

「彼女の行動に疑問点があります」

『安条のガールフレンドなんだろ』

「そんなに親しくはないんです」

『飯食いに行ったんでしょ』

「それも変だなと思って」

『なんで?』

「もともと彼女のほうから誘ってきたんです。変でしょう?」

『え、どこが?』

「僕を誘ってきたんですよ。普通の女性が」

『あるでしょ。それくらい』

「あるわけないでしょう。植田さんの目は節穴ですか。他でもない、僕ですよ」

『安条、卑下《ひげ》しすぎなんじゃないの』

「予備校に通っているといっても、顔見知り一人いない。たまに自習室で時間を潰すだけ。常に一人でいる。見かけも十人並みかそれ以下。これが僕です。植田さんが乙野級なら、興味を持ちますか?」

『持たないけど』

「ですよね……」

『自分で言っといてヘコむなよ。けどまあ、蓼食《たでく》う虫も好き好《す》きず》きって言うからな』

「映画やドラマじゃないんだ。たまたま変わった嗜好《しこう》の持ち主が僕みたいな人間に心惹かれて接近してくるなんて、そんな出来事は起こらない」

『だから卑下しすぎだって』

「人外を研究している変わり者の大学教授の娘が、身分を隠している浄化班の非常勤班員に、偶然、近づいてきた」

『そう言われると、何だろうなって感じはするか』

「アトランティス由来の漂着物の中には古代人がいたかもしれなくて、有翼人と吸血鬼と人狼が集まってきて、駿河梟介が脱獄した。漂着物の検分をしていた大学教授の娘が、浄化班の非常勤班員と親しくなろうと働きかけている」

『何でもかんでも関連付ければいいってものじゃないし、考えすぎだと思うけど、気にはなるな』

「そういうことです。気になるんです」

『で、何？』

「こっちから彼女に接近してみようかと」

『ああ。調査班が監視してる中、安条と彼女が接触したら、変に勘ぐられるかもしれないもんな』

「ええ。なので、調査班や龍ヶ迫さんにその旨を伝えておいて欲しいんです」

『彼女と遊んだり寝たりするのは、あくまで探りを入れるためだって？』

「ねねねね寝るとか考えてないですから。何ですか寝るって。寝る？　昼寝ですか？」

『そんなわけないでしょ。え？　寝るつもりないの？』

「何を言ってるんですか。倫理観とかないんですか。常識とか」

『関係作らないでどうやって情報とるんだよ』

「ゆ、友人関係になればいいわけじゃないですか」

『かえって難しいでしょ。時間もかかるし。男と女で異性愛者同士なら、やっちゃうのが一番手っとり早いよ』

「……そ、そういうものなんですか。クズの所業ですよ」

『クズじゃなきゃできないかな。できないならやらなきゃよくない？』

「う、植田さんはできるんですか」

『俺は潔癖症気味なんだよな。キスとかもわりと嫌なんだよ。必要なら我慢するけど』

「我慢してするんですか。クズですよ、それ……」

『とりあえず班長と調査班には連絡しておく』

「お願いします」

僕は電話を切った。乙野さんからのメッセージをあらためて表示する。


がんばってくださいね(・ｖ・^)。

手が少し震えている。呼吸が浅くなっている。僕は深呼吸をする。震えは止まった。僕はフリック入力で返信を打ちこむ。

急遽仕事の予定がなくなりました

送信。

十数秒で乙野さんからメッセージが来た。


それでしたら今お話できますか？


「……探りを入れないと」

乙野さんの真意を突き止める。そのためだ。

僕はボクサーブリーフとTシャツを身に着け、ズボンを穿いた。ケージの中から、ぬちこが僕を見つめている。僕はぬちこに笑いかけた。

なってやろうじゃないか。クズとやらに。

乙野さんにメッセージを送ろうとして、やめた。こっちのほうが早い。すんなりと音声発信のボタンをタップできた。乙野さんはわずか三秒ほどで出た。

「もしもし」

『もしもし、えっ、安条くん……？』

この作品に対するご感想、ご意見をお寄せください

【あて先】

〒154-0002
東京都世田谷区下馬6-15-4
(株)コスミック出版
ハガネ文庫 編集部

「十文字 青先生」係
「玲汰先生」係

ハガネ文庫

第四大戦《だいよんたいせん》Ⅰ
世羽黙示録《せいうもくしろく》　第１章

●

2024年５月25日　初版発行

●

著者：十文字 青

発行人：佐藤広野

発行：株式会社コスミック出版
〒154-0002　東京都世田谷区下馬 6-15-4

代表 TEL 03-5432-7081
営業 TEL 03-5432-7084　FAX 03(5432)7088
編集 TEL 03-5432-7086　FAX 03(5432)7090

https://hagane-cosmic.com/
振替口座：00110-8-611382

装丁・本文デザイン：RAGTIME
印刷・製本：中央精版印刷株式会社

●

Printed in Japan ISBN978-4-7747-6562-4 C0193

ハガネ文庫